JN062280

嫉妬とか承認欲求とか、そういうの全部捨てて田舎にひきこもる所存

2

《ディア》
結婚式当日にラウとレーラに裏切られ、ジローとともに出奔する。その後も家族とはひと悶着あったが、辺境の村でジローとともに暮らしている。
《ラウ》
町の最も大きい商家の一人息子であり、ディアの元婚約者。誰とでも軽い調子で話すお調子者で、口が上手。
《ジロー》
ディアの家で用心棒として雇われていた無精ヒゲのおっさん。隣国との戦争に参加したことがあるらしいが、その過去は謎が多い。
～登場人物紹介～

《レーラ》
ディアの異母妹。
天真爛漫な性格で、両
親からは蝶よ花よと可愛
がられ育てられる。
《クラト》
村で暮らすジローの幼馴染。
過去に何かあったようでジ
ローとは不仲。
《ハクト》
行方不明になっているクラト
の兄。ジローとは親友でも
あった。
《リンドウ》
ディアの生まれた町で軍警
察に勤める憲兵。裁判のた
めに町に戻ってきたディアの
手助けをしてくれる。

嫉妬とか承認欲求とか、
そういうの全部捨てて田舎にひきこもる所存
2

第一話『詭計に陥る』

ラウが町へと帰り、村での穏やかな暮らしが戻ってきた。

彼を気に入っていたお年寄りたちが、しばらくは寂しい寂しいと騒がしかったものの、半月も経てばほとんどの人がもう話題に出さなくなっていた。

役場にきてお喋りをしているお年寄りの数も減って、日中は随分と静かになった。

ひとつ変わったことがあるとすれば、村役場の通常業務が終わってからお年寄り向けに字を教える手習い教室を開くようになったことだ。

なぜそんなことになったかと言うと、ラウのことを諦めきれない一部のご老人方が、せめて手紙を出したいと私にお願いしてきたのがきっかけだった。

でもこの村のご老人は、時代のせいか識字率が低く、男性でも読むことはできるが文章を書くのは苦手な人が多い。そのため、ラウに出す手紙の代筆を頼まれたこともあったが、それよりも自分で手紙を書きたいから手伝ってほしいという人のほうが圧倒的に多かった。

私に手紙の内容を知られるのも恥ずかしいのだろうと気持ちは分かるから、できるだけ自分で書けるよう私も協力していた。

けれど女性の中には、文字を読むのも覚束(おぼつか)ない人もいて、だったらいっそ基礎から皆で勉強しましょうという話になった。

すると、勉強会の噂を聞きつけた他の人たちが、手紙関係なく自分も参加したいと申し出てきて、かなりの人数が集まってしまい、手習い本を睡眠時間を削って作ってた時は、安請け合いし過ぎたとちょっとだけ後悔した。

でも集まった人たちは皆、一生懸命書き取りを練習して真面目に取り組んでくれている。手習い本を家でも見返して勉強していると聞いて、私も頑張って作って良かったと思えた。

参加者は最初から女性が半数以上を占めていて、回を重ねるごとに男性はだんだんと減ってしまい、最終的には女性ばかりの集いとなっていた。

女性の集まりだと、とかくおしゃべりが始まりがちなのはどうしてなのか。

「やっぱり私も、学校に通いたかったわ」

その日も、ちょうど勉強会を終えようとしていた時に、お年寄りの一人がポツリとこぼしたのをきっかけに、皆がその話題で盛り上がり始めてしまった。

「昔は女の子は学校なんて行かないのが普通だったけど、私も学校行きたかったわ」

「裕福なおうちの子は行かせてもらえたのよね。羨ましかったわあ」

「うちなんかお金が無いって言って、学校どころか教本すら買ってもらえなかったのよ」

女は嫁に行くものだから、家の仕事や冬の手仕事を覚える方が将来のためになるという考えが北の農村部では当たり前だったので、学校に行けた女性のほうが珍しかったらしい。そのことが非常に不満だったのか、皆の愚痴は止まらない。

「皆さんのご両親は、その考えが正しいと信じていたから、女の子を学校に行かせるよりも家のことを覚えたほうが娘のためになると思っていたんですね」

「そうねえ。女の幸せは結婚だからって言われてたからねえ。まあ実際、字なんか書けなくても手仕事が上手い娘のほうがもてはやされたしね。勉強よりも、刺繍の腕を上げなさいって、それがあなたのためだからって母はよく言っててねえ。おかげでアタシは簡単な子供向けの本を読むので精一杯よ。それがどんなにみじめで辛いか、親は少しも分かってくれなかったわ」

「固定観念に囚われた人ほど、『あなたのため』とおためごかしを言って自分の価値観を押し付けようとしますね。子どものためというより、自分の正しさを証明したくて躍起になっているみたいで、相手の話に耳を傾けてくれない場合が多いですよね」

言いながら、両親の顔が頭に浮かぶ。子どもの頃は両親の言うことが全て正しいと信じて疑わなかった。おかしいと思っても、子どもが反論するのはまず無理だろう。

私が私情を挟みつつ意見を述べると、何故か皆が顔を見合わせて黙りこむ。

あれ？　と思った時、顔色を悪くしたマーゴさんが私に頭を下げた。

「ディアちゃん、あの時はごめんなさいね。でも私も悪気があって言ったわけじゃないのよ。ただ悔やんでも遅いから良かれと思ってね。だからあまり悪く取らないでちょうだい。古い考えだって言われるかもしれないけど、そのほうが幸せになれることもあるのよ？　特にこういう小さな村では先達の意見を大事にしていてね、それを無視すると周りから疎まれたりしたから……」

「え、ごめんなさい、なんの話でしょうか……」

その時、ちょうどジローさんがお迎えに来たのでそこで話が途切れてしまい、その話はうやむやになって訊けず仕舞いだった。

「なーんか変な空気じゃなかったか？　ディアさん変なこと言われてないか？」

「変なことではないですけど……」

　さっき言われたことを話してみると、ジローさんには理由が分かったらしく、嫌そうに顔をしかめながら説明してくれた。

「以前エロ君が村に来たばっかの頃さァ、マーゴさんに絡まれたの忘れた？　女の幸せは結婚なんだから、尻出し浮気男も許してやれとか言われて辟易してただろ。だからディアさんが何の気なしに言った意見だけど、あン時のことを嫌味として言われたと思ったんじゃね？」

「……ああ！　そんなことありましたね。色々あってすっかり失念していました。嫌味なんてつもり無かったんですけど、誤解させちゃったんですかね……」

　さっき私が古い考えに対して批判がましいことを言ったから、マーゴさんは気を悪くしてしまったのか。

「ジジババの常識じゃ、女が外で仕事するより尻出し浮気男とでも結婚したほうがいいって本気で思ってンだよ。でもそれも別にディアさんのためを思って言ったわけじゃねえぜ。こういう閉鎖的な村の人間は、多様性を嫌うからな。特に年寄りは、違う価値観を持って自分らの輪から外れたことをする人間が許せなくて、徹底的に潰そうとするんだ。田舎特有の陰湿さだよ」

　すごく納得できる説明だったが、ジローさんの厳しい表情がとても気になった。

「そういう……ことが昔もあったんですか？　輪から外れた人に、嫌がらせしていたこととか」

　ジローさんの言葉には妙に実感がこもっていて、これ以上は訊かないほうがいいと思いつつ、疑問が口をついて出てしまう。

「……まあ、ディアさんが言われたようなことはたくさんあったんじゃねえの？」

ついと目線を逸らされてしまう。ああ、これはきっと踏み込むなという意思表示だ。

もしここで食い下がってジローさんの過去を根掘り葉掘り訊ねたとしたら、彼は今度こそ私を完全に切り捨てるだろう。だからもう黙るしかなかった。

一緒に暮らして、前よりももっと近しい関係になれたけれど、私とジローさんのあいだには決して越えられない壁が存在していた。

❀ ❀ ❀

その日はジローさんが、朝早くから隣町に買い出しに行ってくると言い出かけて行った。

大抵のものは定期便の行商から購入できるが、物によってはかなり割高になるので、気候のいい時期は馬の運動だと言って町まで出かけることが多い。

馬に乗って行けば大した距離ではないからと、いつも楽しそうに馬と出かけていく。

私はいつも通り村役場へ仕事に行ったけれど、この日はやることが少なかったので夕食を作ってジローさんを出迎えてあげようと早めに上がらせてもらうことにした。

家までの道をのんびり歩いていると、その先にマーゴさんが佇んでいる姿が見えた。ひょっとして私に用事があって待っていたのかなと思って急ぎ足で彼女の許へと向かう。

「マーゴさん？　こんなところでどうしたんですか？」

「ああ、ディアちゃん！　ごめんなさいね……ちょっと手伝ってほしいことがあってね、悪いんだけど帰る前にウチに寄ってくれないかしら？」

「大丈夫ですよ。私でお手伝いできることですか？」

「ええ、ちょっとね、とにかく来てくれれば分かるから」

以前も保存食を作る手伝いを頼まれたことがあるので、私はなんの疑問も持たずマーゴさんについていった。

マーゴさんの家は森の裏手のような所にあり、他の民家から離れている。以前はヤギをたくさん飼育していたと聞いたことがあるが、今でもその朽ちかけた小屋が敷地内にある。その後ろに隠れるように荷馬車があるのがチラリと見えた。

「……？」

マーゴさんの家はもう彼女ひとりだけなので馬も馬車もとっくの昔に手放していると言っていたから、彼女の家のものではない。じゃあ誰か訪問者がいるのかと疑問が湧いて訊ねてみる。

「マーゴさん、どなたかいらしているんですか？」

「ごめんなさいね、ディアちゃん。でもこれもあなたのためを思ってのことなのよ」

噛み合わない返答にとまどっていると、後ろから腕をつかまれ引っ張られる。

ハッとして後ろを振り返ると、そこにはかつて心から慕って尊敬していたあの人が立っていた。

彼女が現れる可能性については、冬の間ずっと考えていたことだったから、驚きこそなかったが、もしこの人が私の前に現れてしまったら、疑念が本当だと裏付けられることになってしまう。

ずっと間違いである可能性を探っていた。

私の思い過ごしであってほしかった。ずっと気付かないふりをしていたかったのに、ついに来てしまった彼女に恨む気持ちが湧いてくる。

私の嵐のような感情に気付いていないのか、彼女は痛いほど私の腕を力を込めて掴み、心底ほっとしたような弱々しい笑みを浮かべる。

　感動の再会にふさわしい、完璧な表情。

「お義母さん」

「……ディアちゃん。ああ、とても心配していたのよ。本当の娘のように思っていたあなたが突然行方不明になってしまって、私はずっと生きた心地がしなかったわ。ずっと探していたの。こうして会えて本当によかった……」

　お義母さんの、泣くのをこらえるような震えた声に、つい心が揺れてしまいそうになるが、必死に平静を装って作り笑いを浮かべる。

「お久しぶりですね……。きっといらっしゃると思っていました」

　鷹揚に応えてやると、目の前にいるお義母さんの頬がひくりと歪む。

　思っていた反応と違いましたか？　皆から捨てられた私を拾いに来てくれたあなたに泣いて感謝するという筋書きにならなくてすみません、という気持ちを込めて微笑むと一瞬表情が崩れたけれど、さすがと言うべきかすぐに泣き顔に戻る。

「ずっと私が探しに来るのを待っていたってことね？　そうだったのね、ラウなんかに行かせないでやっぱり私が行くべきだったわ。ごめんなさいね……。傷ついたあなたをずっと独りにしてしまったわ」

　お義母さんの言葉を隣で聞いていたマーゴさんが、感極まった様子で涙を浮かべている。

　この人がお義母さんと私を引き合わせるために嘘をついて連れてきたのだと分かり、すっと心が冷えていく。

　マーゴさんがラウに何度か手紙を出しているのは知っていたが、いつの間にかお義母さんと協力関係を築くくらいに仲を深めていたらしい。こうやってちゃんと根回しをして味方を作ってから現れるとは、さすが商売人だなと感心する。

　私が無言で唇を噛み締めていると、マーゴさんはお義母さんに嬉しそうに話しかけていた。

「ねえ、よかったですねえ女将さん。ディアちゃん、あのね、女将さんはラウ君のことがあるからあなたに合わせる顔がないって言って悩んでいらしたんだけど、娘同然のあなたのことをこのまま放ってはおけないから、仕事をお休みにしてまであなたを迎えに来たっていうのよ。ねえ、よかったわねえ。血のつながりは無くても本当の親子の愛情で繋がっているのね、あなたたちは」

　ついに涙を流し始めるマーゴさん。それを冷めた気持ちで見ていたが、気力を振り絞って不審に思われないよう表情を取り繕う。

　お義母さんは彼女の手を握り、微笑みながらお礼を言っている。

「ええ、ありがとうございましたマーゴさん。あなたのおかげでディアちゃんの無事な姿を見ることができました。ディアちゃん、少し二人でお話しできないかしら。ラウのことであなたを傷つけたのを謝りたいの」

「話をするのなら、村役場の応接室をお借りしましょう。村の訪問者はまず役場に来ていただくことになっていますから」

「あら、私は行商じゃないわ。ディアちゃん、私事で役場を使うなんて非常識よ」

　二人で、という提案を断る意味で役場を指定したのだが、案の定お義母さんは了承しない。悲しげに、でも強引に話を進める。

「やっぱり怒っているわよね。あなたを傷つけたラウの母親である私に対しても許せないと思うのは当然だわ。でも私はあなたのことも自分の娘のように思ってきたのよ……そんな風にまるで他人みたいな話し方をされると悲しいわ。でもね、ディアちゃんきっと誤解していることがあるのよ。大切な話だから、他の人がいないところで聞いてもらいたいの。ね、お願いよ」

弱々しく懇願(こんがん)する姿は、まさに娘を心配する母そのもの。それを見てまたマーゴさんが涙声でお義母さんの援護をする。

「ディアちゃん！ ここでちゃんと話しておかなかったら、きっといつか後悔するわよ！ ホラ、私は席を外すから、言いたいこと全部言っちゃいなさい。ほかの人がいるときっと本音で話せないでしょ！」

「いや、違うんです。マーゴさん私の話を……」

私が引き留める声も届かず、マーゴさんは家に入ってしまった。でも私はこのまま二人きりで話すつもりはない。

「……役場でならお話を聞きます。どうぞ一緒にいらしてください」

お義母さんを役場に来るよう促(うなが)して、逃げるように背を向け歩き始めたが、乱暴に服を引っ張って力ずくで引き留められる。手を振り払い縒(よ)れてしまった服を直しながら、マーゴさんの目がなくなった途端これかと呆れてしまう。

「いいえ、あちらに馬車を停めてあるの。その中でお話ししましょう?」

「それならお話しすることはできません。役場が嫌なら別のところでも構いませんが、その場合は村長さんに立ち会っていただきますから」

言い捨てて駆け出した瞬間、誰かに抱き留められるかたちで捕まえられた。

「きゃああ！」

「ちょ、騒がないでくれ！　俺だよ！」

ジタバタと暴れる私を必死に押さえ込んでいるのはラウだった。俺だよと言われても安心する要素がひとつもない。足を蹴ってやったが、結局押さえ込まれてしまう。

「すまん、ちょっとでいいから母さんの話に付き合ってやってくれないか？　あの人言い出したら聞かないんだよ……」

「ラウがお義母さんを連れてきたのね。最低」

憎しみを込めてきつく睨(にら)むと、さすがに後ろめたいのか気まずそうに目を泳がせている。

だが、ラウも来ているとは意外だった。私の想定では、息子には知られたくない話をするはずだと踏んでいたから。

ラウの存在が吉と出るか凶と出るか……。ただ、私に後ろめたいことがあるわけでなし、ここで話をするほうが私にとってはいいかもしれない。

話し合いに応じると言ってラウに腕を放してもらう。

「……わざわざこんなところまでいらしても、私は町に帰るつもりはありませんよ。それはラウにも伝えていたはずです。何を言われても気持ちが変わることはありません」

「そんなに構えないで。あのね、あなたには小さいころから店に来てもらって、私たち、誰よりも長い時間一緒に過ごしてきたでしょう。ディアちゃんのことはあなたのご両親よりも近しい関係だと思っていたから……あの日突然ディアちゃん行方不明になってしまって、すごく心配していたのよ。余計なお世話と言われても、大切な家族のことはほうっておけないわ」

優しい声色で語り掛けられると、かつてこの人を尊敬し家族になれることを心から喜んでいた自分を思い出して胸が苦しくなる。

もし、この言葉を結婚式の夜に言われていたら……。ラウのことでどれだけ辛かろうと、その言葉で絆（ほだ）されて何もかも許してしまったかもしれない。それくらいこの人が大切で、信頼していた。

それなのに、どうして。

いっそこの人の真実に気が付かなければ良かった。知らなければこんなに傷つかなかった。

「……ご心配頂けたのは嬉しいですが、私は大丈夫です。ちゃんと仕事にも就けましたし、生活にも困っていません。ラウのことももう吹っ切れたので、謝罪してもらう必要もないんです。ちゃんと幸せに暮らしていますから。それよりも早く本題に入りましょう。私の状況なんかより、もっと気に掛かってらっしゃることがあるんじゃないですか？」

お義母さんはほんの少し眉をひそめ、探るような視線を送ってくる。

「まあ、そうなの？　今は幸せだって言ってくれて少し安心したわ。一番それが心配だったの。でも一生この村で暮らすわけじゃないでしょう？　あのね、ラウから聞いたと思うけど、レーラさんとの結婚は無くなったのよ。だから……ディアちゃん帰ってきてくれないかしら。私が引退したら、あの店をあなたに譲りたいの。血のつながりなんてなくても、ディアちゃんは私の娘同然なのよ。あなたがいないともう店を続けていく気力も湧かなくて、もし戻ってこないなら、もう店も潰してしまおうかと思っているの。ねえ……お願いよ」

「……っ」

分かっているのに、お義母さんの言葉に喜んでしまう自分がいる。

私だって、あなたの娘になりたかった。

でもこの言葉の全てが嘘なのだと、もう気付いてしまっている。

彼女は私のことを娘同然などと思っていない。この言葉は、交渉の材料として相手の求めるものを見抜いて一番効果的な場面で差し出しているだけだ。

ずっと近くにいてこの人の仕事を見て来たから誰よりもそれが分かってしまう。

交渉事では相手の懐に巧みに入り込み、その人が何を求めているのかをすぐに見透かして、いつの間にか相手を自分の流れに取り込んでしまう。交渉が終わってみれば、全てお義母さんの提示した条件のとおりに決まっているなんて瞬間を何度も見てきた。

「娘同然……ですか」

私の家庭事情や心情を踏まえたうえで、あえてこの単語を使っている。なんて残酷な人なんだろう。ええそうよと嘯（うそぶ）く彼女とは、もう二度と分かり合えることはないのだと悟る。

「私を連れ戻したい理由はそれだけですか？　まだこの茶番を続けます？　本当は別の理由があるんでしょう。回りくどいことはせず、本題に入ったらどうですか？」

「どういう意味？　何か心配事でもあるの？　ほかに理由なんてないわ。さっきから含みのある言い方して……何かあるの？　ディアちゃんそんな物言いをする子じゃなかったのに、やっぱり私のことが許せないのね……」

そっと袖口で涙をぬぐう仕草をしながら、チラリとこちらを窺（うかが）う目には警戒の色がありありと浮かんでいた。

もういい。あちらから切り出さないなら私が引きずり出すまでだ。

「お義母さん、私、この村役場でお仕事をさせてもらうようになって、いろんなことを勉強できたんですよ。役場という場所柄、法律や条例に関する本や資料も全部そろっていますし、書類を作成するのにそれらを理解していないといけなかったですからね。お店で働いていた時は、法律とか全然知らなかったので、良い勉強になりました」

法律という言葉で、さっと顔色を悪くするお義母さんに、やはりという気持ちが大きくなる。

ラウはというと、先ほどまでケンカ腰の私の物言いに驚いていたが、一転して突然関係なさそうな話題を持ち出したからか戸惑った表情をしている。

「まあ、そうなのね。こんな過疎地でいい職場を見つけられたなんて奇跡だわねえ。ディアちゃんは運がよかったのね。だったらあなたは、店が忙しくて経営の勉強をさせてもらえなかったのを怒っているのかしら？　でもね、あなたをないがしろにしていたわけじゃなくて、ラウと結婚したあとでちゃんと教えようと思っていたのよ？」

「お義母さん、もう取り繕わなくていいんですよ。もっとはっきり言ったほうがいいですか？　私は法律の勉強をしたことで、毎年作成を頼まれていた書類の意味が分かってしまったんですよ。時期と内容からして、あれは納税のための収支報告書だったんですよね？」

お義母さんは算術が苦手だったので、随分前から出納帳(すいとうちょう)は全て私がつけていた。そのため毎年お義母さんに指示されて集計作業と報告書の作成を頼まれていた。

あれは内容から間違いなく納税のための収支報告書だった。

私が気付かないように、数字の部分以外はお義母さんが記入していたが、私が帳簿管理をしているのだから数字だけでも分かってしまう。

ここまではっきり指摘されるのは想定外だったのだろうか。お義母さんはヒクヒクと頬をひきつらせている。

「……なんの話？　なにが言いたいの？」

「昔はあなたのことを公正で優しい人なんだと信じていたから何も疑っていませんでした。でも町を出て視野が広がると、いろんなことに疑問を持つようになったんです」

役場で働き始めて、まず最初に疑問を持ったこと。

それは、私の労働時間が普通では考えられないくらい長かったということ。子どもの頃から私は、学校に行っている時以外は朝から晩まで店で働いていた。

大人の平均的な労働時間を圧倒的に超えて働いていたのはいくらなんでもおかしかったのではと初めて疑問に思った。

子どもが働く時間にはそもそも上限があるのだと、ジローさんに指摘されて初めて知った。それから法律の本でそれに関する記述を読んで確認したので間違いはない。

それを経営者であるお義母さんが知らないはずがないのだ。

だったら何故、と改めて考えてみると、私が店先に立つのはせいぜい数時間で、他は店裏で在庫の整理や品出し、帳簿付けなどをして人に会わないよう調整されていた。だから周辺のお店の人たちも、私が規定時間を超えて働いているとは全く気付いていなかった。

それだけでなく、休みの日でもお義母さんの知り合いの店にお手伝いに派遣されるのが当たり前だったし、丸一日休んだことなんてほとんどない。普通の大人でも考えられないくらい仕事漬けの日々を送っていた。

友人と遊ぶ時間なんて全くなかった。私の生活は店を中心に回っていて、誰かとお茶をしたり、買い物を楽しんだりする機会が一度もないなんて、どう考えても異常だ。それに気付かなかった私もおかしいが、閉ざされた環境で過ごしていたせいで気付きようがなかった。

お義母さんが何故、そこまで私を働かせていたのか。

無料の労働力だったから使い倒されたのかと思っていたが、そうではない。

かつて店でやっていた仕事の意味を理解して、ようやく全てが繋がった。

「お義母さんは、私を孤立させて他の人と関われないように囲い込んでいたんじゃないですか？　私がどんな風に働いているか、どんな仕事をしているか、他の人に聞かれたり知ったりされると困ると思ったんですよね」

二人にしか分からない会話をされて、ずっと困惑していたラウがいい加減耐え切れなくなったようで口を挟んでくる。

「ちょっと待てよ。一体何の話をしているんだよ？　母さんがお前を孤立させたとか、わけ分かんねえ。母さんがそんなことする必要がどこにあるんだ？」

「理由のひとつとしては、私が長時間働かされているのはおかしいと気付かせないようにじゃない？　それに、余所で私の状況をペラペラ喋られても困るでしょうから」

え？　と不思議そうな顔でラウが何か訊き返してこようとしたが、それを手で遮ってお義母さんに向き直る。

「一番の理由は、私が他の人と話して下手に知識をつけないように……でしょうか？　お義母さんが店の売り上げを誤魔化して脱税していると気付かれたくなかったんですよね」

脱税、という単語にお義母さんの眉がぴくりと跳ねる。

これが私が気付いた事実。とはいえ、明確な証拠が手元にあるわけではない。だからお義母さんがここに来なければ一生口にすることはない話のはずだった。過去の記憶から推察してたどり着いた答えにすぎないので、どこかに訴え出てもすぐに証明できるものがない。

そして案の定、お義母さんは動揺することなくあっさりと否定した。

「孤立させるとか脱税とか……そんなこと私がするわけないでしょう？　ラウのことは本当に申し訳なかったけれど、そんな言いがかりをつけてまで私たちに復讐したいの？　そんなことしても結局あなたが傷つくだけなのよ」

「店の帳簿は私が管理していたんですよ？　その上納税の報告書に載せる数字まで私が出していたのですから誤魔化せませんよ。店の売り上げに対して支払う税金の額が明らかに少なすぎました。法律を知らない頃は疑問に思いませんでしたが、私この村に来て納税の手続きや書類作成を任されたので、勉強したから間違いありません」

村役場で納税の計算と書類作成を併せて担当したおかげで、ようやく店で作っていた書類の意味に気が付いた。そしてそれの内容に疑問を抱いたのがきっかけで、冬のあいだに法律と条例について勉強して、お義母さんが店の売り上げを過少申告して脱税していたのだと確信を持った。

手元に証拠がない分、理路整然と事実を並べ立てる。けれどお義母さんは全く動揺せず、落ち着いて私の話を聞いている。

「違法行為に気付かれないよう、私への情報も制限して仕事を教えていたんでしょう？　今にして思うと、法律的な部分はいつも曖昧にしてごまかされていましたね。でも学校を卒業してからのここ数年は、もうすぐ結婚だからと帳簿も全て私に管理を任せていたし、納税作業も数字を全部出すところまでは私にやらせていましたが、疑う様子もないから油断していたんでしょうか」

　どうなんですか？　と話を振るが、お義母さんは答えてくれない。

「実際あなたの目論見通り、私はあなたの指示に疑問を持つことなんてありませんでしたから。でも、ここで計算外のことが起きた。ラウとの結婚が白紙になり、私は町を出奔してしまった。あなたは焦ったんじゃないですか？　もし私がどこか商家で働き始めたら、いつかあなたの違法行為に気付いてしまうかもしれない。気付いたことを誰かに相談してしまうかもしれない。だから心配になって、ラウに私を連れ戻すよう送り出した」

　ラウが迎えに来ればほだされて簡単に連れ帰れると考えていたのだろうが、結局ラウは空手で帰ってきた。

　その後もレーラを焚き付けて動かし、両親までも探しに行くよう仕向けたのに、私がそれらを全て退けたと知り、思ったように事が運ばずお義母さんは相当焦ったに違いない。

「とんだ言いがかりだわ。あなたのことは娘のように可愛がっていたのに、そんな風に言われるなんて悲しいわ。でも、ひどい被害妄想を吹聴したらあなたの正気を疑われちゃうわよ。ディアちゃん、婚約破棄が辛すぎて、町を出てから少しおかしくなっちゃったのね……」

　今の答えから、彼女はなにもかも認めるつもりは無いし、丸め込めないと分かった途端、私の正気が怪しくなっていることにする作戦に変えたようだから、これ以上話し合ってもお互い水掛け論にしかならない。予想はしていたが、話し合いは決裂だ。

……話をするだけ無駄だった。

「そうですか。では私の被害妄想だと思って聞き流してください。それならもう私に用はないですよね。あなたの好意を踏みにじるような人間に店を任せようなんてもう思わないでしょうから。どうぞ、私のことはもう忘れてください。さようなら」

「そんなわけにはいかないわ。あなた店の引き継ぎを全くしないまま出奔したのよ。そのことで私や他の従業員がどれだけ困ったか分かっているの？　そりゃあもとはと言えばラウが悪いけれど、それと仕事は別でしょう。こちらだってディアちゃんにちゃんと償いをするつもりだったのに、何も聞かず黙っていなくなったのはいくらなんでも常識がなさすぎるわ。だから一度だけ戻って引き継ぎして頂戴。ちゃんと旅費と給金は支払うから」

やはり簡単には逃がしてもらえず、前に回り込んで行く手を阻んでくる。

他の従業員の話を持ち出してこちらの罪悪感を刺激してくるのも、さすが私の性格をよく把握しているなと感心するしかない。

けれど今の話でお義母さんの目的がひとつはっきりした。

彼女は私をなんとしても町に連れ帰りたいらしい。

だが、連れ帰ってどうするつもりなのだろう。連れ帰ったところで私が大人しく従うわけないし、逆に告発される危険があるのに連れ帰ろうとする意図が分からない。

……まあ、でもジローさんに会う前の私だったら、簡単に丸め込まれていたかもしれないし、それがここまで抵抗されるとは考えてなかったのかもしれない。

「申し訳ないですが、私は帰りません」

「でも！　ディアちゃんに誤解されたままではいられないわ！」

「誤解……ですか。心配なさらなくても、脱税のことを誰かに言ったりしませんよ。今その話をしたのは、お義母さんが私のことをどう思っていたのか、本当の気持ちを知りたかったからです。お互いもう分かり合えないのははっきりしましたから、ここで終わりにしましょう。私はもう二度と町に帰らない」

かつて私はこの人のことを、優しくて思いやりのある素晴らしい女将さんだと尊敬していた。

でも、子どもの頃から可愛がってくれたことも、丁寧に仕事を教えてくれたことも、結婚式を楽しみにしてくれたことも、全部全部、嘘だった。

誰よりも信頼していた分、裏切られた気持ちが強かった。知ってしまったばかりの頃だったら、もっと取り乱して酷い言葉で罵ってしまったかもしれない。けれどジローさんと一冬を過ごして、ゆっくり考える時間ができて気持ちの整理がついた。

お義母さんを前にして、今はもう失望感しかない。

行く手を遮る彼女を力ずくで押しのけて、この場から走り去る。

「ディアちゃん！　待ちなさい！」

後ろから苛立った声が聞こえたが、振り返らず足を動かす。もう追ってこないで！　と心の中で叫んでいると強引に腕を掴まれ、強く後ろに引っ張られる。

「きゃあっ！」

転びかけた瞬間、頭に強い衝撃を受けて目の前に火花が散る。

草が頬に触れ、チクチクする痛みだけがやけに鮮明に感じる。

何故顔を地面につけているのか……と間抜けなことを考えていると、狭まる視界の端に丸くて小さな靴を履いた足が見えた。

ああ、お義母さんの靴だ……と思った後、私は意識を失った。

❀ ❀ ❀

ズキン、ズキンと脈打つたび、頭に激しい痛みが走る。

規則的な馬車が走る音が聞こえて、私はゆっくりと瞼を開いた。低い天井が目に入る。

ここは……？

自分がどこにいるのか分からず、起き上がろうとしたら頭に激痛が走り、思わずうめき声をあげてまた倒れ込んだ。すると、ごそりと衣擦れの音がして、誰かがすぐ傍にいる気配がした。

びくりと身を震わせ横を向くと、向かいの椅子にお義母さんが座っていた。

「あら……目が覚めた？　ごめんなさいね、私が強く腕を引いちゃったから、ディアちゃん後ろに転んで頭を打っちゃったのよ。気を失ってしまったからビックリしたわ。具合はどう？」

「おか……あ、さん？」

状況が理解できなくて混乱する。痛む頭を押さえながら周囲を見回すと、どうやら箱馬車の椅子に自分は寝かされていると気付き、さっと血の気が引く。ゴトゴトと振動が伝わってくるので、動いていることは間違いない。

「それでね、なかなか意識が戻らないから、お医者様に診てもらおうと一番近い町へ向かっているところなの。気分はどう？　まだ顔色が悪いわ。貧血もあるのかしら？」

「は……？　町？」

慌てて馬車の小窓から外を見ると、全く見慣れない景色が広がっている。とっくに村を出て、すでに隣町付近の街道を走っているようだ。

こんなに移動するまで気付かなかったなんて……！　何故意識を失うことになったのか思い出せないが、大失態を犯した自分に舌打ちしたい気分になる。

「……診てもらわなくていいです。意識がなかったとはいえ、勝手に村から連れ出すなんて……早く引き返してください」

「あら、ダメよ。頭を打ったのよ？　ちゃんと診てもらわないと。それにさっきは話が途中になっちゃったけど……あのねえ、店は信用が第一なのよ。たとえあなたの勘違いだとしても、脱税しているだなんて言い触らされたら困るの。まったく……ラウを恨む気持ちは分かるけど、店を貶めるようなやり方は許容できないわ」

あんなに良くしてあげたのに、とまるで私が恩知らずかのように恨み言を言ってくる。

「私は事実を述べただけです。良くしてあげたと仰いますけど、わずかな給金で長時間働かせて、そのお金も私の知らないところで親に渡していましたよね？　日用品を買うにも困っていたのをあなたも知っていたじゃないですか。どこに感謝する要素があると？」

ラウから聞くまで給金が払われていたことも知らなかったが、帳簿には確かにお義母さんの指示で毎月父親宛てにいくばくかのお金を支払った記録をつけていた。

その額を思い出してみても、とても労働に見合った額ではなかったはずだ。

「それこそ言いがかりだわ。知らないでしょうけど、あなたの親には給金以外にも度々(たびたび)お金を無心されていたのよ。はっきり言って払う必要のないお金だったけれど、あなたを非道な親から助けるために手切れ金代わりに出してあげていたのよ」

両親がお金の無心をしていたと言われ、ぐっと言葉に詰まる。壊れた縁談の結納金すら返金せず踏み倒そうとしたような両親だから、あり得ない話ではない。

「で、でも、私にはそんなの一言も……」

「あなたと縁切りさせるためにしていたんだから、言うわけないでしょう。お金以外にも、色々手を回して離れられるようにしてあげていたのに、酷い言われようね」

確かに、あの親ならば私が嫁入りした家なのだからもっと仕事やお金を融通しろと言って来やしないかと不安に思ったことはある。

ただ、この有能な経営者であるお義母さんが、言われるがまま金を払うなんてあり得ない。父だってこの人には常に下手に出ていたから、この話には嘘が混じっていると感じた。

「手切れ金って……どういう名目で渡したんですか？　帳簿にも記録が残っていませんでしたよね？　お金を渡したところであの両親が変わるとは思えないので、無駄金では？」

「ええ、だから手を回したって言ったでしょ」

「………何をしたんです？」

「やあねえ、そんな怖い顔しちゃって。だってあの両親を放っておいたらあなた一生搾取(さくしゅ)され続ける人生だったわよ。だから結婚した後は、あの人たちには町にいられなくなるようにちょっと仕向けてあげたのよ」

「仕向けた？」

お義母さんは悪戯（いたずら）が成功した子どものようにうふふと笑う。

「あの人たちねえ、少し前に投資で失敗しちゃったのよ」

父は少し前から金採掘（さいくつ）の投資事業に手を出していたらしい。そのことも初耳で驚きだったが、大きな損失を抱えて我が家は私がいた頃からすでに破産寸前だったと教えられ更に驚く。

「ああでもまた誤解しないで欲しいのだけど、私は何も騙したりしてないわよ。投資に興味があるようだったから、知り合いの投資家を紹介してあげただけ」

莫大な財を築いた人の話を熱心に聞いていた父は、自身もすぐにその人が儲（もう）けたという鉱山への投資を始めた。

大金を投じれば利得も大きい。が、なんの知識もないのに、儲かるという情報だけで始めた投資が上手く行くはずもなく、取り返しのつかないほどの損失を出してしまった。

まずいことに、父は仕事仲間に共同事業を持ち掛け、そのために預かったお金も投資で溶かしてしまっていた。

そういえば、ジローさんが使用人の給料の支払いが度々滞（とどこお）ることがあり、出奔前の数か月分は支払われていないと言っていたから、お義母さんの話は真実だろう。

「は、破産させてどうするつもりだったんですか？　そんなことしたら、むしろ余計にお金の無心に来るでしょう」

「仕事仲間のお金を横領しちゃったんだからもう町にはいられないわよ。あの人たちなら、謝って返済を待ってもらうより借金を踏み倒して逃げるほうを選ぶでしょうから、町からいなくなるのは時間の問題だったのよ。全てディアちゃんのためを思ってしてあげたのよ？」

「……待ってください。どこまでがあなたの仕込みですか？」

人を紹介しただけと言うが、この人は自分が望む結果になるよう徹底的に周囲に手を回すはずだ。賽を投げて後は運任せみたいな真似をするはずがない。

「あら、人聞きの悪い。なにも法に触れることはしていないわ。簡単に私を責めてくれるけど、あなたを守るためには他に方法がなかったのよ。きっと自分では実の親を切り捨てられないでしょうから、私が汚れ役にならなきゃって、心を鬼にしてしたことなのに」

切り捨てられないどころか、両親に強く言われたら断れなくて結婚してからもズルズルお金を渡してしまうでしょうと言われ、強く否定できず言葉につまる。

「そ、それは……でも、私のためと言うなら相談くらい……」

「そうね、あなたが気に病むといけないと黙っていた私も悪かったわ。ご両親のこととなると、あなたとたんに口が重くなるでしょう？　だから私がなんとかしなきゃって、気を回しすぎちゃったわね。ごめんなさい」

私も両親のことは人に言いにくく、お義母さんに相談を持ち掛けたことはなかったのだから、一方的に責められない。

「ねえ……少しは私に対する誤解が解けた？　だったら話を聞いてくれない？　ずっとじゃなくていいから、戻ってきて店のことちゃんと引き継ぎしてほしいの。分からないことがあって本当に困っているのよ。それに商店の女将さんたちもすごく心配して、ディアちゃんから連絡ないのかって何度も訊かれるの。皆にあなたの元気な顔を見せてあげてくれない？」

仲良くしてくれた女将さんたち……。

突然飛び出してきたので、確かにいろんな人に不義理をしてしまった。一生帰らないと決めた町だけど、良くしてくれた人もいるのに薄情すぎるだろうか……。

一瞬気持ちが揺れたけれど、ジローさんの顔が浮かんできて、少し冷静さを取り戻す。もしここで頷（うなず）いてしまったらこのまま町に戻る流れにされかねない。それだけは絶対に阻止したい。

「ごめんなさい……あの、でも今すぐ帰るのは無理です。村に帰してください」

「まあそんな急いで決めなくていいわ。ひとまず治療院のある隣町に着くから、ゆっくり考えてみて。目が覚めてから具合は悪くなさそうだけど、結構長い時間意識が戻らなかったなんて心配だからね。ちゃんと診てもらいましょう」

そうだった、私が倒れたということで馬車に乗せられ村を出てしまったのだ。

頭がズキズキして、うまく考えがまとまらない。この人が現れた時は、何を言われてもきっぱり拒絶するつもりだったのに、話をしていると確信が揺らいできてしまう。どうすればいいのか分からなくなる。

混乱した頭を抱えていると、馬車は隣町に着いたらしく、門で受付を済ませたあと町の治療院と思われる建屋（たてや）の前で馬車は停まった。

お義母さんが受付をしてくると言って私を残したまま馬車を降りていく。ちらりと御者台（ぎょしゃ）を見ると、ラウが項垂（うなだ）れて座っている。

ラウとでもいいから他の人と話してちょっと頭を整理したい……。

小窓をノックしかけたが、お義母さんがすぐ戻ってきて、診察してもらえるらしいと言い、やや強引に私を院内へ連れて行った。

お医者さんは私の顔を見ると面倒くさそうにこちらをじろっと見て、頭部をちょっと診ただけで、特に薬も何もなく安静にするよう言い渡して終了してしまった。

果たしてわざわざ隣町に来てまで医者に診てもらう必要があったのか。ともかく、大丈夫だと言われたのだから村に帰りたい。

「お義母さん、申し訳ないんですけどまた村まで送ってほしいんですが……」

「あら、もう日が暮れるから無理ね。夜間の移動は危ないわ。今日はこの町の宿屋に泊まりましょう。明日、朝送って行ってあげるから。そこでまた、ディアちゃんの気持ちを聞かせて？」

「えっ？　こ、困ります！　私帰りたいって言いましたよね？」

「夜道は危険なのよ。森を抜けるんだから狼が出たらどうするの？　それに、あなたを送っていったら逆に私たちが泊まるところがなくて困ってしまうわ。それともディアちゃんの家に泊めてくれるのかしら」

「あ………ええと……」

言いよどんでいるうちに、ラウが馬車を宿の置き場に停めているからと連れていかれる。

でもさすがに一緒に泊まるなんて無理だ。どうにか自力で馬車を調達できないものかと考えるが、そもそも私はお金すら持っていない。馬車どころか、宿を別に取ることすらできない。

宿が立ち並ぶ通りの前にラウがいて、キョロキョロと落ち着かない様子で待っている。

「ああ、いたいた。ラウー、宿は取れたのー？」

お義母さんがラウを呼ぶと、ラウはビクリとして恐々と私とお義母さんを交互に見る。

「もちろんラウとは別の部屋を取るからね。たった一晩のことでしょう？　ディアちゃんは頭を打ったんだから、今日は無理に戻るより休んだほうがいいわ」

さっさと宿に入って行こうとするお義母さんを、ラウが慌てて引き留める。

「あ、あのな、母さん。俺、ちょっと馬車に荷物忘れて持ち合わせなくてさ、まだ手続きしていないんだよ」

「あら……そうなの？　すぐディアちゃん休ませたいから宿の手配しておいてって頼んだのに、ドジねえ」

ごめんと言うラウの肩をぺしっと叩いて、お義母さんが渋々と言った様子で宿の中に入っていった。その後ろ姿が見えなくなった途端、ラウが声を潜めて私に話しかけてくる。

「ディア。お前、今から逃げろ。とりあえず母さんは俺がなんとかするから、自警団の守衛所か門の詰所にでも駆け込んで保護してもらえ。こんなことになってごめんな……。俺さ、母さんから聞いていた話と全然違うんだよ。そもそも脱税とか初耳だし、なんかもう滅茶苦茶だよ。なんなんだよ。つうかお前さっき母さんに……」

「ま、待って、よく聞こえない……」

早口でよく聞き取れなくて問い返そうと顔を上げた時、ラウのすぐ後ろに立っているお義母さんと目が合って、ひっと小さく悲鳴が漏れる。

実は宿に入るふりをして、死角から近づいていたのか……！

「ラウ、やっぱりこんなことだろうと思ってたけど、あなたおじけづいたのね。仕方のない子。本当に親の言うことを聞かないわねえ。これには理由があるって言ったでしょう?」

「あ、いや、でも! 母さんがディア殴って気絶させたのに、なんで嘘つくんだよ。それに脱税とか初耳だし、そもそもディアが母さんに会いたがっているって話じゃなかったのかよ? 嘘だらけでついてけねえよ……」

「殴った……? お義母さんが?」

言われてようやく自分がこの人に殴られて気絶したんだと気が付いた。あまりにも普通に転んだと言って心配する素振りをするから、嘘だと疑う発想が出てこなかった。

自分で気絶させたくせに、よどみなく嘘がつけるのだと改めて知って背筋がぞっとする。

それを指摘されてもお義母さんは慌てる様子はない。むしろこちらが駄々をこねているかのように、呆れた顔で私たちを見ている。

「二人とも、ちょっと落ち着きなさいよ。大声出してみっともないったら。ここがどこだか分かっているの? 宿の前で大騒ぎして、営業妨害も甚だしいわ。人の迷惑も考えられないなんて、本当に仕方のない子たちねえ」

営業妨害と言われハッとして周囲を見ると、まだ人の往来があって私たちのほうをチラチラと見ている人もいる。宿からも、なにごとかと人が顔を覗かせていた。

「あのねえ、ラウもディアちゃんも先走りすぎよ。ラウもそのカッとなりやすい性格直したほうがいいわよ。まずはディアちゃんと二人でちゃんとお話ししようと思っていたけど、ラウも疑問があって納得できないっていうのなら、三人で腹を割って話しましょう。聞きたいことがあれば全部話すから、宿の部屋を借りましょう。こんな往来で話せることじゃないわ」

場所を変えることには賛成だが、宿の部屋でと言われた時に、なんとなしに嫌な感じがした。この人と話していると、いつのまにかあちらの流れに持っていかれてしまっている。だからちょっとしたことでもこの人の言うことに従いたくない。

「部屋でなくとも話はできます。店の裏とかでいいんじゃ……」

「ディアちゃんはいいかもしれないけど、私はあなたからありもしない脱税の疑いをかけられているのよ？　耳目（じもく）を集めながら責められるこちらの気持ちも考えてほしいわ」

お互い譲らず話がまとまらないので、ラウが慌てて私たちを馬車の置き場へと押しやる。

「いきなりディアを殴った母さんの言うことを信用できねーよ。ディアのこと心配でしょうがないって言うから連れてきたのに、本当は脱税のことがバレる前にコイツを連れ戻すのが目的だったのかよ⁉　ちゃんと説明してくれよ！」

私たちを馬車の中に押し込みながら、ラウが声を荒らげる。

しぶしぶ狭い箱馬車の中で三人がにらみ合うかたちになった。

まずは脱税って本当なのかと問われたので、ラウが疑いを持って調べてくれれば確認できることがあると思い至り、その方法を彼に伝える。

「昔の帳簿と納税の記録の書類が残っていればすぐ照合できるわ。でも……帳簿はもう改ざんされているかもしれない。その場合証拠を探すのは難しいけど、ラウなら店の大まかな売り上げが分かるでしょ？　役場に行って納税額を確認してみればすぐ不自然だと分かるはずよ」

ラウが売り上げを把握していたのか、本当は半信半疑だったが、ラウは数字に強いし頭がいい。

本気で調べる気になれば納税額の不自然さに気付くだろう。

この場はもう、疑問に思ってくれるだけでいい。ラウがこちらの味方になってくれるなら、お義母さんは私を解放せざるを得ない。

どうなんだとラウが詰め寄るが、お義母さんは困ったように首をかしげて、実はね……と沈痛な面持ちになり、脱税は事実だと認めた。

「…………何年か前、お父さんが卸業でけっこう大きな損失を出しちゃって、店のほうの売り上げで補填したことがあったのよ。その時、年末にどうしても現金が調達できなくて、仕方なしに誤魔化して申告しちゃったことがあるのよ。正直に言うわ。ディアちゃんの言う通り、やむに已まれず税金を過少申告したことがあるわ」

「っ、じゃあ本当に脱税して……」

「でもね、いつかあなたに継がせる店を潰すまいと私も必死だったの。あの頃あなたは遊んでばかりで、とても相談なんてできる状態じゃなかったし、ディアちゃんだってまだ身内じゃなかったから、お金の相談なんてできないし……私も追い詰められていたのよ」

遊んでばかりで店の仕事をないがしろにしていた自覚のあるラウは、うっと言葉につまる。

「あ……いや、それは悪かったけど……脱税は重罪だろ？　そんな危ない橋を渡る必要あったのかよ。最悪、店が潰れても親父の卸業があるんだし……」

「倒産して、落ちぶれたなって皆に蔑まれたら自尊心の高いあなたは耐えられないでしょう。それに、ラウはお父さんと上手くいってないのに、卸の仕事を素直に教わることができるの？　あなたの将来を考えて、苦渋の決断をしたのよ」

全てあなたのためだったと言われて、ラウはついに頭を抱えて何も言えなくなってしまった。

二人のやり取りを聞いていて、母心から犯罪に手を染めてしまったのだと知って、何も話を聞こうとしなかったことを少しだけ後悔する。

冷静でいようと思いつつ、事実を認めようとしないお義母さんに苛立ちを覚えてつい強い口調になってしまった。

冬の間、もしお義母さんが私を訪ねてきたら……と何度も考えた時、嘘をつかず謝罪してくれたら許そうと心に決めていた。そして、脱税がやむにやまれぬ事情故のことならば、店の元従業員として責任の一端を担うつもりでもいた。

「お義母さん……脱税については修正申告すれば大丈夫ですよ。故意でなく過失として自己申告すれば、罰金で済むはずです。私が……集計を間違えていたことにしましょう。これが一番疑われません」

私のせいにすればいい、と言うと、ラウは目を丸くしていた。

さすがに経営者が最終確認を怠ったお咎めはあるだろうが、それでも罰金だけで済むうえに、お義母さんの体面も保たれる。多少私が泥をかぶってもいいと思って提案したことだった。

「修正申告のためなら、一度町に戻っても構いません。でもいずれにせよ、このまま一緒にはいきません。行くとしたら……同居人と一緒です。これが私のできる最大限の譲歩です」

私が間違えたことにできるのだから、この提案ならきっとお義母さんは感謝してくれる。そう期待して彼女の言葉を待った。

だが彼女の反応は想定していたどれとも違っていた。

「あのねえ、あなたが町から逃げ出したせいで、ウチは町中から非難されて店が営業できなくなっているのよ？　そんな時に脱税を疑われそうな修正申告なんかしたら、悪評に拍車をかけるだけじゃない。それこそ店は潰れてしまうわ。今更そんな案は通らないのよ」

言っていること分かる？　と優しく問われ、ぎこちなく首を縦に振る。

「そんな……じゃあ、どうするつもりなんですか？」

まさかこの提案が蹴られるとは思わなかったので、どうしたらいいか分からなくなる。

脱税はなかったことにするつもりなのか？　バレる可能性は考えないのか？　私が口を噤めば明るみに出ないと高をくくっているのだろうか？

……そもそもお義母さんは、私をどうするつもりでここまで来たのだろうか？

私はまだ、この人の真相を見誤っていたのか。

「店を守るために、ディアちゃんが必要なのよ。あなたが戻ってきて、ラウとやり直すと言ってくれれば何もかも解決なのよ。可哀想なあなたが頭を下げて回れば、町の人たちも納得してくれるし店も再開できる。打ち切られた取引先もまた元通り契約してくれるわ。だから、ね？　ディアちゃんには絶対に戻ってきてもらうしかないの」

にっこりと笑って私に言うお義母さんの顔は、幼い頃から見てきた優しい表情となんら変わりなかった。怖いくらいいつも通りだ。ぞぞぞっと怖気が背筋を通り抜ける。

お義母さんの言っている意味が分からない。

無理やり拘束して連れて行ったところで、そんなことをされてお義母さんのいいなりになるわけがないのに。この人はなにを言っているのだろうか。

「い、いえ、私は帰らないと言いましたよね？　第一、私が戻ったところでラウのしたことは変わらないんだから、町の人の評判が回復する要素にならないし、私だって許すつもりはありませんよ……馬鹿なことを言わないでください、ちょっと冷静になってよく考えてみてください」

妄想を押し付けないでと失礼な言い方をしてもお義母さんは意に介した様子もなく、優しい笑みを浮かべたまま私を見つめている。

「いいえ、ディアちゃんはね、結婚がだめになって失意のまま町を飛び出したんだけど、あなたを心配したラウが必死に国中を回って探し出したの。そして誠心誠意謝って、あなたはその熱意と真摯さに負けてラウを許すの。そしてディアちゃんも自分の浅慮を反省して、もう一度お互いの愛を確かめ合う……。色々あったけど、引き裂かれた二人がもう一度心を通わせて、協力しあって店を盛り立てていく。ホラ、なんて素敵なお話なのかしら。話題の二人の店ということで、以前よりもっと繁盛するわ。なにもかもめでたしめでたしじゃない？」

感動的なお芝居を見た後の感想を述べるように、うっとりと妄想を語るお義母さんはとても楽しそうだ。でもその登場人物に私が据えられているのだから恐怖でしかない。

「なんですかその作り話。まったく事実と違いますし、私はラウとやり直すつもりなんてありません。もう……お話にならないです」

これ以上お義母さんと話しても埒が明かないので、茫然としているラウのほうに話を振る。

「ラウ、町に帰って帳簿を確認して、自分で申告の修正をしなよ。自ら修正申告を申し出れば、きっと罪にはならないし大丈夫よ。私はもうお義母さんの妄想に付き合いきれないから、どうもしてあげられない」

修正申告の手続きまでは手伝ってもいいとさっきまでは思っていたが、訳の分からないことを言い出すお義母さんとこれ以上関わりたくない。

ラウに無理やりにでも連れ帰ってと声をかけるが、私の声が届いていないようだ。しっかりして、と言いかけた時、ラウの目線の先にいたお義母さんが明るい声で息子に話しかけた。

「ラウ、さっきも言ったとおり、あなたはディアちゃんと早いとこ子どもを作っちゃいなさい。大丈夫よ、最初はちょっともめても、子どもができちゃえば男と女なんて案外うまくいっちゃうものなのよ。子はかすがいっていうけど、ホントにそうなの。ディアちゃんは愛情深い子だし、子どもを可愛がるいいお母さんになるわ。子どもには父親が必要だし、いい環境で育てるためには店の立て直しも必要だものねえ」

「ちょっ……黙れよ母さん！」

慌てて話を遮ろうとするラウの手をピシャリと叩いて、子どもを叱るように声を張る。

「ねえ、ラウ。分かるでしょ？　修正申告すれば罪にならないなんてあり得ないわよ。去年だけならともかく、数年前からだと知れたら確実に逮捕されて店は取り潰しで差し押さえよ。あなただって経営者の一人になっているんだから、知らなかったでは済まされないわ。人生終わりよ。犯罪者がこの先まともな職に就けるわけないし、これから先長い人生どうやって生きていくの？　物乞いにでもなる？　恵まれた環境で、何不自由なく享楽的に暮らしていたのに、皆に蔑まれて泥水を啜るような生活を我慢できるの？」

問われたラウは凍り付いたまま動けないでいる。

「さあ、ラウ、今ここで選びなさい。破滅の道を進むか、私の言う通りに、ディアちゃんを連れて帰るか、どっちかしかないわ」

「何を馬鹿なことを！　そんなこと絶対に無理です！」

黙っていられず狭い馬車の中で叫ぶが、お義母さんは気にした様子もない。

「ディアちゃんの意見は聞いてないの。ラウ、大丈夫よ、もともとディアちゃんはあなたのことが大好きだったんだし、本気で嫌なわけないわ。それに女なんてね、なんだかんだ言っても肌を合わせた相手には情がうつるものなのよ。子どもができればなおさら、子の父親を愛しく思うようになって、男女っていうのはそうやって家族になっていくんだから大丈夫よ。ラウだって本当はディアちゃんとやり直したいんでしょう？　二人がやり直すのが全て円満解決する唯一の方法なのよ。それくらい分かるでしょう？　ラウ、決断しなさい」

優しい声で言い聞かせているお義母さんを見て、寒気が止まらない。

彼女のなかではすでに解決の筋書きができていて、私をただそれにはめ込むことしか考えていない。この人にとって店のためラウのために用意した駒でしかないから、私の意思など最初から考慮に値しないのだ。

――逃げよう。

最初から話し合いなんかするんじゃなかった。そもそも私を殴って気絶させた人なのに、どうしてここまでノコノコついて来てしまったんだろう。最初からなりふり構わず叫んで誰かに助けを求めるべきだったのだ。

扉を開けたら大通りまで走って助けてと叫ぶ。自警団に駆け込めばなんとかなる。

気付かれないようにそろりと動き、駆けだす準備をしながら馬車の扉に手をかけ取っ手を捻(ひね)る。

だが、『ガチッ』と取っ手の金属音が響いただけで、扉が開かない。

……鍵がかかっている！

あわてて下についている鍵を開けようとモタモタしていると、後ろから引っ張られ口を押さえつけられた。

「もう、ディアちゃんたら、ちょっとおとなしくしていてちょうだい。まだ話が終わっていないでしょう」

「やめてくださ……っ」

力ずくで押さえ込まれ、お義母さんの爪が顔に食い込む。傷つけることにためらいを感じないやり方に恐怖を覚える。でも私のほうが体格で勝っているのだから、全力で暴れて殴れば振りほどけるかもしれない。けれどここまでされてもまだ、暴れたらお義母さんに怪我をさせてしまうかもという考えがよぎり、身動きが取れない。

ラウも突然のお義母さんの暴挙に驚いているが、どうやって引き離したらいいか考えあぐねて手を出せずにいる。

「ラウ、いい加減あなたも大人になりなさい。自分の店を持って商売をするっていうのは綺麗ごとだけではやっていけないの。多少汚いことに手を染めても店を守ってみせるという気概をもたなければ商売人になれないわよ。ディアちゃんとは何もなければ結婚する予定だったんだから、多少遠回りしただけでしょ。何をためらうの？　あなたが決断すれば、全てが丸く収まるのよ」

めちゃくちゃな話だが、私の意思を考慮しないなら確かに最良の方法だと納得する人がいそうだと思ってしまうほど、嫌な説得力がある。

この人と話していると、あちらの論旨（ろんし）に振り回されてなにが正しいのか見失いそうになる。私ですらそうなのだから、息子であるラウなんか簡単に丸め込まれてしまうのではないか。

お願いだからこの人の言う通りにしないで！　と願いを込めてラウを見ると、泣きそうな顔をした彼と目が合った。

――ラウはじっと私を見つめた後、大きく息をついてから顔を上げた。

「俺は母さんを親としても商売人としても尊敬していた。間違ったことなんてしないと思っていたから、ディアの許まで連れてきたのに……だけど……もう無理だ。母さんは、商売のためなら汚いことでもするって言うけど、俺にはできない。そうやっていろんな人を騙して傷つけて生きていたら、必ず自分に返ってくる。そういうの身をもって経験したからよく分かるんだ」

声を詰まらせながら、ラウはお義母さんに必死に訴えかける。

「村で俺に仕事を教えてくれた人が言っていたんだ。人を欺（あざむ）いて生きるような人間はいつか必ず破滅するって。だからできるだけ正しく生きろって。俺、いろんなことを教えてもらってさ、すげえ世話になったから、クラトさんに顔向けできなくなるようなことはしたくない。ディアに言うことをきかせるために子ども作れなんて、最低だろ……。俺には無理だ。母さんには従えないよ」

ラウがきっぱりとお義母さんに対して拒否の言葉を告げてくれた。

ああ……クラトさんと過ごした一冬でずいぶんまともになったと思っていたけど、本当に真人間になったんだなと感動すら覚えた。

ラウが拒否すればお義母さんの計画は成立しない。これで諦めてくれるだろうと期待したが、私を掴む手は一向に緩む様子がない。

こちらを見ているラウが焦った声を上げたのでどうしたのかと思った時、首筋にひやりとした感覚がした。

「流されやすい馬鹿な子だとは思っていたけど、ちょっと町を出ていただけで変な影響を受けちゃったのねえ。あのねえ、そうやって正義漢ぶって悦に入りたい年頃なんでしょうけど、明日食べるものに困っても同じことを言える？　今まで恵まれていて、お金に困ったことがないからそんな甘ったれた偽善が言えるのよ。仕方がないからお母さんがあなたの罪悪感を減らしてあげるわ」

ひやりとした首筋に目線を落とすと、首元に小刀が押し当てられていた。

ひ、と悲鳴が漏れ、身が竦む。それを見ていたラウのほうが悲痛な叫び声をあげた。

「ホラ、あなたが了承しないとディアちゃんの身が危ないわよ。首がすっぱり切れちゃうわ。ラウは私に脅されて、仕方なくディアちゃんを連れていくことに同意するのよ。だからあなたは悪くないわ。もう宿はいいから、この町も出発しちゃいましょうか。こんなところでモタモタしていると、うっかり逃げられちゃうかもしれないからね。ラウも本音ではディアちゃんとやり直したかったんでしょ？　この機会を逃したらもう二度とディアちゃんは手に入らないわよ。私の言う通りにするのが一番いいの」

刃物を隠し持っていたなんて考えてもいなかった。こうなることを想定して服に仕込んでいたのか。いずれにせよ私は本当にこの人を甘く見ていた。

正しく公平な人なんかじゃないと気付いていたのに、まだどこかで優しかったお義母さんのほうが本当なんじゃないかと思って、分かり合えるのではないかと期待していた。

「ま、待て母さん！　ディアに怪我させたら取り返しがつかないだろ！　本物の犯罪者になるんだぞ。刃物をしまえよ！」

「そうねえ。母親が犯罪者だなんてラウも困るでしょう？　分かったら早くして。とりあえずこの町を出ましょう。後のことは旅程でゆっくり考えればいいわ」

見せつけるようにぐっと刃先を更に喉元に近づけると、それを見ていたラウが降参した。

「分かった、分かったからディアに怪我させないでくれ」

馬を準備する、とラウが言い出したので、絶望で目の前が真っ暗になる。

このままでは本当にお義母さんの計画のとおりにされてしまう！

焦りと恐怖から、私は無意識のうちに叫んでいた。

「……ジローさんっ！　ジローさん！　助けて！」

取り乱して暴れる私を鬱陶しそうに見ながら、お義母さんは冷静に指示を出す。

「騒がれるのは困るわね。ラウ、そこにある布を取って頂戴。あなたは早く出発の準備」

布を口に突っ込まれそうになった時、馬車の外側からバキ、バキッと破壊音が響いて馬車が大きく揺れる。

『バキンッ！』

ひと際大きな音を立てて、扉が外からこじ開けられた。

開いた扉の向こうには……鬼の形相のジローさんが立っていた。

お義母さんがそちらに気を取られていた一瞬に、ラウが小刀をつかんだ。慌てたお義母さんが思わず腕を振り払うと、つかんでいたラウの手のひらをざっくりと裂いてしまい、血が飛び散った。

「痛ってぇ！」

うっかり息子の手を切ってしまったお義母さんは動揺して、私を掴む腕の力が緩む。

すかさずジローさんが私からお義母さんを引き離し、素早く腕をねじり上げ小刀を取り上げた。

そのまま馬車の座席に押さえつけて、体勢を崩していた私を片手で引っ張り起こす。

「ディアさん！　俺の後ろに行け！」

ぐいっと引っ張られ、私を背中側に押しやり、暴れて抵抗するお義母さんを持っていた縄のようなものですばやく縛り上げた。動けないように手足をギチギチに拘束されて、猿轡までかまされるとようやく大人しくなった。

ジローさんは箱馬車の床にお義母さんを転がしたあと、振り返って腰を抜かしている私を抱え上げ、馬車の外に運び出してくれる。

「ディアさんっ！　大丈夫か？　怪我は……」

汗だくで、荒い息のまま必死に私の無事を確認しようとするジローさんの姿を見て、私は一気に緊張が解けて涙があふれた。力いっぱいジローさんにしがみついて、声を上げて泣いた。

「ジローさんっ……来てくれたぁ……っ。ジローさんっジローさぁんっ」

「見つけられてよかった……あぁもうすげえ心配したぁ～無事でよかった……」

ジローさんは泣きわめく私を大事そうに抱きしめて、無事を確認するかのように頭や背中を何度も撫でてくれた。

そうやって私がジローさんにしがみついて泣いていると、あとからクラトさんも駆けつけてきてこの状況に唖然としていたが、ラウの姿を見ると、一気に表情が険しくなった。

「おい、ラウ。お前これはいったいどういうことだ。お前がディアさんを誘拐したのか」

「クラトさん……すみません。俺……本当にすみません」

「ま、待って。ラウ、血が出てる」

ラウが悲痛な声で謝罪する声が聞こえ顔を上げると、さきほど切られてしまった手のひらからぽたぽたと血が垂れていた。

「クラトさん、あの、まずはラウの手当てをしないと」

「あ、ああ……そうだな。ひとまず自警団の守衛所に行こう。ラウ、出血がひどいから応急処置で布を巻いて止血する。手を見せろ」

クラトさんの声は柔らかく、怪我をしたラウを心配しているのが伝わってきた。

ラウは大人しくクラトさんに手当てをされていた。それを見て、ようやく安心できて体中の力が抜けた。

❀ ❀ ❀

自警団の守衛所へ、ラウとお義母さんを連れて向かう道中、私はずっとジローさんの腕にしがみついていた。安心して気が緩んだら、またさっきの恐怖が蘇ってきて震えが止まらなくなる。そんな私にジローさんは、気遣わしげに頭をなでて落ち着かせてくれた。

少し冷静になってきたところで、私は疑問に思っていたことを訊ねた。

「あの、なぜジローさんたち、私がここにいるって分かったんですか?」

「ああ……それな、クラトのおかげなんだ」

ラウたちの馬車は、村の入り口から続く大きな道ではなく、裏道を通ってマーゴさんの家に向かったらしい。だが人の出入りが少ない土地なので、見慣れない馬車を見かけたお年寄りが、クラトさんに早い段階で知らせていた。

わざわざ人目を避けるように、馬車では走りにくい裏道を通ってくる訪問者に、不審なものを感じたクラトさんがマーゴさんのところを訪ねて事情を聞いたところ、私を訪ねてラウの母が来ていたんだと白状した。

けれど、すでに馬車も私の姿も見当たらない。

訝しく思ったクラトさんが、村の中を探している時に、ようやくジローさんが村に帰ってきた。一連の流れを説明すると、それは間違いなく連れ去られたんだと断言し、すぐに馬に乗って村を飛び出して行った。クラトさんもそれを追いかけ、二人で私を探しに来てくれたのだ。

「村からの距離を考えて、夕暮れという時間帯的に一番近い町に寄るだろうと踏んだんだ。予想が当たって良かったよ」

「町中で探すのは手間取るかと思ったが、ジローが、ディアさんが俺を呼ぶ声がする！　とか言い出してな。何を馬鹿なと信じていなかったのにそれで本当に見つけてしまうから凄いと思ったよ。まあちょっと気持ち悪いとも思ったがな」

茶化すようなことをクラトさんが言うので、強張っていたジローさんの表情が少し緩む。それを見て私も笑うことができた。

「あー……それよりさァ、自警団に捕まえてもらうなら、事の次第を説明しなきゃならんが、ディアさん大丈夫か？　証言できるか？」

自警団の守衛所に到着したところで、ジローさんが心配そうに問いかけてくる。

「大丈夫です。でも、事の起こりから説明すると、軍警察の管轄になる話も絡んでくるので、説明が長くなるかも……」

脱税の話は自警団で調査する事案でもないので、こうなった経緯と共にざっくりと説明し、誘拐と暴行の容疑でお義母さんはひとまず留置場に拘留された。

ラウに関しては留置場ではなく守衛所で手当てを受けながら事情を聞かれていたが、さきほどの私の証言で軍警察に話が行き、駆けつけてきた憲兵さんにもう一度同じことを証言しなくてはいけなくなった。

ようやく解放された時には、もう夜が明けていた。

これで家に帰れる！　と思っていたのに、お義母さんの取り調べが終わったら証言内容の相違を確認したいからもう一度来てくれと言われてしまった。

仕方なくジローさんたちが取ってくれた宿で仮眠してから再度軍警察を訪れると、お義母さんは全ての容疑を真っ向から否定していると聞かされた。

それどころか、脱税も私の仕業で着服していたということにされていて、怒りを通り越して呆れるしかなかった。

曰く、私が父親からの指示で帳簿を改ざんして売り上げから金を抜いていたとか、自分はその改ざんされた報告を信じて申告していただけだと主張した。

父親に金が渡っている記録もあると言っているらしく、もう一度その件について事情を聞かれることになってしまった。

……記録、と言われて思い当たるのは、父に渡していた私の給金だろうか。確かにそれなら私の手でお義母さんに言われた数字を帳簿に記録している。それに、お義母さんは『手切れ金代わり』と称してお金を渡したと言っていた。恐らくそれらを、私がお金を抜いて親に渡していた証拠とするつもりなのでは、と憲兵さんに説明した。

推測交じりの説明になってしまい、話しながら震えが止まらなかった。

あのお義母さんがそう証言するのなら、行き当たりばったりな訳がない。証拠として使えそうな何かを用意してあるはずだ。

いざという時に私に脱税の責任を押し付けられるよう用意されていた保険だったのだろう。

なんのことはない、お義母さんはちゃんと私に泥をかぶせる算段を整えていた。

私が間違えたことにして、修正申告すればいいだなんて意気揚々と提案した自分が馬鹿みたいで笑ってしまった。そんなことを申し出なくとも、お義母さんはちゃんと私を犠牲にする予定だったのだから、道化もいいとこだ。

お義母さんの計画では、最良は私がラウと復縁することで、でもそれが上手くいかなかったら、代替案として、脱税が発覚した場合にかけていた保険を使う予定でいた。

代替案を使うと、経営者として管理不足だとの誹りを受けるだろうから、あくまで最悪を回避するための保険だったのだろう。

徹頭徹尾、私はお義母さんの手のひらの上で転がされていただけだった。

事情を説明しながら、もしお義母さんの主張を憲兵さんが信じてしまったら私が捕まるのかと恐ろしかったが、ラウの証言と私のが完全に一致していたので、こちらの話が真実だと判断してもらえ、取り調べが終わった後はちゃんと解放してもらえた。

……分かっていたことだが、本当に私のことを道具としか見ていなかったのだな、と改めて思い知らされる。

あの人は最初から、店と自分の家族しか大切じゃなくて、そこに私は含まれていなかった。

今更傷つくな、と自分に言い聞かせる。

軍警察の取り調べが終わった時、ラウもようやく解放されたところだったので、二人で少し話す時間ができた。

「母さんのこと、本当に悪かった。知らなかったじゃすまないと分かっている。知ろうとしなかった俺に全責任がある。謝って済むことじゃないけど……悪かった」

「それよりもラウが私をかばってくれたことに驚いたわ。ありがとうね、ラウ」

店の存続が危うくなるのに、ラウは全て包み隠さず証言した。

「……いくらなんでもあれは庇えねえよ。あの人、俺にディアと既成事実を作れって宿を取らせようとしたんだぜ？　それを許せるほど、俺も落ちぶれてねー。まあこれから俺もやばいことになるけど、あのままじゃいつかどっかで破綻して痛い目見るんだろうから、これでよかったんだよ」

疲れた顔で無理に笑うラウに、なんと声をかけたらいいか分からない。

二人で話しているところにクラトさんが来たので、ラウが黙ったまま頭を下げるとクラトさんがすかさずその頭をべしっと叩いた。

「親に反抗してディアさんを守ったんだろ。お前にしてはやるじゃないか」

「……いや、でも俺……」

クラトさんも優しい目でラウを見ていて、兄が弟を見守るようなその光景は、なんだか私には眩(まぶ)しく感じられた。

一度は激しく憎んだ、元婚約者のラウ。でもやっぱり幼少のころから一緒に過ごしてきた相手だから、まっとうな人間になった姿が見られたのは素直に嬉しかった。

第二話『別離』

長い取り調べを終えてようやく村に帰ってこられた時は、三人同時に安堵(あんど)のため息がもれてしまった。気が合うなと笑うジローさんとクラトさんに向き直り、改めてお礼を言う。

「本当に、助けてくださってありがとうございました。二人が来てくれなかったら、どうなっていたか分からなかったです。取り調べまでずっと付き合ってもらってしまって……申し訳ないです」

「俺は何もしていないよ。とにかく無事でよかった」

クラトさんは笑って応じてくれたが、ジローさんはじとっと私を見て、不満そうに眉間(みけん)にしわを寄せている。

「ディアさんさあ……あの女将さんの裏の顔、随分前から気付いていたんだろ?　脱税のこととかさァ、なんで相談してくれなかったんだよ。そんなに俺、信用無い？」

「ごめんなさい、信用してないとかじゃないんです。確信が持てなかったというのもあるんですが、お義母さんとのことは、自分でなんとかしたかったんです。決して公明正大な人ではなかったと気付いていましたが、それでもあの人を信じていたから……」

「俺からすりゃあ最初っから全然信用ならない人物だったけどなァ。ディアさんは人を信用しすぎるんだよ。ホンットもうさァ……相談くらいしてくれてもよかったろ。取り返しのつかないことになるトコだったんだぜ？　あれはマジでダメだ。普通の人の皮を被った鬼畜ってのが世の中にはいるんだよ。一人で太刀打ちできる相手じゃない」

せめて事前に相談してくれたら……とブツブツ呟くジローさんに私は頭を下げることしかできない。

確かに私の考えが甘かった。取り調べでお義母さんが話した内容を憲兵さんから聞いて、更にどれだけ自分が能天気だったか思い知らされ落ち込んだ。

「話せば分かってくれると思っていたんです。だから突然現れた時も、まだ何とかなると楽観視していたかもしれません。でも何を言っても躱されて……まるで私が悪いみたいな流れになったりして、もう訳が分からなくて頭がおかしくなりそうでした」

「そりゃそうだろ。ああいう輩は人を従わせることに慣れてんだ。それにやり手の商売人だから、論点ずらして言いくるめるとかお手の物だ。取り調べでもまだ無罪になるのを諦めてない感じだもんな。何枚舌か分かりゃしねえ老獪なババアだよ。世間知らずのディアさんが真正面からぶつかって勝てる相手じゃねえ」

「返す言葉もありません……」

しょんぼりしていると、私たちの会話を聞いていたクラトさんがジローさんを窘める。

「おい、ジロー。それくらいにしておけよ。お前だってラウの母親のことを悪く言えるような立場か？　ディアさんがほかの人に相談しなかったのは、女将さんを犯罪者にしたくなかったからだろう。だから自分だけで説得しようと思ったんじゃないか。まあ……結果としてこうなってしまったけれど、もし説得に応じてくれたらそのほうが丸く収まったはずだ。ディアさんの気遣いをぶち壊したのはあっちなんだから、そんなに彼女を責めるなよ」

「うっ……そりゃそうだが……心配なんだよ。クラトだってディアさんが危なっかしいと思うだろ？　こんな美人なのに警戒心薄いし、自分の価値を分かってねえんだよ。放っておいたらあっという間に悪い奴の餌食にされそうじゃねえか。だから相談して欲しいって言ってんだよ」

「まさに今、ジローという悪人に付け込まれて餌食にされているけどな。ああ、確かにこんなに騙されやすくて、本当に心配だ」

「クラトさん、私はジローさんに付け込まれてなんていませんよ」

私が慌てて庇うと、クラトさんは、もう手遅れかーと肩をすくめてみせる。いまだにクラトさんのジローさんに対する評価は地の底にあるらしい。

本当に違うんだけどな……と思ったが、言っても無駄なようなので私はそのまま黙っていた。

……付け込んでいるのはむしろ私のほうなのだ。

ジローさんの優しさに甘えて寄りかかっている。頼れる家族もおらず故郷の町には帰れないからジローさんは同情して一緒にいてくれている。かわいそうな娘を突き放せないだろうと分かっていて、私はそれに付け込んでいる。

二人は、私のことを世間知らずのお人よしみたいに思っているようだが、そんなんじゃない。でもそう言ってもきっと、クラトさんには分かってもらえないだろう。

数日後、村長に呼び出されて役場へ向かうと、そこには青い顔をしたマーゴさんが待っていた。私の顔を見た途端、顔をくしゃくしゃにして泣いて、お義母さんの話を鵜呑みにしてごめんなさいー！　と必死に謝ってくれた。

色々ありすぎてマーゴさんにまで怒る体力が残っていない私は、もういいですよ……と言いかけたが、そばで聞いていたジローさんがそれを遮った。

「なんでディアさんの意思を聞かないで勝手なことしたんだ？」

「そっ、それはあの女将さんに騙されて……」

しどろもどろでマーゴさんが答えると、ジローさんが怒りを爆発させた。

「都合が悪くなったら人のせいかよ。この村の年寄りどもは、昔っからそうだよなァ。自分の考えが一番正しいって思いこんでっから、他人の気持ちを考えられないんだろ。そーやって謝っていても、本音じゃ自分は悪くないって思ってんだろ？　こんなんだから、若い奴はみんな出ていっちまって、この村はダメになったんだろうが。廃村になるのも自業自得だよ」

「そんなつもりじゃ……え、廃村って？」

「馬鹿野郎、まだ村の皆には言うなっつったろうが」

離れたところで聞いていた村長がジローさんを罵る。怒りに任せてジローさんは廃村の話をポロッと口にしてしまった。

実は少し前に、村長から廃村が決まったと私も教えられていた。けれど混乱させないためにまだ村民には伝えていなかった。

「ちょっと……ジローさん、言い過ぎです。それに廃村のことはまだ……」

「ディアさんは甘いんだよ。以前からディアさんの意見を無視して勝手に話を進めたりして迷惑かけていたくせに、なにひとつ変わってねえんだから、こんだけ言われたって反省なんかしねえよ。村長もさァ、もういい加減話しちまえばいいだろ。まだ黙っとく意味あんのか？」

「ディアちゃん？　あの、廃村って？　人が減り続ければいずれ……って話よね？」

「あー……ええと」

ちらりと近くにいた村長を見ると、しぶしぶといった様子でこちらに来てくれた。

「いや、ちゃんと決まってから話そうと思っとったんだけどねえ。ワシ今年で村長を降りることに決めたんだよ。そんで、後任がいるようならまだ村は存続できたんだけど、それがなかなか難しくてね、結局一番近い隣の村に統合になるんだわ。人数も減る一方だし、村として維持できないから廃村はもう決定事項なわけ」

村長は気まずそうにマーゴさんに廃村が決まった理由を説明する。

まだ隣村と調整段階で、村の人には内緒にしていてくれと言われていたので、このことは本当に一部の人しか知らない話だった。

マーゴさんは突然の話に愕然(がくぜん)としている。

私は職を失うことになるから、身の振り方を考える時間が必要だからと早めに教えてもらった。

村が統合されても村の住人はこのまま同じ場所に住み続けることはできるが、もちろん役場はあちらの村が窓口になるし、隣の村と言ってもかなり離れているので、生活が非常に不便になることは確実だ。

この村はお年寄りばかりだし、廃村の話をすれば、今後の生活をどうしたらいいのかと、大騒ぎになるだろうと村長は分かっていたから、村のみんなに話すのは色々決まって準備が整ってからにしようとしていたのに、何を思ったのかジローさんがこの段階で暴露してしまった。

「まだ言うなって言っといたのに、勝手に言っちまいやがってこの馬鹿ジローが。決まったらワシが話すって言ってあったろう」

「いいや、モタモタしてねえでマーゴさんたちにも廃村の話を公表してりゃ、エロ君に手紙なんか出さなかったんだ。村長一人じゃ廃村の手続きも大変だろうって保留にしていたが、もうディアさんはこの村に置いとけねえ。すぐにでも出ていかせる」

今までこんな風に村長に対して怒ったジローさんを見たことがなかったので、唖然としてなにも言えなかった。

村長の返事を待たず、ジローさんは私を連れて役場を後にする。それから家に着くまで彼はずっと無言だった。

「ジローさん……すぐにでも村を出るって、本気ですか？」

「ん？　あァ、ごめんな勝手に決めて。クラトとも話したんだが、今後のことは隣村の役場に任せて、村を出ちまったほうがいいと思うんだ。ディアさんがいるとずっと面倒ごと押し付けられて、移住できなくなるんじゃないかってクラトも心配していてな。まあアイツ自身もそうだから、いい機会だしクラトもいい加減村を出るかって言ってるんだよ」

そういうの分かっていたのに、俺がこんなとこに連れてきちまったせいだ、ごめんとジローさんは頭を下げる。

「ジローさんが謝ることじゃないです。それより、移住先の見当はもう付けているんですか？　前に言っていた、南のほうに行ってみますか？」

「あーそれなァ……あのな、提案なんだけど、ディアさんは一度故郷の町に帰らないか？　両親の裁判もそうだが、あの女将さんのこともあるだろ。それになァ、ディアさんが突然いなくなって心配している知り合いもいるだろうから、ちょっと顔見せてやったらいいんじゃないか？」

ジローさんに言われて、そういえば裁判で呼び出しを受ける可能性があったことを思い出した。両親のことに続いてあのお義母さんの脱税が発覚した今、証言を求められるのは確実だ。いずれにせよあの町には行かなくてはならないかもしれない。

お世話になった人に挨拶……。それは私も考えたが、お義母さんからこれでもかと人間の裏の顔を見せつけられて、昔の知り合いに会うのも怖くなってしまった。

いい人だと思っていた人がまた別の顔を見せてきたら……と考えると、そもそも嫌な記憶ばかり残る故郷に行かなくてもいいんじゃないかと逃げ腰になってしまう。

「でも……皆もう私のことなんて忘れていますよ……」

「いい思い出がないあの町に帰るのをためらう気持ちは分かる。でもなァ、ディアさんは自己評価がすげえ低かったから、誰も自分のことを気にかけてないとか思ってそうだけど、実際は違うと思うぜ？　両親や店が町の人たちから総スカンを食らったってのがその答えだろ？　故郷のことを、つらい記憶のままにしておかないほうがいいかと思うんだ」

確かに、あの時は何もかもに絶望していて、ラウに捨てられた私をみんなが笑っているんだろうと思い込んでいたが、よく考えると良識ある人はそんな非常識な真似はしない。

今でも気にかけてくれている人がいるのだろうか……。

確かにラウも閉店せざるを得ないほど皆に怒られたと言っていたから、ジローさんの言うことも本当かもしれない。

まあそれでも……一部の人からは、ノコノコ帰ってきたと笑われる可能性は大いにあるが、ジローさんが一緒なら怖くないし、嫌なことを言われたら言い返してやればいい。……と考えると、なんとかなる気がしてきた。

「……そうですね、だったら一度帰りましょうか。ジローさんこそ、突然いなくなっちゃったんだから、ウチの使用人だった人たちに挨拶に行ったらどうですか？」

「あ、いや……」

「いつ出発しますか？　今は季節がいいから移動が楽ですよね」

荷造りをしなくちゃ、などとつらつらと喋っていたが、ふとジローさんからの返事がないことに気が付いた。

「……ジローさん？　どうかしましたか？」

「ええとな、実はディアさんを町に連れていくのはもうクラトに頼んであるんだ」

「え……なんでですか？　ジローさんは？」

「俺は行かない。いや、ディアさんと一緒には行けないよ」

てっきり一緒に行ってそのまま別の町へ向かうのかと考えていたので、行かないと言われ動揺してしまう。なんで？　どうして？　と疑問ばかりが口から出てくる。

「なんでって……俺と二人で一緒に帰ったりしたら、こんなおっさんと駆け落ちしたのかって町の奴等に誤解されちまうだろ。ンな汚名をまたディアさんに被せるわけにはいかねえし、故郷の人間には俺といたことは伏せておいたほうがいいって」

ディアさんの今後の縁談に差し障（さわ）るから、とジローさんは訳の分からないことを言う。

「町の人にジローさんと駆け落ちしたと思われたって困らないですよ。用事が済めば出て行くんですから、何を言われたってかまいません」

「いや、故郷に戻ったらやっぱりここで暮らしたいって思うかもしれないだろ。それにもし、好きな男ができて結婚したいと思った時に、過去におっさんと駆け落ちしたことがあるって噂が残ってたら、痛くもない腹を探られて困るのはディアさんなんだぞ」

縁談？　結婚？　この人は何を言っているんだろう。どうして私が誰かと恋愛して結婚する予定で話が進んでいるのだろう？

私はそんなこと少しも望んでいないのに。だって私は……。私は……。

「故郷でジローさんと噂になって、どうして私が困るんですか？　私は他の人と恋愛したいとか思ってないです。だって……だって私は、ジローさんのことが、好きだから」

自分でも驚くくらいスッと『好き』という言葉が出た。

もうずっと前からこの気持ちは自覚していた。けれどジローさんに対する気持ちをこうして言葉にするのは初めてだった。

今の関係が心地よくて、壊したくなくて、好きな気持ちは隠していた。けれど好意は隠せていなかっただろうし、ジローさんにも嫌われてはいなかったはずだ。

この気持ちを知っても、どうか私を遠ざけないでと願いを込めて彼をまっすぐ見つめるが、ジローさんの表情は曇ったままだ。

その顔を見て、ああ、この後彼が発する言葉を聞きたくない、と瞬間的に思った。

じっと彼を見つめるが、どうしても目が合わない。

なぜこっちを見てくれないの？　なぜいつもみたいに優しく微笑んでくれないの？

ジローさんは床を見つめたまま何度も口を開きかけてやめて、そしてようやく顔をあげてくれたと思ったら、わざとらしいおどけた口調で喋り始めた。

「ディアさん、そのさァ、俺を好きっていう気持ちは……錯覚だよ。傷ついて弱っている時にたまたま俺と一緒にいたから、刷り込みみたいにそう思っちまっただけなんだよ。だってそうだろ？ディアさんみたいな美人で若い娘がなんでこんなおっさんを好きになるんだよ。ディアさんの周りにいた男はあの父親とかエロ君とかだったからなァ、俺みたいなのでもまともに見えたのかもしれないけど、きっとこれからちゃんとしたいい男と出会えば、俺のことを好きだなんて錯覚だったって気付くだろうからさァ。迂闊にそんなことおっさんに言ったらダメだぜェ？　いずれ後悔してディアさんの黒歴史になっちゃうぜ？」

な？　と同意を求めるように笑いかけられたが、強張ったまま返事ができない。

少しも笑わない私の表情を見てジローさんは気まずそうにまた目を逸らし、更に絶望の淵に突き落とすようなことを口にした。

「町に……帰ったらさ、ディアさんきっと引く手あまただろうなァ。以前は婚約者がいたから、他の男が近づけなかったけど、ディアさんを狙っていた奴、きっとたくさんいたはずだからさ、今度こそまともな相手みっけて、将来を見据えた恋愛をしなよ」

錯覚？　まともな相手？　将来を見据えた恋愛？

受け入れてもらえない可能性はもちろん考えていたけれど、好きという気持ちすら錯覚だと言って、相手にしてもらえないだなんて思ってもみなかった。

「そ、そんなこと……！　なんで私の気持ちをジローさんが否定するんですか？　私は本当にあなたのことが好きで……あなたと一緒にいたいんです。他の誰かじゃダメなんです。あなたがいいんです……」

震える声で必死に気持ちを伝えるが、目の前にいるジローさんは困ったような顔をしているだけだった。私の言葉が少しも彼の心に響いていない様子に、目の前が暗くなる。

「違うんだ、否定しているとかじゃなくて、ディアさんがそう錯覚する状況に俺が追い込んだんだから分かるんだ。俺はディアさんが大切な人に裏切られて死ぬほど弱っているところに付け込んだ。どん底だった君が、そばにいて助けてくれる人に好意を抱くのは当然のことだ。もともとディアさんは身近な人に虐げられて、最初っから正常な判断ができる状態じゃなかった。君がそういう状態であるのを分かった上で町から連れ出した卑怯者なんだよ」

違う。助けてくれたから好きになったわけじゃない。ジローさんの混じりけのない優しさに触れて、心惹かれた。錯覚なんかじゃないと首を振るが、彼の表情は動かない。

「本当にディアさんのことを思ってくれる優しい人間なら、あんな風に町から連れ出さず、君が受けた仕打ちを商工会や町役場に訴えて、味方を作って君を助けて、名誉を回復させようとしてくれるだろうな。俺はそういうのを分かっていながら、自分の都合でディアさんを騙して連れ出したズルい人間なんだ。好きとか言ってもらえる資格ないんだ」

「そんなことないです！　あの時は……私が町を出たいって言って、それを助けてくれただけじゃないですか！　つらい時、助けてくれたことには感謝していましたけど、だからってそれで好きになったわけじゃありません！　ジローさんと過ごす時間が楽しくて……ずっと一緒にいたいって思って……それで……」

泣きそうで喉が苦しくて言葉がうまく出てこない。

ちゃんと伝えたいのに、錯覚なんかじゃなくどうして私があなたを好きと思うのか、分かってほしいのに上手く言葉にできなくてもどかしい。

ジローさんはそんな私を見て、小さな子どもを諭すような優しい声で話す。

「……俺はさ、ディアさんには誰よりも幸せになってほしいんだよ。さんざんつらい思いをしてきたんだから、これから先は、誰もが羨むくらいの幸せな人生を送ってほしいんだ。俺とこの先一緒にいても、なにも与えてやれないんだよ。十年、二十年後を想像してみろ。金もねえ、地位も名誉もなんもねえくたびれたおっさんが爺さんになって、その面倒をみるだけの人生だぜ？　もっと違った未来があったはずなのに、なんで女として一番輝いている時期を無駄にしてしまったのかって、気付いてしまう瞬間がきっとくるんだ」

「違う！　私は後悔なんてしない！」

「まだ若いディアさんは、未来のことが上手く想像できないだけだ。年取ってようやく気付いても、過ぎてしまった時間は取り戻せない。俺は、あるはずのディアさんの幸せを潰したくないんだよ。ディアさんとの暮らしが楽しすぎてズルズル引き延ばしちまったが、いくらなんでももう潮時だよな。ごめんな……俺は、これ以上一緒にいられない」

ついに告げられる決別の言葉。

何か反論しなきゃ。

私の気持ちは嘘じゃないと証明しなきゃ。

なにか、なにか……。

必死に考えるが、彼を説得できるような言葉がなにひとつ出てこない。

ジローさんにとって私は、あくまで庇護する対象で、並び立って同じ目線で人生を共にする相手ではないのだ。

ぽろぽろと涙が零れ落ちる。

「い、いや、です。やだ、やだ……。私にはあなたしかいないの。ほかの誰かじゃなくて、ジローさんがいいの。あなたと一緒にいたい。お願いだから……私を捨てないで……」

みっともなくジローさんにすがろうとするが、彼は私が伸ばした腕を優しく押し戻す。

「違う、違うよ。俺が捨てるんじゃない、ディアさんが俺を捨てるんだ。君はそうすべきなんだ。俺みたいなのが付きまとっていたら、君の未来を潰しちまう。ディアさんはもっとたくさんの人に愛されて大切にされるべきなんだ。誰もが羨むような最高の幸せを手に入れて、幸せな家庭を築いてほしいんだ」

ごめんな、と泣きそうな声の謝罪が聞こえる。

「俺はさァ、これまでクソみたいな人生送ってきてさ、孤独なのは自業自得なんだが、ふと辛くなる時があって……そんな時にディアさんと出会ってさ。皆に要らないって捨てられたって言うからさァ、だったら俺がもらってもいいかなァってあの時思っちまったんだよ。親切心なんかじゃなく、ただ君を利用しただけなんだ」

「違う！　違う！　あなたは私を助けてくれた！　捨てられた私に、あなただけが手を差し伸べてくれた！」

利用されたなんて思っていない。もしそうだとしても、私が救われたことには変わりない。そう訴えても彼は首を振るばかりだ。

「ディアさんは純粋にこんな俺を全然疑わないで頼って慕ってくれてさ……。俺な、ディアさんと出会ってからが、人生で一番楽しかったよ。だからな、もう十分なんだ。ありがとう……もうこれ以上は、ろくでもない俺には身に余るよ。だから、もういいんだ」

優しく、でもきっぱりと私を拒絶する。

この人はもう私から離れることを決めてしまっている。もう私が何を言っても、彼の気持ちは変わらないのだと突き付けられる。

一緒に過ごしたジローさんの優しさは本物だった。それにどれだけ癒され救われたか、この人は少しも理解していない。あなたを想う気持ちは錯覚なんかじゃない。私だってジローさんといたことで人生で一番幸せな時間を過ごした。どうしてそれを分かってもらえないんだろう。

「わた、私はあなたと離れたくない……お願い……」

どれだけすがってみても、もう気持ちを決めてしまったジローさんには全く届かない。私は取り乱して泣くことしかできなかった。

いやだいやだと繰り返すだけの私を、ジローさんはずっと困ったように見ていた。頭のどこかでああもう無理なんだなと分かっていても諦めきれず、みっともなく床に座り込んで泣き喚く。こんなことをしても意味はないと分かっているのに、泣くのを止められない。

いつものように優しく抱きしめてくれないかという期待を捨てきれずにいたが、ジローさんはすがる私から逃れるように、立ち上がって背を向ける。

「ごめんな」

何度目か分からない謝罪を口にして、ジローさんは扉を開けて家を出ていった。

第三話『傍観者は語る』

「すまん、今日泊めてくれ」

夜更けに誰か訪ねてきたと思ったら、死人みたいな顔色をしたジローだった。

「なんだこんな時間に……ディアさんとケンカでもしたのか」

何気なく訊いてみたら当たりだったようで、部屋に入るなり床に座り込み頭を抱えている。

「ケンカっつうか、別れを告げてきた」

「いや、別れるも何も、お前ディアさんとはただの同居人だって言ってただろ」

思わず突っ込みを入れると、そうだけどそうじゃねえんだよぉ～！　と叫び出したので訳が分からず、ひとまず酒でも飲ませて落ち着かせてやるかと酒瓶を持ってくる。

酒を出してやると遠慮なくがぶ飲みするジローに鼻白む(はなじろ)が、好きに飲ませて話を聞いてやる。

ジローの話はグダグダと回りくどく分かりにくかったが、どうやらディアさんの将来を考えて、彼女から離れる決心をしたらしい。

　ディアさんを泣かせてしまったと洟（はな）をすすりながら語る姿は、みっともなくて見るに堪えない。

「ジローにしてはまともな決断をしたんじゃないか？　そういえば前に、長期で村を離れる仕事を頼めないかって俺に言ってきたよな。ディアさんの送迎だって言ってたが、あの頃にはもう離れる決意を固めてたってことか」

「あーそうそう。町に帰るならディアさん一人じゃ危ねえからさ、クラトに送ってもらいたいんだよ。どうにか頼めないか？」

　俺が故郷にまでノコノコついて行くわけにいかないからさ、としょぼしょぼと眉を下げる。

　自分の存在がディアさんの未来の幸せの妨（さまた）げになるという意見には同意だが、最近の二人の姿を見ていて、お互いを思いやり確かな絆（きずな）で結ばれていると感じていたから、このまま二人で暮らしていくんだろうと思っていた。だから今更離れる決断をしたことが意外だった。

……だが、ディアさんのことを本当に大切に思うようになったからこその決断だったんだろう。

　ジローが彼女を連れて村に戻ってきたと知った時、騙して連れてきたのか金で買ったかのどちらかに違いないと、心底軽蔑してつい酷い言葉でコイツを罵ってしまった。

　ディアさん本人が田舎暮らしを希望したからだと聞いても、こんな過疎地に連れてきて同居に持ち込むなんて、やっぱり騙したのと変わらないだろうと思っていた。昔からコイツは女にだらしないと有名だったから、今でもそんな最低なことをしているんだと考えを改めようとしなかった。

　人の話を聞かず一方的に悪人だと決めつけてしまったことを、今は反省している。

……割り切ったつもりでいたが、俺はまだ兄貴のことが蟠（わだかま）っていたのだろうか。

けれど、ジローが彼女を必死に守ろうとしている姿を見てからは、コイツのことかなり見直していた。時々いい加減なところを除けば、義侠心があっていい奴だと思っていたのに……。

　いい歳してぐしゃぐしゃに泣く姿はあまりにも情けない。

「それで？　ジローはどうするつもりなんだ？」

「……ひとまず村でやってるお前の仕事を引き受けるよ。クラトも移住を考えなきゃいけねえんだから、この機会に移住先を探して来いよ。それならちょうどいいじゃねえか」

「まあ、そうだが……旅の目的はディアさんを無事送り届けることだからな」

「おー、さすがクラト。真面目が服着て歩いているって昔よく言われてただけあるわ。あ、でもな旅の間、ディアさんと二人っきりだからって手を出すなよ？　クラトはいい男だけど、面倒臭え性格だから、夫としてはちょっとな。あの子にふさわしいのは……真面目で安定した仕事に就いていて、下半身が緩くない理性的な男じゃないと……」

「言われなくてもお前じゃあるまいし、見境なく手を出したりしない。それよりも、ディアさんが俺にまた村まで連れて戻ってくれと言って来たらどうする？　連れ帰っていいのか？」

「ディアさんは戻らねえよ。今は俺しか身近な人がいないから慕ってくれているけど、町に帰ればきっとあの子はお姫様みたいに大歓迎されるだろうし、あの子の勤勉さは知れ渡っているから、縁談も山ほどくるだろうしなァ……まともな環境に馴染んだら、こんなおっさんと不便な生活に戻りたいなんて思わねえだろ」

　そう自嘲してジローは手酌で勝手に酒を追加している。

確かに、見た目もよく働き者の若い娘なら引く手あまただろうが、それなのにディアさんはこのうだつの上がらない男を好いているらしい。

どうやら不幸な生い立ちで、家族にも婚約者にも裏切られて捨て鉢になってこの男の甘言に乗るかたちでこんな田舎まできてしまったと聞いた。そういう事情があるから、ジローのような歳の離れたちゃらんぽらんな男でも良く見えてしまったのだろう。

「まあ、そうだな。恵まれた環境で過ごせば、わざわざこんな寂れた土地にいるお前の許に戻るなんて馬鹿らしくなるな。よかったじゃないか。ジローが望んだとおり、きっとあの子は幸せになるよ。じゃあ俺も、あの子の幸せを見届けてから帰ることにするよ」

わざとらしくジローが自分で言っていたことを揶揄してやると、あからさまに傷ついたような顔になり、またグズグズと洟をすすりだした。

「おい、泣くなよ。ディアさんの幸せのために、自分で彼女を手放すことを決めたんだろ」

「そうだけどさァ……もうディアさんの顔も見られないのかと思うとさァ……畜生、やっぱ一回くらいおっぱい揉んでおけばよかった」

「お前今すぐ出ていけ外で寝ろ」

「じょおだんだよぉクラトォ～！　揉める機会なんていくらでもあったのに指一本触れなかったんだぜ？　本当にそんな下心あったらもう何回か事故を装って揉んでるよォ！　でも俺が触ったりしたらあの綺麗なディアさんが汚れると思ってぐっと耐えたんだろォ！　鋼の精神だとほめてくれよ。俺は本当にディアさんの幸せを願っているんだよ……」

「そんな冗談いらないだろ。お前なあ、胸のことばかり言うのはディアさんに失礼だろ。普段からそんなところばかり見ていたのか？　男として最低だぞ」

「いやいやいやいや、お前こそ男として大丈夫かァ？　ディアさん連れて歩いてりゃ分かるだろうがな、すれ違う男どもは必ずディアさんをチラ見して行くからな。たまに嘗め回すように見てくる奴とか、触ってくる奴とかマジでいるからな？　村に来るまであの子を連れた俺がどれだけ苦労したかお前知らねえだろ。あの子なあ自分のことには無頓着だから、これからクラトがあの子の保護者なんだからよォ、しっかり守ってくれよ」

「分かった分かった」

俺は繰り返される酔っ払いの話にちょっとうんざりして、もういい加減にしてくれと半分聞き流していたが、小さく聞こえてきた言葉が耳に残った。

「俺はなァ……本当にあの子が大切なんだよ……あんないい子を不幸になんかできねえだろ……ディアさんは、幸せになんなきゃダメだろ……」

「……」

もう少し、愚痴を吐かせてやるか……。

ジローのカップに酒を注いでやる。もはや水のように飲むそれの味など分かっていないそうだが、今日だけは許してやろうと決めた。

❀　❀　❀

ジローが来た翌朝、寝こけているアイツを置いてディアさんの許へと向かう。

昨日は泣いて過ごしたのかもしれないと考えているうちに、悪い想像ばかりが浮かんできて、心配で安否確認せずにいられなくなってしまった。

……まだ泣き崩れていたらどうしたらいいだろうか……。

若干緊張しながら扉を叩くと、すぐに鍵が開いて内側からディアさんが顔を覗かせた。

意外なことに、彼女はいつも通りキチンと身なりを整えている。予想外の姿に、え、とうっかり驚きの声が漏れる。

「クラトさん……？　こんな朝早くからどうしたんですか？　あ、そっか。ジローさんに様子を見てきてって頼まれたんですね」

ご迷惑おかけしてすみません、と丁寧に謝られ、ようやく我に返って、朝から押しかけてこちらこそ失礼したと謝罪する。

「いや、確かにジローは今ウチで酔っ払って寝ているが……その……ディアさんは大丈夫なのか？　昨日、ジローと、ケンカしたと聞いたから」

「ケンカというか、振られちゃいました。泣き潰れているかと心配してくださいました？　あは……お恥ずかしいです。ジローさんからどこまで聞いています？」

「ええとだな……。まあ大体全部聞いた。すまない」

「いいですよ、みっともなく縋って泣きわめいたのも事実ですから。でも……泣いているだけじゃ何も解決しないですから。ちゃんとやるべきことやらなきゃって思って」

そこまで具体的には聞いていないのだが……泣きわめいたと言っただけあって、よく見るとディアさんの目元は泣きはらしたように赤かった。気まずくて目を逸らしてしまう。

正直、昨日のジローから聞いた様子では今もまだ泣いて打ちのめされているのかと思っていた。

だがいざ来てみれば、彼女はすっかりいつも通りで立ち直っているように見える。

　とはいえ、寝ていないのか顔色はすこぶる悪い。それでも、泣いてばかりではいけないと立ち上がる彼女は、俺の想像よりよっぽど強い人だったらしい。

「すまん、確かにまだ泣いているんじゃないかと思っていた。じゃあ、ディアさんはジローのことは吹っ切れたのか？　俺が口出しすることじゃないけれど、アイツの決心はまあ正しいと思うよ。それで、ディアさんは故郷の町に戻るのか？　それなら俺が送っていくが……」

「ええ、もう荷物をまとめたので、すぐにでも出発しようかと思って。あ、それなら隣町までお願いできますか？　そこからなら乗合馬車が出ているので、一人で帰れますから」

　見るとすでに荷物を詰めたカバンが用意されている。

「ダメだ。女一人なんて簡単に攫えるって身をもって体験したんじゃないのか？　若い女性が一人で乗合馬車なんて目立つに決まっているし、危険極まりない。俺の手間とか考えなくていいんだ。どうせ俺もラウの様子を見に行きたいと思っていたから、ついでみたいなものだ」

　ラウと最後に話した時、別れ際の様子があまりにも落ち込んでいたのが気に掛かっていた。もともと店も上手くいっていないと聞いていたし、母親の逮捕が追い打ちとなって、店が立ち行かなくなったら自暴自棄になってしまうのではと心配していた。

　だからジローから町への送迎を頼まれた時、ラウの様子を見に行きたいと考えていたのでちょうどいいと二つ返事で了承したのだ。

　そのことを持ち出すとディアさんはようやく頷いて、俺に頭を下げてくる。

「じゃあ……申し訳ないですけどよろしくお願いします。レーラも一人で来れたんだから、私だって行けるかと思ったんですが、ジローさんにも以前無謀だって怒られましたしね。クラトさんと一緒なら安心です」

出発準備をしないといけないので、俺も一旦家に戻る。

家の扉を開けると、プンと酒の匂いが充満していて不快だったので窓を全部開け放つ。ジローは朝俺が家を出た時そのままの体勢で寝こけていて、いい加減イラッとしたので無理やりたたき起こしてやる。

「おい！　ジロー起きろ。ディアさんのことで話がある」

「んがっ？　えっ？　なんだよ突然」

「さっき会ってきたけど、ディアさん別に落ち込んでいなかったぞ。村を出る決心がついたって言うから、俺も旅支度をして出発する。村長のこと頼んだぞ。あの人に負担が集中するのは目に見えているからな」

「あっ……ああ、え？　マジか？　ディアさん……大丈夫そうだったか？」

「大丈夫だ。吹っ切れて目が覚めたんだろ」

「そっか。そうか……ああ、旅支度は俺がほぼ整えておいたから、それを使ってくれ。気を付けて行けよ。ディアさんのこと、くれぐれもよろしく頼むな」

最初から俺に頼むつもりだったから、すでに用意を整えていたと言うので有難く使わせてもらうことにする。じゃあ、不在の間のウチの管理も頼むと言って家を出ようとしたが、それをジローが引き留めた。

「おい、ひとつ言っとくけど、お前はディアさんの保護者として行くんだからな、絶対に手を出すなよ？　宿は絶対に別の部屋を取れよ。野宿とかさせんな。あの子なァ、たまに自分が女だって忘れてんじゃねえかと思うようなことするけど、誘ってるとか絶対にないから勘違いすんなよ。とにかくすげえ無防備だからって、スケベ心を出すんじゃねえ。隣でうたた寝していても触るな。頼んだからな？　お前を信じているからな？」

「お前それ、全然信じていないだろう」

　そこまで疑うならお前が行けと言いたい。

　そしてジローはずっしりと重みのある革袋を俺に押し付けてきた。

「大した額じゃねえが、宿代にでも充(あ)ててくれ。俺から依頼した仕事だからな」

　中を見ると銅貨銀貨に交じり金貨も結構な量が入っていたので、宿代にしてももらいすぎだ。

「いや、俺も自分の用事で行くのだから金は自分で出す」

「あー受け取らないってことはやましいことがあるんだな。あくまでも拒否するならディアさんに対し下心があるとみなすがいいのか？」

「お前は何を言っているんだ」

　訳の分からないことを言い出したので、面倒くさくなって素直に受けとった。

＊　＊　＊

　小さな馬車を用意してディアさんの家に向かうと、彼女はもう準備を終えて俺を待っていた。

「行こうか」

そう声をかけると、彼女は軽く微笑み、狭い御者台の隣に乗ってきた。

御者台に並ぶと体が触れ合う狭さなので、後ろの荷台に座る場所を作ったから、そちらに座るよう勧めたが、なにやら俺に話を聞きたいらしく、隣に座らせてほしいと頼んでくる。

戸惑いながら了承すると、狭い場所にぎゅっと尻を詰め込むようにして座るので、ものすごく俺と密着するかたちになる。

本来、未婚の女性が男とこんな距離で座るものじゃないのだが……と言いたくなったが、何と言ったものか分からず結局黙ったまま馬車を出発させた。

自覚がないというジローの言葉が早くも分かる気がした。この子は女性としての自覚というか、警戒心が薄いのだろう。仕事ぶりや喋り方だけを見れば、歳よりも随分大人びているのに、こういった場合の行動は妙に幼いのだ。

親から虐待を受けて育ったと聞いたから、女性としての心得みたいなものを母親から学んでいないとか、そういうのが関係しているのだろうと想像するが、だからと言って俺がそれを指摘できるわけもない。

ジローの奴……無防備で危ないって思うならお前が注意しておけよ……。

心の中で毒づくがどうしようもない。

すぐ隣に座る彼女を見遣(みや)ると、チラチラこっちを見て何か言いたげにしている。なるほどわざわざ隣に座ったのはそういうことかと納得する。

「何か俺に訊きたいことがあるんだろ？　ジローのことか？」

水を向けてやると、ディアさんは少し気まずそうにしたが、やがてぽつぽつと気になっていたということを語りだした。

「ジローさんは昔のことを全然話してくれないんです。最初はそれでもいいと思って私も訊ねたりしなかったんですが……こうして突き放されてしまってから、やっぱり彼のことを全然知らないままでいたことに後悔しているんです」


村を嫌っているらしいこと。

家族の話をしたがらないこと。

人には言えない過去があるらしいこと。

ジローの過去がアイツ自身を縛り付けているとディアさんは感じていた。でも本人が話したがらないので訊かずにいたが、そのせいでディアさんはジローが自分に対して溝を深めていったことに気付けなかったのかもしれないと考えたらしい。


「クラトさんは最初、ジローさんのことをすごく嫌っていましたけど、過去に何があったんですか？　クラトさんから見た事実でいいので、教えてほしいんです」

「ああ、そのことか……」

勝手に聞いたら、またジローさんに嫌われちゃうかもしれないんですけど……とうつむく彼女は、俺から聞いてしまうことに罪悪感を覚えているらしい。

ディアさんを自分の故郷に連れてきたわりには、自分のことをなにひとつ話していないジローのほうにどう考えても問題がある。あれほど近しい雰囲気で一緒に暮らしていたというのに、結局なにひとつ話していないのは、ジローは最初からこの子といずれ離れるつもりで心の距離を詰めないようにしていたのか。

「……ディアさんはあまり聞きたくない話かもしれないが……俺がジローを嫌っていたのは、色々あるけれど根本的な部分では、俺の兄貴とジローとの問題にあるんだ」

子どもの頃のことから話そうか、と言い、俺は忘れかけていた遠い記憶を掘り起こす。

❀　❀　❀

俺には一人、兄がいた。

兄は子どもの頃から出来が良く、同じ年ごろの子と比べて体格にも恵まれていたので、子どもたちのなかでも一目置かれるような存在だった。

友達同士のケンカやもめ事なんかがあると、みんな兄を頼って相談したりするので、皆に信頼されている兄が俺の自慢で憧れだった。

兄には友達が多く、俺は兄たちと一緒に遊びたくてついて行きたがったが、年下の俺はいつも置いてけぼりだった。

でも、その兄の友達の中でひとり、俺やほかのチビ共を気にかけて一緒に連れて行ってくれる奴がいて、俺はその兄の友達によく懐いていた。

「その、兄の友達というのがジローだ。昔っからお調子者だったが、子どもの頃は面倒見がいい優しいやつだったんだ」

「今もジローさんは面倒見が良くて優しい人です。クラトさんもその頃は仲良しだったんですね」

「まあ、ジローはあんまり年上っぽくなかったからな。俺が舐めた態度とっても許してくれたし、同い年の友達と平等に扱ってくれた。それが嬉しかったから……あの頃は慕っていたんだ。でもな、あの当時からジローは結構な悪ガキで、兄と二人してよくいたずらや度胸試しなんかして、大人に怒られていたよ」

兄とは親友と呼べるくらい仲が良く、二人は何をするにも一緒だった。子どもたちの大将は兄だったが、それを助ける参謀みたいな存在がジローだった。

兄たちの遊びについていけないチビでも邪険にせず、置いていかれて泣いているヤツがいれば、探しに来てくれるのはいつもジローだった。みんなを引っ張って行ってくれるジローのことが俺は好きだった。

でもアイツの家は少し村では浮いた存在だった。

ジローの家は父親がいない。詳しいことは知らないが、どうやらジローが赤ん坊の頃に蒸発してしまったらしい。

だがジローの母は、夫がいつか帰ってくるかもしれないからと畑を守り、村に留まり続けた。

母親もよその土地から来た人で、村に助けてくれる親戚もおらず、父親がいなくなったあとは経済的に困窮していた。そのため、村で行われる行事の徴収金などは当時の村長の好意で免除にしてもらっていた。

その待遇を快く思わない者も少なからずいた。

ただでさえ、夫がいないから男衆がする色々な村の雑務に協力していないのに、さらに特別待遇を受けていると、ジローの母に対してよく思わない大人も多かった。

ジロー母子に対しあからさまな嫌がらせをする者もいたが、そういう輩を村長が窘めたところ、ジローの母とよからぬ関係なんじゃないかなどと噂を立てられたりしたので、誰も表立ってジローの母を庇うことができなかった。これは俺も最近になって村長から聞いた話だ。

今思い返しても、あの家は明らかな差別を受けていた。

お祭りの時にはジロー母子は参加させてもらえなかったし、村全体で仕込む冬支度の保存食作りにもジローの母は呼ばれないから、あの家には村で作る保存食は配られていなかった。祝い事などで他の子どもたちは皆呼ばれているのにジローだけは来ていない、ということも多かった。

ひとつひとつは小さなことかもしれないが、子どもだったジローにとっては理不尽で耐えがたいことだっただろう。

そういう村の環境のせいか、ジローは成長するにつれ段々素行が悪くなり、いつの間にか村の問題児と呼ばれるようになっていた。

一人前に働ける歳になると、ふらっと村からいなくなることが多くなり、畑も手伝わず村の行事にも協力しないで遊び惚(ほう)けているジローの評判はすこぶる悪かった。

そして奴は女癖も悪かった。

当時は村に若い娘も多かったから、ジローはいつも違う女の子を連れて歩いていて、もめ事に発展したという話も数えきれないほど噂で聞かされた。

そしてジローは、俺の兄貴の恋人にも手を出したのだ。

「俺がジローを嫌い始めたのはこのことがきっかけだ。女性をとっかえひっかえする不誠実さも、親友の恋人に手を出す倫理観の無さも、俺には受け入れがたかった」

だが当事者である兄は、ジローが謝罪するとあっさりと許してしまい、その恋人も家族ごと移住してしまったので、二人のもめ事は最初からなかったかのように終息してしまった。

被害者の兄が許してしまったのだから、表立って怒るわけにもいかずこの件はずっと俺の中で燻(くすぶ)っていた。

あともう一つ不満に思っていたのは、ジローが家の畑を継ぐ気がないことだった。

「……ジローには継ぐべき家と畑があるのに、この村が嫌いだからいずれ出て行くと言って憚(はばか)らないのも許せなかった。俺は次男で……家は兄貴が継ぐからいずれ出て行かなきゃならなかったから、なんて贅沢者なのかと憎らしかった」

単なる妬(ねた)みだと分かっているから、そんな風に思ってしまう自分も嫌で、その頃からジローを疎ましく思うようになり、あまり良い関係ではなくなっていった。

会ってしまうとつい小言を言いたくなる俺に対し、何を言ってもジローはいい加減な返答ばかりでまともに取り合おうとしない。

いきなりつっかかってくる相手に大人な対応をしていたのだと今なら思えるが、あの当時は適当に躱されて馬鹿にされているようで、一人で腹を立てたりしていた。

そのうちジローも成人して、時々出稼ぎに出たりしていたが、やはり母親を一人残してはいけないようで、まだ村に留まっていた。

「やがて俺も成人を迎えて、村を出て独り立ちするか村に残るか悩んでいた頃、隣国との国境をめぐって戦争が起きたんだ」

「村の若い人たちが参加したっていう戦争ですね。ジローさんから聞いたことがあります」

「そうだ。まあ戦争といっても、以前にも何度かあったことで特に暮らしに影響が出ることはないから国が戦争をしている実感はなくて、皆のんびり構えていた。年寄りなんかは、またやってんのかと笑っているくらいだったよ」

他所事だと思っていたのが変わったのが、戦争が始まってから数か月経った頃。

中央の役人が村に現れて、村長を通じて村の若い者は村役場に集まってくれと知らせが来た。なにごとかと思ったが、聞くと役人はこの周辺の村や町を回り、傭兵の募集をかけているのだと知らされた。そして、この村の若者にも参加を呼びかけにやってきたのだった。

徴兵ではないが、国の有事であるからできるだけ協力してほしいと言われたが、さすがにドンパチやっているところに積極的に行きたいとは思わない。

他の皆もしり込みしていたけれど役人が報酬の話を始めたとたん、皆の目の色が変わった。

その額が向こう数年遊んで暮らせるくらいの大金だったのだ。

国境までは遠いため、中央から人員を連れてくるより荷物運搬などの戦闘に関わらない仕事は近隣の村々から人を雇うほうが安上がりなので、軍も高い報酬を提示しているらしい。

前線で戦うような仕事でもない、もらえる報酬は危険手当も含めてかなりの高給で、休耕期の間、数か月という契約でもよいと聞き、先陣を切ってまず兄が参加すると言い出した。

数か月働くだけで、数年分の報酬になるのだから、美味しい話だろうと言われ、皆の気持ちが揺らぐのが目に見えるようだった。

「俺も、兄に誘われるまま参加を決めたんだ。ジローもそうだ」

ジローは最初そんな長期間拘束される仕事はごめんだと断っていたが、兄が一緒に来てほしいと懇願して、しぶしぶながら参加を決めていた。

父から跡目を継ぐかたちで村の顔役になっていた兄が行くと決めたことで、他の者もつられるように立候補し、最終的に村の若者のほとんどが行くことになったが、後方支援程度の認識で、戦争に行くという意識はほとんどなかった。

「ちょっとした出稼ぎ。畑仕事に比べれば荷物運びなんて楽な仕事だと皆のん気に構えていたよ」

軍で用意してくれた送迎用の馬車に乗り、皆と一緒に国境付近の戦闘地帯へ向かう。

着いてみると俺たちと同じく雇われて集められた他の村の人々がたくさんいて、兄と俺たちも各部隊に均等に振り分けられた。

仕事が始まると、本当に荷物を運んだり塹壕（ざんごう）を掘ったり兵器を運ぶための道を作ったりといった雑用係の仕事だけで、体力的にも楽なものだった。時々遠くから砲撃の音が聞こえてくる程度で、戦争をしているという実感はここまで来てもまだなかった。

もともとこの戦争は、国を挙げての戦いというわけでもなく国境付近の住民の領土争いから始まったものだったので、両国とも落としどころを探るようなものだったんだ。

欲しい領土は金鉱山を含む土地で、そこの砦（とりで）を落としたら勝敗がついて停戦協定の話し合いに入るだろうと軍人たちが話をしていた。

だから俺たちもそのつもりで、契約期間より早く終わるかもなどと言いあっていたのだが、いよいよ鉱山を取りに行く作戦が決行されてから、状況が一変した。

のんびり後方支援をしていた傭兵たちも、荷物と共に前線近くまで移動させられ、それからは怒（ど）濤（とう）の日々だった。

遠かった砲弾の音が間近で聞こえるようになり、哨戒所（しょうかいじょ）にけが人が運び込まれてくるたび震えあがり、この頃には村の皆が気軽に参加したことを後悔していた。

「それからのことは、後から聞かされた話になるが、どうやらその頃、兄とジローが荷物運びをしていた部隊が奇襲に失敗し、敵地で捕まり捕虜にされてしまっていたらしい」

兄たちの部隊は奇襲作戦の実行部隊だったらしく、作戦が失敗して伍長は死亡、他の者は全員敵地の収容所に収監された。村の皆はそれぞれの部隊にバラバラに配属されていたため、お互いの動向が分からず、俺は後方の物資を保管する哨戒所にいたので、そのことは全く知らなかった。

そうして、早く決着がついて終わりになってくれと願いながら過ごしていたある日、真夜中に俺がいた哨戒所に砲弾が撃ち込まれたのだ。

警鐘が鳴らされることもなく、本当に突然爆音とともに建屋が吹っ飛び、何が起きたが理解する間もなく俺は崩れた瓦礫の下敷きになって意識を失った。

前線に物資を補給するために食料のほかに火器も多く保管されていたため、撃ち込まれた砲弾により誘引爆発を起こして、哨戒所にいた部隊はほぼ全滅した。

一緒に配属された村の仲間たちも大勢亡くなった。

「俺はたまたま厚い壁の裏にいたため、死なずに済んだ。その時負った怪我がこれだ。まあ命があっただけ儲けものというくらいの惨事だったからな。俺は幸運だった」

それまで黙って話を聞いていたディアさんは、改めて俺の傷を見て顔色を悪くしている。ようやく発した声はかすれて震えていた。

「そうだったんですね……クラトさんは大変な思いをされたんですね。お兄さんと……ジローさんの安否はいつ分かったんですか？」

「この襲撃のあと、奮起した自国が総攻撃で砦を落として、そこで戦争は終わった。捕虜はそのあとすぐ解放されて、生きていた者はこちらに帰ってきた。兄たちも無事で、再会できたことを喜んだんだが……」

　戦争が終わり、軍が用意した宿舎でようやく村の皆と再会できたが、かなりの人数が死亡したり行方不明になっていて、最初の半数ほどに減っていた。

　兄のいた部隊は終戦まで捕虜として投獄されていた。他の部隊にいた村の仲間も色々あったらしく、全滅ではないものの何人も亡くなっていて、帰ってきた仲間たちの表情は暗かった。

　休耕期の間の出稼ぎのつもりで雇われた仕事で、死ぬ可能性なんて考えてもいなかった。それが終わってみれば、村の仲間たちは来た時の半分になっていて、家族にどう伝えたらいいのかと皆絶望していた。

「地獄みたいな空気だったよ。この悲しみと怒りをどこにぶつけたらいいのか分からず混乱していた。皆、まともな精神状態じゃなかったんだろうな。だからあんなことになったんだ」

「あんなこと……？」

「誰が言い出したのか今になっては分からないが、これほどの被害が出たのは、味方のなかに裏切者が……敵に情報を売った者がいたんじゃないかという噂が広まり始めたんだ」

　話の発端は、俺がいた哨戒所が襲撃された件だ。

　あの場所は弾薬などの保管場所でもあったため、敵に知られないよう厳重に隠されていた。にも拘わらず、見張りが警鐘を鳴らす間もなく狙いすましたように砲弾を撃ち込まれた。場所だけでなく、見張りの位置までも正確に把握していないとできない夜襲だ。

誰が情報を漏らしたのか、と軍人が憤っていたという話から、情報を売った裏切者がいるに違いないと誰かが言い出し、そのせいで不毛な犯人探しが始まってしまった。

「その噂を後押ししたのは、捕虜として捕まっていた者たちの証言だ。彼らは敵地で苛烈な取り調べを受けた。敵は捕虜からこちらの情報を聞き出そうとしていたらしい。だから捕虜の誰かが口を割ったんじゃないかと誰かが言ったことが、まるで真実かのように話が広がったんだ」

我が身可愛さに口を割った奴のせいで大勢の人間が死んだんだ！　と確証もないのに皆が憤り絶対に許せないと騒ぎ始めた。

「今にして思えば、大勢の仲間が死んで、感情の持って行き場が無くて混乱していたんだろう。誰かのせい、何かのせいにしなければ心が持たなかった」

「それは……人間の心情としては仕方がないのかもしれないですが、冷静になろうと言える人はいなかったのかと思ってしまいます」

ごく真っ当な意見を述べるディアさんに、苦笑いしながら頷く。もし本当に誰かが情報を喋ってしまったとしても、拷問されたら口を割っても仕方がないと思うべきだ。

「でも、多少冷静な者が窘めても頭に血が上った奴等の耳には届かないんだよ」

誰かを糾弾してやるという異様な熱量に押されて、落ち着けと言う者の声はかき消されていく。

たとえ罰することができなくとも、謝罪のひとつもするのが筋だと騒ぐ奴等に、ふと兄が余計な一言を漏らした。

『そういえば、ジローは軍人じゃないのに、なぜか何度も尋問に連れていかれていた』

だから何か知っているかもしれない、という意味で言ったようだが、そういえばジローは軍人と仲が良かったよな、などと言う者が現れ始め、物資運搬の指揮を執(と)っていたから俺たちが知らない作戦の情報を知らされていたんじゃないかと、どんどん話が膨らみ始め、アイツが犯人かもしれないと疑惑がかけられる事態に発展してしまった。

「何の証拠もないのに、あの時は皆、きっとジローがやったんだと決めつけて、怪我の治療中だった奴の許へ皆で押しかけたんだ。同じく治療中だった俺も近くのベッドで話を聞いて皆を止めようとしたんだが、起き上がれる状態ではなかったからな……」

ひどい……とディアさんがつぶやく声が聞こえてきたが、それには返事をせず話を続ける。

「もちろんジローは否定したよ。まあいきなりお前が犯人かと詰め寄られても訳が分からなかっただろうが、知るかと一蹴して皆の怒りを煽(あお)ったので、皆怒りに任せて口々にジローを罵り、収拾がつかなくなってしまったんだ」

罵詈雑言(ばりぞうごん)の嵐で、お前なぞ仲間じゃない、裏切者は村に帰ってくるなと言われたジローは、ついにキレて今まで見たことないほどの怒り方で怒鳴り返した。

『いい加減にしろよ！　俺は知らねえって言ってんだろォ！　そもそも何の根拠もない話でよくそれだけ人をボロクソに言ってくれるよなァ！　お前らさァ、八つ当たりしたいだけだろ？　この状況を誰かのせいにしたいだけだろ？　それで責任を押し付けやすいのが俺だってだけだろうが！　事実かどうかはお前らどうでもいーんだろ。怒鳴って責めてすっきりしたいだけだろうがァ！　ほんっと村の人間は性根が腐っているよなァ。どうせ俺には何言ってもいいと思ってんだ。村で俺ら親子はそういう扱いだったからなァ！』

ジローが本気でキレる姿を俺はこの時初めて見たかもしれない。他の奴らもそうだったようで、ジローの怒鳴り声で一気に静まり返った。

八つ当たりだと図星を突かれて、酷い言葉で責め立てていた奴らもさすがに頭が冷えたようで、ジローに対して謝った。

だが一度入った亀裂は元に戻ることはなく、ジローは何度謝られても無視を決め込み、更にはもう村には帰らずこのまま別の土地に行くと宣言した。

『お望みどおり俺は村から出て行ってやるよ。もう二度と村には帰らねえ。腐った根性の人間が寄り集まった村になんて誰が帰るか』

そう言われて、ジローを責めた奴らは後ろめたく思ったのか、必死に引き留めていた。

こんなことになる前は、責めた奴らもジローと仲が良かったし、年下の奴らは、面倒見のいいジローになんだかんだと助けてもらっていた。

一時の感情で暴言をぶつけたことをとても後悔し、なんとか思い直してもらおうとしていたが、ジローは話をすることすら拒んだ。

そこで皆が、親友である兄から話をして説得してくれと頼みこみ、兄も自分の迂闊な発言がもとでこうなっているので、その謝罪も含めジローと二人で話をしてみると言ってくれた。

兄がジローに、二人だけで話す時間をくれと頭を下げて頼むと、さすがに無視はできなかったらしく、少しだけならと了承した。

「親友からの説得なら応じてくれるだろうと、皆安心して兄に任せてしまった。それが間違いだったと気付いたのは、ジローが兄を殺そうとしたと知った時だ」

二人がなかなか戻ってこないなと皆がそわそわしていた時に、『ぎゃあああああ！』と兄の叫び声が響き渡った。

そこには、頬から血を流す兄と、刃物を持つジローの姿があった。

ジローが兄を切りつけたのだ。まだ刃物を握りしめ兄を睨みつけるジローを押さえ込み、刃物を取り上げた。

間違って切ってしまったのでは、と思いたかった。そうであってほしいと願っていた。けれどジローが次に叫んだ言葉で、故意にやったのだと分かってしまった。

『放せっ！　アイツだけは許せねえ！　殺してやるッ放しやがれェ！』

数人がかりで押さえ込まれながらもまだ兄を罵り続けるジローの姿を見て、俺はどうすることもできなかった。

皆で落ち着けと声をかけても、興奮したジローの耳には届いていない。話ができる状態ではなかったので、落ち着くまで手足を拘束して鍵のかかる場所に閉じ込めることになった。

ひとまずジローのことは置いておいて、兄の怪我を治療しなければならないと、急いで治療院に運んだ。

兄は治療院で頬の傷を縫われたが、刺し傷ではなく刃先がかすめただけなので出血の割にはそこまで重傷ではなかったのがせめてもの救いだった。

何が起きたのか、ジローには聞けそうにないので兄に事の次第を聞くと、ためらいながらも全てを話してくれた。

『親友だと思っていたのは俺だけだったんだ。ジローは本当はずっと俺を恨んで憎んでいたんだ』

兄が言うには、村に戻るよう説得を試みたが、ジローから返ってきたのはこれまでずっとため込んでいた不平不満と罵詈雑言だった。

　村でずっとジロー親子は村人から差別されてきた。それを知っていたから兄は親友として自分にできる限りジローを庇い助けてきたつもりだった。だが、ジローからすればそれは、偽善者の施(ほどこ)しにすぎず、余計にみじめな気持ちにさせられていた。

　親友だなんて思っていない。利用価値があるからお前に迎合(げいごう)していただけだとまで言われ、さすがの兄もあまりの言われように茫然としてしまったらしい。

　そして興奮したジローは懐から刃物を取り出し、ずっと下に見られて不快だった、お前なんて死ねばいいと言い、突然切りかかってきたので揉み合いになり、その際に刃先が頬を掠(かす)めてしまった、というのが兄から語られた真相だ。


「この話を聞いて俺もさすがに憤ったよ。そりゃあジローにも事情があったのだろうが、少なくとも兄はジローのことをずっと親友だと思って大切にしてきたんだ。それを利用価値があるから友達の振りをしていただなんて、最低な行いだ。ひどい裏切りだと思った」

　あえて当時の心境そのままの言葉を使うと、ディアさんはあからさまに顔をしかめている。

「それは……お兄さんから聞いた話ですよね？　ジローさんはその時のことをなんて言っていたんですか？」

　冷静に問われ、一瞬言葉に詰まる。

　一方の話だけ聞いて判断するなと、以前村長に窘められたことを思い出す。お前はいつも正しいが、独善的過ぎると諭された時のことがディアさんの言葉で蘇る。

「実は……ジローからは直接話を訊けていないんだ。その後すぐ、兄もジローも姿を消してしまったからな」

「え、どういうことですか？」

「何が起きたのか、俺も分からないままなんだが、兄はその日の夜に軍の宿舎からいなくなってしまったんだ。荷物と報酬を持って行ったから、自分の意思で出て行ったのは確実だ。そして、兄がいなくなったと聞いたジローも同じように何も告げずいなくなってしまった。その後、今に至るまで、兄の行方は分からない」

兄が姿をくらましてしまったせいで、一時期はジローに対し憤りを覚えることもあったが、二人の間で何が起きたのか本当のところはただの傍観者には分からないことが多い。事実としてあるのは、集団で一方的にジローを責めて追い詰めたこと。

あれがなければアイツも兄に対しあんな暴挙に及ばなかっただろう。だからジローを恨むのは筋違いだと割り切って考えるようにしていた。

「だからもし、ジローが村に帰ってきたら、兄のことには触れず普通に迎え入れようと思っていたんだ。それなのに……アイツは若い女性を騙して連れ帰ってきて……君を働かせて金を巻き上げているのかと思って猛烈に腹が立ってな。つい暴言を吐いてしまった」

ディアさんに対しても、騙されているから目を覚まさせてやろうなどと考えて、嫌味な態度をしてしまったことを改めて謝罪する。

「あの時怒っていたのは、そういう理由だったんですね。ものすごく不穏な雰囲気だったからびっくりしましたよ」

「すまん……ジローは昔、女関係にだらしなかったから、ついに女衒に落ちたのかと誤解していたんだ」

「でも、いつの間にか関係修復していましたよね？　ジローさんと話し合って和解したんですか？」

「いや、ジローとは特に話し合ったわけじゃなく……村長に窘められたからだ。さっきのディアさんと同じようなことを言われたよ」

相手の話も聞かず、勝手な思い込みで勝手に怒るなと散々言われ、そのついでに兄のことにも言及された。

村長から見ると兄のハクトは小狡いところがあり、嫌なことをジローに押し付けているところを村長は時々見ていたようで、自分に都合の悪いことは隠すようなところがあったと教えられた。

俺は兄を尊敬できる正しい人だと思い込んで、疑ってもいなかったから、村長の言葉には本当に驚いた。お前に見えているものだけが真実じゃないかもしれないと考えることも大切だと諭され、ジローへの態度を改めるきっかけになった。

「村から若者が皆、出て行ってしまって、友人と呼べる者が誰もいなくなってしまった。そのせいで人と話す機会が減って、いつの間にか思考が凝り固まっていたんだな」

再会していきなり罵るなんて人としてどうかしていた。

ジローと話す機会が増えるたび、いつの間にか自分が偏屈な人間になっていたと気付かされたし、昔のようにくだらない言い合いができるのが思いのほか楽しく、ジローと再会できて良かったと内心思っていたのだ。

「あれ？　待ってください。若い方がいなくなってしまった理由って、戦争でたくさん亡くなったからじゃないんですか？」

「ああ、そのことか。半分はそうだが、生き残った奴等が兄に続き、報酬を受け取ってそのままどこかへ行ってしまったせいで、ほとんどが村に帰らなかったんだ」

「え？　どうして……」

「まあ……しいて言えば、ジローのせいだろうか。いや、それも思い込みかもしれないが」

それは兄とジローが軍の宿舎からいなくなってしまった後の話になる。

「ジローが実は兄を殺したいほど恨みを溜めていたことに、誰もが驚いていたんだ。そしてその怒りが自分たちにも向くんじゃないかって、急に怖くなったんだろう」

根拠のないことでジローを裏切者扱いして罵ったばかりだったので、自分たちも恨まれているはずだと疑心暗鬼になっていた。そのなかでも、子どもの頃からジローをいじめていた奴は、身に覚えがある分、その怯えようは端(はた)から見ても気の毒なほどだった。

親友である兄に対してもあれだけの怒りを溜めていたのだ。自分こそジローから狙われるんじゃないかと怯え、村に帰らず逃げ出す者が続出した。

報酬が手に入ったことも、村に帰らない理由に拍車をかけた。

数年は余裕で遊んで暮らせるのだからと、後継ぎでない次男や三男などの身軽な奴らを中心にさっさと出ていってしまった。結局残った者だけで村に帰ることになったのだが、その人数は本来の三分の一にも満たなかった。

村に戻ると、出迎えた家族たちがその人数の少なさに驚いて大騒ぎになり、俺を含む戻った者たちは、何度も何度も詰問され、責められたりもしたが、その問いかけに対し完全に口を噤み『知らない、分からない』を貫き通した。

「だがこの話にはまだ続きがある。戻らなかった者たちの婚約者や嫁が、次々村を出て行ってしまったんだ。村外から手紙で呼び寄せられた者もいたようだが、夫の戻らない婚家で一生を送るなんて嫌だと決起した嫁たちが、示し合わせて逃げたんだ」

女たちが逃げたと知った年寄りどもは恩知らずだの薄情だのと罵っていたが、夫のいない女がこの村ではどのような扱いを受けるのか、女たちはジローの母親を見て嫌というほど分かっていた。

家長がいない家だというだけで、その母子は村人の誰よりも下の扱いを受ける。

男衆がする仕事への協力ができないからとへりくだって、皆に謝罪して小さくなって生きなければならない。

そういうのを間近で見てきたのだ。自分に訪れる未来が分かっていて逃げないわけがない。

女たちが村を捨てたのは当然のことだった。

そう教えてくれたのは今の村長だ。村の年寄りたちは今でもそういう女たちの事情が理解できていないようだが、村長は以前村を出て働いていたので、村の悪い部分を俯瞰して見られる人だった。

俺はそれまで、ジローがどうしてそれほどまでに兄や村の人間を恨んでいたのか、本当の意味で理解していなかった。

ジローの逆恨みだと思っていた部分もあったが、女たちが『ああはなりたくない』と逃げ出すほどの扱いをジローの母親は受けていたのだと、村に若い女性がほとんどいなくなってようやく思い知った。

こうなるともう、この村は終わりだ。

年寄りばかりのこの村に新たな移住者が入ってくるわけもなく、いずれは廃村になるのが目に見えていた。年寄りの多くはいくら言っても理解しようともしていなかったけれど、この村の状態は全て、自分たちが招いたことだ。

「自分たちのしてきた差別の結果が、こういう形で返ってきただけだ」

そう吐き捨てると、ディアさんは言葉もなく唇を噛み締めてじっと俺を見つめていた。

馬の蹄（ひづめ）の音だけがやけに耳に響く。

全てを話し終えた後から、彼女はずっと沈黙している。

村の恥である差別の連鎖について話すのは迷ったが、ジローの過去を話すのに避けては通れない。

恐らく衝撃的な話だったに違いない。話を訊き終えたディアさんは、目線を落とし何かを必死に考えているようだった。

沈黙に耐え切れなくなったのは俺のほうだ。

「……俺がジローについて知っているのは、それくらいだ。会わずにいた十年間、アイツがどこで何をして生きてきたのか、今でも村を恨んでいるのか、俺には分からない。ろくでもない仕事をしてきたと言っていたが、君に対してはとても誠実だったから言うほど最低な暮らしはしていなかったんじゃないかと思うが」

多少贖罪（しょくざい）の気持ちを込めて、ジローを擁護する言葉を述べてみると、ようやく彼女から言葉が返ってきた。

「初めて話をした時から、ジローさんは気遣いができる優しい人でした。お兄さんとのことは正直部外者の私には分かりませんが、殺してやると口走るほどの何かがあったんだと思います」

冷静じゃない時に言った言葉がその人の全てではないはずだとディアさんは言った。

ずっとそのことを考えていたのか……。

確かに今のジローは、身勝手な理由で人を傷つけるような人間には見えない。

「……村に帰ったら、あの時のことをジローに訊いてみるかな」

「それがいいと思います。ジローさんはクラトさんのこと、すごく信頼しているから、きっと話してくれますよ」

ニコリと微笑みかけられて、これではどっちが年上か分からないなと苦笑が漏れる。

ジローとまた普通に話せるようになったのは、彼女がいたからというのも大きい。ディアさんがいなかったら関わる機会も多分なかった。

ジローもきっとそうだ。ディアさんがいたから、村に帰る決心がついたのだろう。

「そうだな、ありがとうな。ディアさん」

お礼を言うとディアさんはもう一度俺に笑いかける。

人の痛みを知っている、優しくて強い子だ。ジローが手元に置きたがった気持ちがよく分かる。

図らずも、この子と旅をする機会に恵まれて良かったと心の中で感謝した。

❀ ❀ ❀

今の時期は晴れの日が多く、馬車での移動はすこぶる快適だ。

その間、俺と彼女は色々な話をした。

自分でも、俺はこんなに饒舌だったのかと驚くほどだったが、よく考えると村では年寄りばかりで話す相手もいなかったので当たり前のことだった。

彼女は自分のことを人付き合いが苦手だと言っていたが、そんなことはない。相手の話を聞くのが上手いし、言葉の端々に気遣いが感じられて、いつの間にか話すつもりもなかったことまで口にしてしまう。

旅のあいだも、雨や悪路で身体的に辛い状況でも文句のひとつも言わないで、俺や馬の心配をしてくれる。俺自身、こんなに長く同じ人と行動を共にしたのが久しぶりだったので最初は気を張っていたが、いつの間にかこの旅を楽しいと感じるようになっていた。

ジローもさぞかし楽しい旅を満喫したんだろう。

ディアさんは俺のことをあまり詮索してこなかったが、ある時、どうして村に留まっているのかと訊ねられた。

「若い人たちがほとんどいなくなってしまって、クラトさんも村を出ようとは思わなかったんですか？」

「そうだな、怪我を負ったというのもあるが、後継ぎである兄がいなくなってしまったから、俺が家を出るわけにもいかなくて……うちには借金があったから、受け取った報酬をそこで使ったら、もう資金もあまり残っていなかったしな。と、いうのは言い訳で、どこかで新しくやり直す気力が出なかったというのが本当だ」

「そう……ですか……」

本来なら、兄も嫁さんをもらって両親と家族でしばらくは畑をやっていく予定だった。だからこそ収益をあげようと農地を広げたのだが、それが全て不可能になってしまったので、借金だけが残ってしまったのだ。

兄は行方が分からなくなり、俺は一生治らない怪我を負って、働き手どころか厄介者となって帰ってきた。跡取りがいなくなって厄介者だけがノコノコ帰ってきたことに絶望したのか、気力を失ってその後両親も相次いで亡くなってしまった。

借金は報酬で全部返した。そうなるともう自分がやるべきことも生きる意味も見いだせなくて、食事もほとんど摂らずただぼんやりと過ごすような日々が続いた。

「けれどある時村長から、自分一人では役場の仕事が回らないから助けてくれって頼まれてな。まあ、今思うと死にそうな俺を心配して家から引っ張り出してくれたんだろうな」

だから村長のために村に残っている……と言いかけて、ふと自分の言葉が嘘くさいと感じて口を噤んだ。途中で黙った俺をディアさんは不思議そうに見ている。

「……村を出なかった理由は、もう人生を諦めていたから……かな。どこかで一からやり直す気になれなかった」

「それは、怪我の後遺症のせいですか？　でも今のクラトさんは問題なく力仕事もできているように見えるんですが」

「まあそうだな。不便にはなったが、生きていけないほどじゃないと思っていたよ。でも周りの人間にはそう思ってもらえなかった」

苦い思い出が蘇ってくる。随分と昔なのに、未だに言葉に詰まるほど引き摺っていたのかと自分でも驚く。話を誤魔化して終わらせようとしたが、ふとジローのことが頭に浮かんだ。

「ディアさん。ジローが君を突き放したことをどう思う?」

「どうって、それは……私のためみたいな言い方をされて振られたのは、納得できなかったですけど……」

突然の質問に少し戸惑っていたが、彼女は律儀に答えてくれる。

「俺はね、ジローの言うことがよく理解できるんだよ。人の気持ちは変わるものだ。環境や年齢が変わってくれば、見えるものが違ってくる。恋愛という一時の感情だけではいつか後悔する時が来ると、俺も思うよ」

「……クラトさんも、ジローさんと同じことを言うんですね。なんで私のことなのに、お二人とも決めつけるんでしょうか……」

ディアさんは不満げに口をとがらせている。自分は違う、後悔などしないという思いがあるのだろう。自分の気持ちが変わることなどないと信じ切っているディアさんの様子を、『若いな』と羨ましい気持ちで見ていた。

「俺も君と同じ歳の頃だったら、君の意見に賛同していた。でもな、愛だの恋だのなんてしょせんは一時的なものに過ぎなくて、変わらぬ想いなんてないんだ。俺が身をもって経験したことだからこそ、断言できるんだ」

――俺には結婚を約束した女の子がいた。

同い年で、小さい頃から知っていた相手だった。

だからお互いの良いところも悪いところも全部分かっているような気心が知れた間柄だった。

俺よりも彼女のほうが俺に惚れてくれていて、将来お嫁さんにしてほしいと彼女から言ってくれて、俺たちは子どもの頃から将来を誓い合っていた。

子どもは何人欲しいとか、どんな家に住みたいとか、そんな夢物語みたいな話だったけれど、彼女と思い描く未来が叶えられると信じて疑わなかった。

おじいちゃんおばあちゃんになってもキスをする夫婦になろうね、とはにかみながら言っていた彼女が、この先ずっと自分の隣にいると当然のように思っていた。

傭兵仕事に参加したのも、彼女と結婚するために先立つものが欲しかったからだ。

村に残るにしても独立して家や畑を買う資金が欲しかったし、移住するならなおさらまとまった金が必要だった。

それが、金のために行った傭兵仕事で、俺は一生治らない怪我を負ってしまった。

村に帰ってきた俺の姿を見て、彼女はその場で泣き崩れた。

左目は怪我のせいで視力が衰え、左足は満足に動かせない状態で、傷は今でこそさほど目立たなくなったが当時は縫合した傷ややけどの跡が生々しく、酷い見た目だった。

思い描いていた将来設計が全て壊れてしまって、彼女には申し訳なかったが、幸い報酬と別に傷病手当金も満額でもらえたので、借金を返しても多少は手元に残る。

畑仕事で食えないなら別の土地に行ってもいい。大きい町なら、選り好みしなければ何かしら職にありつけるだろうし、彼女と二人ならきっとなんとかなると俺は思っていた。

「だが、彼女は俺の怪我が完治する見込みはないと知ると、他の若い娘たちと一緒に村を出て行ってしまった」

「そ、そんな……いきなりですか？　何か相談したり、不安なことを話し合ったりしなかったんですか？」

「なかったな。不安そうにはしていたが、今後の話をしても彼女は何も言わなかった。なにがあっても一生そばにいる……なんて語り合ったこともあったはずなのに、彼女は俺が使いものにならないと分かった時から、すぐに村から出て行く算段を整えていた」

「……ごめんなさい、言いにくいことを訊いてしまいました」

「いいさ。俺が始めた話だ」

「クラトさんは……その彼女を、恨んでいないんですか？」

「まあ……でも逃げて当然だろうなと今は思っている。俺は一生治らない怪我を負って、まともに働けるか分からない状態で、こんなのと結婚したら絶対不幸になると逃げ出したくなるのも無理はない。他の若い娘もどんどん村を出て行ってしまっていたしな。賢い選択だったんだろう」

お互いのことは知り尽くして家族以上に信頼し合っていると信じていただけに、何の相談もなくさっさと見限っていなくなった彼女には、最初ひどく裏切られた気持ちになったが、今ではもう人間なんてそんなものだと割り切れるようになっている。

「あの、どうしてその話を私に？」

「どうしてか、君には見当がついているんじゃないか？」

女に逃げられただけの恥ずかしい話を、わざわざディアさんに話して聞かせたのは、恋愛に夢を見ている彼女に現実を教えてやるためだ。

恋愛感情なんて残酷な現実の前には何の役にも立たない。

ジローの言う通り、後悔してからでは遅いのだと分かってもらいたい。

ディアさんに痛ましいものを見るような目で見られてまで、己の恥ずかしい過去を話したのだから、是非ともひとつの教訓として考えてみてほしい。

「ええと、それは私が彼女のようになる……と言いたいんですか？」

「違う。恋愛感情なんて曖昧なものを信じるなと言っているんだ」

説教くさいことを言っている自覚はある。けれど彼女はまだ若い。もっと世の中を知るべきだ。

「ディアさんも、今は恋愛感情で周りが見えなくなっているが、気持ちが醒めることがあるかもしれない。その時、急に自分が置かれている現実に気付くだろう」

「……そんなことは」

「ないと言い切れるか？　それにもしジローに早く先立たれたら、どうやって生きていくか想像したことがあるか？　ひとりぼっちで余生を送るなかで、後悔する瞬間が絶対にないと本当に言い切れるか？　それよりも前に、やっぱり子どもが産みたかったと思うかもしれない。年を重ねれば人の気持ちも変化してくる。ジローが君を突き放したのは間違っていない。君はまだ若く世間知らずで、今はただアイツに依存しているだけだ」

キッとこちらを見上げ、何か言い返そうと口を開きかけるが、彼女は迷った末に口を噤んだ。そんなことはないと否定すれば、俺の過去までも否定することになると考えたのだろう。

結局何かを言うことなく、彼女は下を向いてしまった。

キツイことを言ったから、泣いてしまうだろうかと思ったが、彼女はただ黙ってまた何かを考えこんでいた。

彼女に気づかれないように、俺も横を向いて深く息をつく。

自分のことを引き合いに出して、分かったような説教をたれるのはどうかと思ったが、ジローが断腸の思いで突き放した意味をどうか分かってもらいたい。

話す時間が増えるほど、この子の人の好さが伝わってくる。ジローが言うように、もっとまともに幸せになってもらいたいと俺も思う。

これでジローのことは諦める決心がつくといいなと期待したが、ディアさんは俯くばかりで、俺の説得をどう捉えたのか、結局分からないままだった。

❀ ❀ ❀

女性連れでの馬車での移動は、一人で馬に乗って行くのと違いかなり時間がかかる。安全な道を選び、日暮れ前には町に入り宿を取らねばならない。

野宿にならないよう移動距離を計算して無理のない旅を心掛けたので、時間がかかったが、天候にも恵まれたため、ディアさんの故郷には想定していたよりも早く着くことができた。

懐かしい故郷の町並みに、ディアさんは感慨深げに周囲を見渡している。なんだかんだあってもやはり生まれ育った土地には特別な思いがあるんだろう。

とはいえ、あまり知り合いには出くわしたくないと言うので、ディアさんが住んでいたあたりには近づかず、役場や商工会議所などが集中している町の中心部にひとまず宿を取ることにした。

安価な宿を選んだが、滞在が長期に及ぶなら金銭的にもずっと宿に泊まり続けるのは難しくなる。

今後のディアさんの身の振り方次第だが、滞在先もどうするか考えないといけない。

宿の受付で部屋をふたつ取りたいと告げると、意外そうな顔をされる。

移動中もままあることだったが、部屋をふたつ、と受付で言うとだいたい俺たちの関係性を探るような目で見られるのが鬱陶しかった。

ディアさんはディアさんで、ベッドがふたつあるなら同じ部屋でもいいですなどと簡単に言うので更に話がややこしくなる。

俺を信頼してくれての発言だとは分かっているし、俺自身もその信頼を裏切るような真似をするつもりはないけれど、もう少し警戒心というものを身に着けてもらいたい。

荷物を置いてから、まずはディアさんが裁判の予定などを知らせてくれた憲兵の許へ挨拶に行きたいと言うので、二人で軍警察へ赴いた。

受付で手紙に書いてあった所属と名前を見せて、彼に面会の約束を取りたいと頼んだ。急なことなので今日は約束を取り付けて後日時間を取ってもらうつもりできたのだが、少し待つように言われ、そのあとすぐその人物が現れた。

「ディアさん！」

彼はディアさんの顔を見ると、嬉しそうに急いで彼女の許へ駆け寄ってきた。

ディアさんもパッと顔を明るくして笑顔を返すと、男は顔を赤くしている。分かりやすいな、とやや呆れてしまうが、口出しせず隣に控えていた。

「よかった、実は近々脱税の聴取であなたを召喚しなければと思っていたところなんですよ。ご両親のことでもいずれ来ていただかなければならなかったんですけど……それにしても、あなたも災難でしたね」

「いえ、色々お手数かけまして申し訳ないです。その節はありがとうございました。度々お手紙で両親のことなどお知らせくださって……とても助かりました」

「いえ、その、それも仕事のうちですから……あの、もし時間があるならこのまま聴取にご協力いただけますか？　今後の裁判のことも……」

そう言いかけてその憲兵の男がチラリと俺のほうを見た。

「ディアさん、俺ラウのところに顔出しに行きたいんだ。悪いけどそこの憲兵さん。終わったらディアさんを宿まで送ってくれないか」

「あっ、はいもちろん安全にお送りいたします。お任せください」

憲兵の男はパッと顔を輝かせ、力強く返事をする。あまりにも感情丸出しで、若いなあと年寄り臭い感想が浮かんでしまう。

憲兵なら身元も確かだし、送迎くらい任せても問題ないだろう。保護者らしく振る舞いながらディアさんのことを頼むと、憲兵の男は俺とディアさんの関係性をなんとなく察したのか、目に見えて嬉しそうだった。

じゃあ行きましょうとディアさんをいざなう彼の顔は緩み切っていて、仕事なのだからもう少し気を引き締めたほうがいいぞと心の中で呟く。

まあ、ディアさんは人目を惹く美人だし、若い男だから仕方がない。表情は隠せてなかったが、それでも彼女を不躾な目で見ることもなかったから、節度はわきまえているほうだろう。

村からここまでの移動であちこちの宿場町を経由してきたが、ジローが俺に忠告したとおり、ディアさんを無遠慮にジロジロ見る男どもの多さに辟易した。

俺が少し離れただけで変な輩に絡まれていたこともあったから目が離せなくて、人の多い場所では余計に気を遣って苦労させられたのだ。

ディアさんは男から向けられる目線の意味が分かっていないから、ジローがあれだけ危なっかしいと忠告してくる理由が身に染みて分かった。

故郷の町にいた頃はどうしていたのだろうかと不思議に思い、町ではこんな風に男に声をかけられたことはなかったのかと聞いたことがあるが、きょとんとして『ほとんど家と店の往復しかしていなかった』とよく分かっていなそうな返事をしていた。

仕事で店の外に出る時は大抵女将が一緒だったというし、友人と出かけたりすることもなかったというから、店と家の近所でわざわざラウの婚約者として知れ渡っているディアさんに手を出そうとする奴はいなかったんだろう。

ラウは婚約者として最悪だったが、町一番の大店(おおだな)の息子の婚約者という肩書きはある意味彼女を守っていたのかもしれない。

ラウは以前仲間内で散々ディアさんをこき下ろしていたそうだ。だがそれもひょっとして破局すればいいと嫉妬した周囲に乗せられたんじゃないだろうか。

「ラウも大概バカだよな」

村に来たばかりのディアさんは綺麗な顔立ちはしていたが、痩せていていつも不安そうな表情が痛々しかった。だが冬を越したあたりから、ふっくらとした頬になり、健(すこ)やかそのものといった様子に変わった。そしてなにより表情が豊かになった。ふいに笑顔になった時の彼女を見ると、俺ですらドキリとすることがある。

求婚者が列をなすのではとジローは言っていたが、あながち冗談では済まなくなりそうだ。

彼女は裁判のことが片付いたらまた村に戻ると言っていたが、ジローの言う通り、そうはならないだろうと俺も思う。

まともな男とまともな恋愛をして、結婚して子どもを産んで、夫と二人三脚で一生懸命子育てをして歳を重ねていく。きっとそれが本当の幸せだと、ディアさんも気付く時がくるだろう。

俺がもう遠い過去に諦めた理想の人生だなと、若い彼らの後ろ姿が眩しく見える。

❀ ❀ ❀

あらかじめ聞いていた住所を頼りにラウの店を訪ねると、店舗の入り口は板を打ち付けて閉じられて壁面は汚れていて、営業はしてないと一目見て分かる状態だった。

泥でも投げつけられたのだろうか……。何度も洗い流した痕跡があるが、鼬ごっこなのか新しい汚れが付いている。

もしかしてラウはここにいないのかと店の脇に回ると、奥の窓に明かりが見えたので、住居用の扉を叩いて大きめの声で呼びかけてみた。

すると、俺の声だと分かったようで、恐る恐る扉が開いて以前よりも痩せたラウが顔を覗かせた。

「……クラトさん！　え、どうしてここに……」

「ディアさんを送るついでにお前の顔を見に来たんだよ。なんだ、暗い顔をして。ちゃんと飯は食ってるのか？　ずいぶん痩せたぞお前。店はどうしたんだ？　ひどく荒れているが」

「いや……母親があんなことになって、店はもう完全に廃業なんです。そんで今はその後処理をやってます。親父はさっさと離縁するって決めて母親を切り捨ててしまったから、まあ、俺まで逃げるわけにもいかないんで、俺一人でなんとか片づけているんです。……あ！　すんませんこんな汚いとこで。どうぞ入ってください」

部屋に入れてもらうと、店舗部分はもう空っぽの陳列棚が並ぶだけで閑散としている。

居住部分も物が少なく、ラウはどうやってここで生活しているのかと心配になるほどだった。

「……親父さんは、後処理は手伝ってくれないのか？」

「親父は、この店は自分の名義じゃないから、土地建物の権利まるごと売却して終わらせろって言うだけで放置ですよ。でもそれだと取引先とかにも迷惑がかかるから、俺がちゃんと手続きして処理するって啖呵切っちまったんで、喧嘩別れで親父はもう港町に逃げました。まあ、一応後処理が終わったら、待っているからこっちに来いとは言ってくれましたけどね。行くかどうかは……」

本来責任を取るべき父親が、全て投げ出して行ってしまったと聞いて憤りを覚える。

ラウも丸投げして終わらせることもできたのに、取引先に不義理をするわけにいかないと、今はその後処理に奔走していると疲れた顔で語った。

最後に会った時のラウは、母親の逮捕で憔悴しきっていた。それでも、腐らず現実を受け止めてちゃんと始末をつけようとしている。

ある程度はラウの自業自得なのだろうが、今の状況の全てがコイツの責任ではない。

俺の責任じゃないと逃げ出さなかったことを、親ならば誉めてやるべきなのに突き放して放置していく父親の気が知れなかった。

「それで自分一人で頑張っていたのか。偉いな」

褒めてやると嬉しそうに笑い、そうでしょ？　と少年のような顔で返してくる。

最初にラウを見た時、短気で傲慢、それでいて卑屈という悪印象しかなかったが、色々話して打ち解けてみると、最初思ったような悪い奴ではなかった。

良くも悪くもまだ精神的に子どもで、影響されやすいんだろう。きちんと説明して叱れば聞く耳も持っているし、一緒に過ごすうちに、ずいぶんと素直な性格に変わった。

まあ俺もコイツの無駄に偉そうな態度にイラッときていたから、最初吐くほど働かせてやって生意気なことを言うたび張り飛ばしてしごいてやった。

自尊心がぽっきり折れたのかしごきに耐えられなかったのか、すぐに反論するのを諦め大人しく言うことを聞くようになった。

色々やらかしたとはいえ、こいつはまだ成人したばかりの若者だ。今のしおれた姿を見ていると、手助けをしてやりたい気持ちになる。

「……しばらくこの町に滞在するつもりだから、俺も手伝ってやるよ。全部ひとりでやるんじゃ大変だろ？　俺はディアさんを送るために一緒に来たんだが、彼女の今後の身の振り方が決まるまではここにいるから、時間は結構あるんだよ」

「えっ？　そういやディアと一緒に来たって……あ、裁判とかあるからか。クラトさんが手伝ってくれたらそりゃすげえ有難いですけど……もう店にはマジで金ないんですよ。なにもお礼できないんで……」

「お礼とか、ガキが気にするなよ。それよりお前夕飯食べたのか？　まだならどこか食べに行こう。俺はこの町のことまだ分からないから、お前が美味いとこに案内してくれよ」

ためらうラウの背中を半ば無理やり押して、近くの食堂に案内させる。

近いとこでこの時間飯が食えるとこっていうとここしかないんで、と言ってラウは入りにくそうにしていたが俺が先に店の扉を開けて中に入った。

俺に続いてラウが顔を覗かせると、こちらに視線が集まって、ざわついていた店内が一気に静まり返る。顔をしかめる者、ニヤニヤと嫌な笑みを浮かべる者と色々だったが、悪感情を向けられていることだけはよく分かった。

ディアさんにした仕打ちで、ラウは近所の人から総スカンを食らったと聞いていたが、あれからずいぶん経っているのにまだこんな反応をされるほどなのかと少しイラッとする。

だがラウの隣に見知らぬ俺がいたからか、直接なにかを言ってはこない。だが、もしラウが一人で来ていたら締め出されていたのかもと思えるほど、雰囲気は悪かった。

だからと言ってこちらは客として来ているので遠慮する必要もない。

ラウを促しさっさと空いている席に着くと、店員を呼んで注文を済ませた。ラウは少し気まずそうにしていたが、俺が平然としているからか、俺が近況を訊くと笑顔を交えながら話してくれた。

そのうちに、不躾な目線と共にひそひそと何かを言っている声が大きくなってくる。

無視して話をしていると、一人の若者が声をかけてきた。

ずいぶん酔っているのか赤い顔をして目が据わっている。

「おーラウ。ずいぶんと久しぶりだなあ。てっきりもう死んだのかと思ったぜ」

「……」

そいつはニヤニヤと笑って顔を覗き込んでくるが、ラウは下を向いて返事をしない。

それでもなお、わざとらしくラウの顔を覗き込みながら勝手にベラベラと喋り始める。

「無視すんなよぉ～。なあ、せっかくだからいーこと教えてやんよ。役場勤めの奴から、今すげえ情報聞いちまったんだよ。なんとディアが町に帰ってきているみたいだぞ！」

ディアさんの名を聞いて、ラウがちらりとこちらに目線をよこしてきた。それを見て何を勘違いしたのか、弱みを見つけたとばかりに声が大きくなる。

「でも残念！　なーんか年上の強面男と一緒らしいぜぇ。多分、他所で結婚したから帰ってきたんじゃねえか？　ディアを見かけた奴が言うには、彼女以前より綺麗になっていて、人妻の色気がすげえって言っていたぜ～」

その言葉に他の奴らが同調して野次を飛ばしてくる。

「落ちぶれた元婚約者のお前を見たら、ディアは大笑いすんじゃねえ？」

「あ、ディアの旦那がお前に復讐しに来たのかもな！　気をつけろよ～でも自業自得だもんなーしょうがねーよなー」

調子づいた男たちの下品な笑い声。

ラウは俺に申し訳なさそうに目で謝った後、男に向き直る。

「あのなあ……もう友達でもなんでもねえから話しかけんなってお前が言ったんだろ。だったらお前も俺に話しかけんなよ。俺らこれから飯なんだよ。連れがいるんだから煩わせんな」

話の内容から察するに、縁を切られた元友達のようだ。

俺とディアさんは今日町に入ったばかりだというのに、もう噂が回っている……。

ディアさんの知り合いの許に挨拶に行くつもりではあったが、野次馬が彼女の許に押しかけて来ても困る。どう対応すべきかと考えていると、周りの笑い声が大きくなった。

ラウが冷静に応じても、相手は大勢で酒も入って気が大きくなっているからか、からかう言葉がどんどんと下品になっていく。

嫌うのは個人の自由だが、孤立して味方のいない状態の奴を、集団で甚振(いたぶ)って楽しむみたいな空気は気に入らない。

村でも同じような嫌がらせを度々見てきたが、こんな人の多い町でも結局人間の根本は変わらないんだなと思って、小さくため息をついた。

ごちゃごちゃとうるさいので、立ち上がってそいつとラウの間に割り込む。

「……っ」

わざとではないが身長差があるので自然と見下ろす形になり、そいつは少し怯えて後ろに下がるが、逃がさないように足で退路を塞いでやる。

「ディアさんと一緒に来た年上の強面男っていうのは俺だよ」

「えっ……！」

何か文句あるか、と言ってやると男はぶるぶると震えながら首を振っている。

「おい、坊主。俺はな、彼女がラウに復讐したいっていうならいくらでも協力する。だがな、それならコイツと一緒になってディアさんのことを散々馬鹿にしてくれたオトモダチどもにも、地獄を見せてやらないといけないよなあ。どうせお前も以前は彼女のことを悪し様(あざま)に言っていた奴らのひとりだろ？　それなのに、なんで他人事みたいに笑っているんだ？」

何か言ってみろと凄んでみせるが、相手は震えて話にならない。仕方がないので、静まり返っている後ろの奴等に目線を移す。

「後ろで聞いているお前らは、彼女が貶められている時、一度でも庇ったことがあるのか？　今はラウを馬鹿にして笑っているが、以前は諌めることもせず、悪口に同調していたような奴らが、どの面さげてそんなことを言っているんだ？　正々堂々と自分は彼女を擁護したって言える奴がいるなら俺の前に出てこいよ」

誰も口を開かない。反論してこないところを見ると、実際身に覚えがあるんだろう。

「お前らのような恥知らずが会いに来たらディアさんが不快になるだけだから、彼女を見かけても話しかけるなよ。どうしても彼女に用事のあるやつはまず俺に話をもってこい。いいな？」

しんしん、と静まり返る店内。

そこでちょうど注文した料理が運ばれてきたので、ポカンとするラウを促して食事を始めるが、その間も周囲の視線が非常に鬱陶しい。

俺がディアさんの関係者だと名乗ったことと、元婚約者でディアさんにひどい仕打ちをしたラウが普通に会話をしているから、どういう関係なのかとコソコソ話している声が聞こえるが、結局最後まで誰も話しかけてこなかった。

店を出てから、ラウに先ほどのことを訊ねてみる。

「お前、町ではいつもあんな扱いなのか」

「あ、まあ、そりゃ……そうっすよ。そんだけのことしましたし……」

と、言ったきり言葉が途切れたので、顔を覗き込むとラウは泣いていた。泣くほど辛かったのかと聞くとそうではないと首を振る。

「すんません……言われたこととかじゃなくて……俺、誰かにあんな風に庇ってもらうの、初めてだったんで、つい……。いや、俺がしてきたことの報(むく)いだと分かっているんで、庇われたいとか言ってんじゃないです。ただ、町に戻ってから誰かと一緒に飯食ったのも久しぶりだったんで……なんか……すんません……泣いたりして」

ラウは、すんません、すんませんと何に対してか分からない謝罪を繰り返す。

母親は逮捕され、父親は面倒事から逃げ出してしまった。

自分が悪いからと贖罪のつもりで耐えてきたんだろうが、俺が来たことで気持ちが緩んでしまったようだった。

孤独なのは、辛い。

友人にも背を向けられあまつさえ罵られる。味方になってくれる者が誰もいない状況で、それでも義理を果たそうと町に留まり店の後処理をひとりで行うのはさぞかし苦しい日々だっただろう。

「辛かったな」

「……っ」

嗚咽(おえつ)が抑えられなくなったラウが肩を震わせる。

ガキみたいに泣くラウの頭をぐりぐりと撫でてやると、ちょっと落ち着いたようでふっと笑う声が聞こえてきた。

「そんなにガキ扱いしないでくださいよ……」

「いや、ガキみたいに泣いてただろ」

ははっとお互い顔を見合わせて笑ってしまう。

「つか、あんな店に連れてっちまってすんませんでした。店主はまともなはずなんですけどね……」

「ああ、いいさ。でもアイツらもこれでちょっとは大人しくなるだろ」

「ですね。庇ってもらってやっぱ助かりました。すげえ鬱陶しかったんすよアイツら」

へへ、と笑うラウを小突いてやる。

「俺はお前を庇ったわけじゃないけどな。ただずいぶんと勝手なことを言っているから腹が立っただけだよ。ラウはあいつらに対して償う罪があるわけじゃないだろ。お前が償わなきゃいけない相手はディアさんだ。ああいう奴らはいたぶって楽しむ理由が欲しいだけで、彼女のために言っている奴なんか一人もいないよ。無関係の奴らから受ける仕打ちを甘んじて受けたところでディアさんへの償いになんかならない。そういうのをはき違えるな」

俺の言葉にラウはびっくりしたように目を見開いて、そのあと勢いをつけて天を仰ぐ。

「あーもう、すげえ。俺クラトさんと同じ歳になっても絶対同じセリフ言えねーっすよ。すげえ、かっこいいっす」

「なんだそれ。馬鹿にしてんのか」

「なんでですか、めちゃくちゃ褒めてんですよ」

さっきまでどこか張り詰めた表情をしていたラウがおかしそうに大口を開けて笑ったので、俺もつられて笑ってしまう。

弟がいたら、こんな感じだろうか……。

村に来た時は、生意気なガキをちょっと躾けてやろうかくらいの気軽な気持ちでコイツを預かると申し出ただけだった。ちょうど雪かきの人手が欲しかったし、こき使ってやるつもりで最初はなれ合うつもりなんて微塵もなかった。

それが変わったのは、コイツが何故か俺に懐いて尊敬のまなざしを向け始めてきたせいだ。

かなり痛めつけてやったつもりだったから、素直に慕ってくるラウにちょっと罪悪感を覚えるほどだったが、正直悪い気はしなかった。

冬が終わる頃にはすっかり俺も気を許してしまっていた。

だからこんな状態のラウを見たら放っておけなくなると、考えれば分かったはずだ。それなのに、何の心構えもなくラウを訪ねてきてしまったと後悔する気持ちが生まれてくる。

俺はディアさんの保護者として来ているのだから、ラウにばかりかまけているわけにいかない。

本人が吹っ切れているからか俺も普段忘れかけているが、ディアさんとラウの間には婚約破棄という確執があるのはこの町では知れ渡っている。

ディアさんが帰ってきている情報がたった一日で広まっていることを考えると、恐らく彼女の動向はこれからも注視されるはずだ。

俺が二人のあいだを行ったり来たりしていたらそれにも目をつけられて噂になるだろう。

どういう関係なのか、変に勘繰られたりする可能性もあるし、それになにより、中途半端に俺が手を貸してしまったら一人で頑張っていたラウの気持ちを折ってしまう結果になりかねない。

最後まで面倒をみる覚悟がないなら、最初から会いに来るべきじゃなかった。

だが……あんな風に集団で甚振られている姿を見て、どうしても口を出さずにいられなかった。

この先、ラウがどう生きていくのかは分からないが、平坦な道ではないことは確かだろう。ただちょっと訪ねてきただけの俺が薄っぺらい同情を向けたところで、何の救いにもなりはしないのに、無責任なことをしてしまった自分に嫌気が差す。

「……俺もジローのことを言えないな」

「ん？　なんて言いました？」

「なんでもない。じゃあ俺宿に帰るからな。……また明日来る」

「あ……はい。あの……クラトさん、俺を訪ねてきてくれてありがとうございました。すげえ……嬉しかったっす」

簡単に別れを告げ、俺は宿へと道を急いだ。

ジローがディアさんの将来を考えて、突き放す決断をした時、それが正しい選択だとは思いつつ、あれほど助けて依存させておいて今更突き放すなんて残酷だなとも思った。

ディアさんからすれば、かけられた梯子（はしご）を登ったとたんに外されたようなものだ。

最後まで責任を取る気がないなら、最初から優しくなんてするなと思ったくせに、自分もおなじことをしてしまっている。

「俺はこんな情けない人間だったのか……」

改めてジローがどんな思いでいるのか、もう一度ちゃんと話してみたい。村から遠く離れた知らない土地で、アイツのことを思い浮かべるなんておかしな話だなと笑いが漏れた。

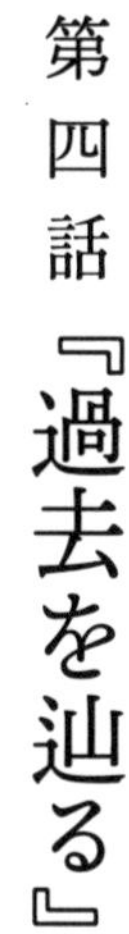

第四話『過去を辿る』

町に帰ってきて、まず誰の許へ挨拶に行くべきかを考えた時、クラトさんが、

「こういう時はまず知り合いで一番偉い立場の人間のところへ挨拶に行っておけばだいたい上手くいくものだ」

と助言してくれた。それで真っ先に浮かんだのは町の商工会長さんだ。

会長なら我が家のことも店のことも、色々話を聞いて知っているだろうから、説明も簡単だろうしちょうどいいとさっそく商工会議所を訪ねることにした。

「申し訳ないんですがクラトさんも一緒に来ていただけますか？」

「もちろん。というか、ディアさんは町を一人で歩き回ってはダメだ」

ラウに会いに行ったクラトさんは、妙に過保護になっていて、軍警察にすら今は一人では行くなと釘を刺されている。

どうやらすでに私が町に帰ってきたことが噂になっていて、一人でいたら変な輩に絡まれるかもしれないからだと教えられ、思わず背筋が寒くなった。詳しくは教えてくれなかったけど、いい噂ではないのだろう。昔ラウの友人らに遠くから陰口を叩かれたのを思い出す。

元からそのあたりの人たちには良い印象をもっていなかったが、今でもまだ人の悪口を触れ回っているのかと思うと呆れてしまう。

私もそんな人たちに絡まれたくはないので、素直にクラトさんの言うことに従い、商工会へも同行をお願いした。

受付で名前を告げ、会長にお会いしたい旨を伝えると、対応してくれた人は驚いたように目を瞠り、そして慌てた様子で会長を呼びに走って行った。

奥の部屋から会長が出ていらしたので挨拶しようと顔を向けたとたん、会長はどばっと滂沱の涙を流し床に崩れ落ちてしまった。

「か、会長？　どうしたんですか？」

「っディアちゃん～～～生きてた～～～」

え、私死んだと思われていたの？

付き添いで一緒に来てくれたクラトさんが、『どういうことだ？』と目線で問うてくるけど、私にだって分からない。ひとしきりオロオロするだけという訳の分からない時間をすごし、騒ぎを聞きつけた会長の奥様が出ていらして、私と泣き崩れる夫を見てだいたいの事情を察したらしく会長に代わって説明してくれた。

「一時期ディアちゃんが死んだんじゃないかって噂が流れていたのよぉ」

結婚式が中止になった後、私が急にいなくなってしまったせいで色々な噂が飛び交っていたようだった。婚約者と妹が浮気している現場を見て式が中止になった挙句の行方不明だから、人生に絶望して自ら命を絶ったのだと、私死亡説が広まったらしい。

「なんですかそれ……」

誰が言い出したのか知らないが、全く無責任なデマだ。まだ床に突っ伏して泣く会長の頭上で事情説明をされ、まあお茶でもと執務室に通される。

会長が泣き止んだのは、それから三十分も後のことである。

ようやく皆が席につけたので、突然いなくなってしまった非礼を詫びることができた。商工会長とは付き合いが長く、私が子どもの頃ラウの店で働き始めた頃から会長職についていて、もちろん奥様も女衆のまとめ役なのでよく知っている。

ラウの店は町一番の大店だったので、商工会でも顔役となっていた。

そのため、私もこちらで人手が欲しい時など、お義母さんに頼まれてお手伝いに来ていたから、会長とは子どもの頃から何度も顔を合わせていた。子供好きの優しい方で、店の用事で来るだけでもお菓子を持たせてくれたり、お義母さんに指示されてお手伝いでこちらに来た時は、お小遣いと称してお金を手渡してくれた。

今にして思うと、お手伝いの賃金はお義母さんか両親に支払われていたのだろうから、それとは別にくれていたお金だ。

当時は、私のお手伝いや労働に対して賃金が発生していると知らなかったから、お小遣いをもらえて単純に喜んでいたのだが、実は会長は余分なお金をいつも支払ってくれていたということになる。

会長にいただいたお金も町を出る時の逃亡資金になったので、私は感謝の気持ちしかないのだが、会長はなにやら私に対して罪悪感を持っているようで、何度も謝られた。

「ディアちゃんがあの家でうまくいっていないのは知っていたんだよ。私がちゃんと対処していれば、あんなことにならなかったかもしれないのに、本当に申し訳なかった」

女衆から商工会長の許へ、各家で分担している女衆の仕事をいつも私一人が集いに来て担っていることや、家族は良い身なりをしているのに私はいつも着古した服ばかり着ているなど、家で冷遇されているのではないかと気にかけて報告が上がってきていたそうだ。

けれどすでに私はラウと婚約していたため、ラウのお母さんに気にかけてやってとお願いするだけで、終わらせてしまった。

嫁入りが済めば解決する問題。そう思って放置していた結果、最終的に結婚式の中止と私の失踪という事態を引き起こしてしまったと会長は責任を感じていると何度も頭を下げた。

「式が中止になったってディアちゃんが青い顔をして詫びに来た時、色々詮索されるのは辛かろうと思って、皆ですぐ引き上げたんだが、あの時も私が間に入ればよかったよ……」

いずれにせよ、商売がからんだ結婚なのだから会長として両家から話を聞いて仲裁に入るつもりだった。それなのにその日のうちに私が町を出奔してしまった。

会長は良かれと思って出席者全員を引き上げさせたのだが、あのあと、会場の片づけをする私を置いて家族やラウたちはさっさと帰ってしまい、結局私が日暮れまで一人で片づけをするはめになったと後から知って驚愕したらしい。

更には家族に置いていかれた私が一人きりで暗い道をとぼとぼ歩いていたとも後に聞かされ、何もかもが裏目に出てしまったと会長はまた涙を浮かべる。

「す、すみません……とてもあの家にはいられなかったので……」

「いやいや、だって浮気した二人を結婚させるって、両家で勝手に話がまとめられたんだろう？　それなのにディアちゃんは、店の従業員として働けと言われたそうじゃないか。信じられない、本当に酷い話だよ」

結婚式が直前になって中止になった事情は出席者からあっという間に噂が広められ、家での話し合いの内容も、こっそり聞いていた使用人が積極的に広めたため、翌日には私が家出をしてしまったという話と相まって大きな話題となって町中を駆け巡った。

だから会長は家出の理由も正しく全部把握済みだった。

「まさかあの状況で、被害者側であるディアちゃんに片づけをさせて、置いてきぼりにするなんて思いもしなかった。私が判断を間違えたせいだ。悪かったねえ」

「い、いえ、あの、全く会長のせいなどではありませんので……謝らないでください」

実際、会長は全然関係ないので謝られても申し訳なさしかない。

あの結婚式の後に両親やラウが散々責められたというのは聞いていたが、会長から当時のことを聞くと、私が思っていた以上にとんでもないことになっていた。

結婚式の後、私が片づけをしていたことや、置いていかれて一人で帰った姿を見ていた人がいたことにも驚いたが、それよりもその後、噂に尾ひれがどんどんついて、今現在ではちょっとした怪談話のようになっていると言われたことが最も衝撃的だった。

傷だらけの姿で破けた婚礼衣装を引きずりながら暗い夜道を一人で泣きながら歩いていたとか、家族に殺されそうになって命からがら家から逃げ出した……とか、もう事実とかけ離れ過ぎている。

「もう死んでいるって噂が一番言われていたけどねえ。もっと怖い話がいっぱいあったんだよ」

「ええ……会長……なんなんですかその話。どうしてそうなったんですか……」

もっと怖い話というのは、実は家出じゃなくてすでに両親が私を殺して埋めた説や、この世に絶望して自ら命を絶って悪霊になっている説などめちゃくちゃでもう笑うしかない。

クラトさんはこっそり横を向いてばれないように笑っていた。ばれているけれど。

「それだけ大きな騒動になったということだね。でも、女性ひとりで町を飛び出したと聞いたから、皆最悪の事態もあり得ると心配していたんだよ。とにかく無事に帰ってきてくれてよかった……。うん、ディアちゃんの顔を見ていれば分かるよ、今は幸せなんだね？」

会長はまた涙ぐんで、なぜかクラトさんを見つめ、うんうんと頷いている。

どうしてクラトさんを見つめ、うんうんと頷いている。

どうしてクラトさんに目線を向けるのかと思っていたら、その疑問にクラトさんが答えた。

「ああ、違います。俺はディアさんの護衛兼送迎役として一緒に来ただけで、夫ではありません」

「えっ違うのかい？　なんだあ、てっきり夫婦で挨拶に来てくれたのかと思ってたのに」

なーんだとがっかりする会長を見て、ようやくその意味に気付く。

「……あっ！　そういう意味だったんですか？　ちが、違います。クラトさんは、親切で私の帰郷に付き合ってくださっただけで……」

慌てて否定すると、それを見た会長は更に何かを誤解したらしく、うんうんと頷いている。

「そうかぁ。まだそういう関係じゃないんだねえ。そうかぁ、甘酸っぱいねえ」

「だから違いますって！」

クラトさんに申し訳ないと思ってそちらを見たが、彼は顎に手を置いて何か考え込んでいる。どうしたのかと首をかしげていたら、会長に向かって話し始めた。

「彼女とはそういう関係ではありませんが、面倒事を避けるために、夫というのをあえて否定しないというのも手かなと思っています。一時期それだけ彼女のことが噂になっていて、その張本人が帰ってきたとなれば面白がってディアさんに近づいてくる輩も多いでしょう」

「そうだね……噂の半分以上は面白がって言っていただろうからね」

うーん、と会長は顎をさすってうなっている。

「ひとつお願いがあるのですが、会長の許に夫がいるとかそういう噂が入ってきた時は、否定も肯定もしないでおいていただきたいのです。あくまで、夫がいるらしい、と匂わせておきたい。それである程度の抑止力になるのではないかと」

「うーん……そうか。確かにな。ディアちゃんは独り身だと思われないほうがいいだろうねえ。今、この町にはディアちゃんを守れる立場の人がいない状態だからね。抑止力と言うなら、私が後見人になろうか？」

「いえ、会長にそこまでしていただくわけにはいきません。それに、私、裁判が終わったらまた町を出る予定なので、後見人までは必要ありません」

会長という立場の責任感から、私の後見人になると申し出てくれたが、後見人になるというのは親以上に責任を負う重大な契約なので、普通、赤の他人に申し出るものではない。

「そうかい？　まあ、私が後見人じゃあ、この町にディアちゃんを縛り付けてしまうから、君の足かせになってしまうか。じゃあ、他になにか保証人が必要な時などがあれば力になるから、遠慮せずに言うんだよ。君らは対外的には夫婦としておいたほうがなにかと安心だろう。何か困り事が起きたら私が対処するから必ず知らせてほしい」

「ありがとうございます……でも、これ以上ご迷惑をおかけするわけにはいかないので……」

申し出はありがたいが、そこまでしてもらえるほど私は会長になにかした覚えもない。むしろお世話になっていたのに挨拶も無しに行方をくらませたのだから、そこまで甘えられないと言ったのだけれど、会長は断られて悲しそうにしている。

「ディアちゃん、あの時、私はなんの手助けもできなかったことをずっと後悔していた。だからこれは、自分の罪悪感を軽くしたいだけの自己満足なんだよ。それに対して君が負い目を感じることはない。今更こんなことを言われても迷惑かもしれないが、罪滅ぼしさせてほしいんだよ」

「そんな……会長が悪いことなんて何もないのに」

「いいや、いくらでも君を助ける機会はあったのに、私はそれを黙殺したんだ。君がいなくなってから、自分の行いをどれだけ後悔したか……。多分ね、私と同じように、今でも後悔している人はたくさんいると思うよ。女衆はディアちゃんのことをすごく心配して、今でも気にかけていて、他所の町から来た行商に聞いたりするくらいなんだよ」

だから誰かに頼ったり世話になったりすることを悪いと思わないでほしいと会長は言った。

短時間のつもりだった面会が、思いのほか長くなってしまったことを詫びて私は席を立った。

食事でも、と何度も引き留める会長夫婦に謝りつつ商工会議所を出た時には、想定していた時間を大幅に過ぎていた。

❀ ❀ ❀

色々と想像もしていなかったことを聞かされ、なんだか頭が追い付いていかず、商工会を辞した後もぼんやりとしながら帰り道を歩く。

「大丈夫かディアさん」

「すみません……なんだか色々驚いてしまって」

もう私のことなど皆忘れているだろうと高をくくって、お世話になった人のところにだけ挨拶に行こうなどと考えていたけれど、下手に以前の居住地区を歩いたりしたら、死んだはずの人間が化けて出たと騒ぎになるんじゃなかろうか。

……そんな可能性があるなんて思いもしなかった。

あの頃、私はほとんど町の人たちと交流がなかったから、会長があんな風に気にかけてくれていたことも驚きだったし、女衆の人たちが私のことを心配していたことも全く知らなかった。

さきほどの話を思い返していると、黙ったまま歩いていたクラトさんがふと口を開く。

「まあ、商工会長が全面的に味方になってくれるようだから、色々とやりやすくなる。あの感じなら、大抵のことは引き受けてくれるだろう。さっきは断ったが、後見人を会長に頼んでもいいんじゃないか？　後ろ盾ができるのは悪い話じゃないだろう」

「会長は罪滅ぼしだと言ってくれましたけど、別に会長がなにかしたわけでもないのに、そこまでお願いできないですよ」

「そうか？　本当にディアさんが助けを必要としている時に分かっていながら放置したんだ。十分に罪深いだろ。その当時、ほんの少しでも手を差し伸べてくれていれば、君の人生は全く違ったはずだ。それを向こうも分かっているから、罪悪感を軽減したくて申し出ているんだろ。だからなにかしたいと言うのなら、させてやればいい。会長の言ったとおり、しょせんあちらの自己満足なんだから」

そんな風に言われると返答が難しい。確かにあの頃会長が介入してくれたら違った結果になったかも知れないが、他所の家のことに口出しするのは難しかっただろう。

「……クラトさんは厳しいですね」

「ディアさんが甘いんだ。後悔しているとか言うくらいなら、何故その時になにもしなかったんだと思わないのか？　全てが済んだ今になって、どれだけ謝罪の言葉を並べても、そんなのは全部後付けの言い訳としか感じない」

それよりも、とクラトさんは会長の話を終わらせて、相談があると言ってきた。

「会長の話を聞いて、少し気になったことがあるんだ。ラウはいまだに周囲から疎まれているような状態なんだが、ディアさんが帰ってきたことが話題になって、また結婚式の話が蒸し返されてラウへの嫌がらせが悪化するかもしれないと思ってな」

ラウと会ってきたとは聞いていたが、今もそんな状態であることは初耳だったので驚いた。

「今、アイツは店の後処理をしているところだが、その関係各所でも門前払いを食らうようになったら作業が進まなくなる。それでな……その、短期間でも俺が行って手伝ってやりたいと思っていて……すまん、ディアさんには迷惑をかけることになるが、許してほしい」

クラトさんはラウを手助けするのは私に対して悪いと思っているようで頭をさげてきた。

「そんな、私は構いませんからラウのところに行ってあげてください。きっとクラトさんが来てくれたらラウも心強いと思いますよ。そんな風に謝らないでください」

「いや、でも……俺がディアさんの元婚約者と一緒にいたら、その関係性を不思議がって余計なことを言ってくる奴がいるかもしれないと分かった上で、それでも手伝いに行きたいと言うのは俺の我儘でディアさんに迷惑をかけることになる。君に嫌な思いをさせるかもしれないと分かっているんだが……やっぱり放っておけなくてな。すまん」

　こんな情けなさそうなクラトさんを見るのは初めてだったので、つい笑ってしまう。

「クラトさんは本当に真面目ですよね。そんなこと気にしなくていいんじゃないですか？　逆にクラトさんとラウの関係性に興味が行って、私の存在感が薄まるかもしれないですし」

「そ、そうか？　そういうものか？」

　ラウがまともになったのは偏にクラトさんのおかげだから、私としては迷惑どころか感謝しかしていない。店の後処理を始めたのも、きっとクラトさんに恥じない行動をしようと頑張っているんだろう。

「だからぜひラウを手伝ってあげてください。せっかく本人がやる気になったんですし」

「ああ、ディアさんがいいのなら……というか、もう君はラウが憎いとか思わないんだな。改めて今日会長から話を聞いて思ったが、本当に散々な目に遭っているのに、よくアイツを許せるなと感心する」

「うーん、許したのではなく、困ればいいとか願うほどの熱意を、ラウに対してもう持てないんでしょうね」

　私の返答にクラトさんは首をかしげていたが、それ以上は何も言ってこなかった。

　その後、私はまた軍警察へと行く予定があったので、私を送り届けたクラトさんはラウのところへ行くと言ってそこで別れた。

❀
❀
❀

裁判のことは全て、村に手紙をくれていた憲兵さんが窓口になってくれている。約束の時間に訪ねて行くと、彼は入り口で私を待ってくれていた。

昨日と同じく、小さな会議室のようなところに通してもらい、今日はラウのお母さんの立件に関しての説明を受けた。

「ディアさんにはまず、脱税の証拠固めに協力していただきたいのです。彼女は罪を認めていないので、取り調べにも協力的じゃないんですよ。押収した二重帳簿があるのだから、有罪は確実だと思うのですが、どうもあの方は口が上手くて、こちらの不備をついてきたりするので厄介なんです。裁判で脱税について故意に資産を隠したと全面的に認められないと、軽い罪になってしまう可能性があるので、証拠を整えておきたいんです」

両親の裁判のほうはすでに仕事仲間から告訴されていて、状況的に有罪は免れないから私が何かする必要はないとの説明を受けている。

ただ、お義母さんによる店の脱税は、本人が無罪を主張しているので現在証拠固めをしている。それに私も協力してほしいとお願いされた。

「裏帳簿と私が記入していたほうの帳簿との照合でしょうか。実際の売り上げとの整合性も全部見ないといけないないですよね……」

頼まれた調査内容を確認したところ、かなり手間のかかる作業だったので一日二日では終わらなそうだった。

「今はここの近くに宿を取っているんですが、作業に時間がかかるなら延泊しないといけないので、どれくらい日数が必要か教えていただけますか？」

「申し上げにくいのですが、起訴までにまだ時間がかかりますし、裁判が始まってからも証言に立っていただくことになるので……少なくとも数か月は滞在していただくことになるかと……」

「えっ……そんなにですか？」

少なく見積もって数か月と言われ、思わず戸惑った声をあげてしまう。場合によってはそれ以上になるとするなら、その間ずっと宿暮らしできるほどの資金はない。

安い家を借りて短期間でも働くか……でもいきなり飛び込みで働ける場所などあるのだろうか。

どうしたものかと考えていると、憲兵さんは私が考えていることが分かったのか、こんな提案をしてくれた。

「もしよければですけど、軍警察には一時滞在できる施設があるので、紹介しましょうか？　そこは事件事故の被害者で行き場のない女性や子供を保護した際に住めるように用意されているんですが、ディアさんの立場なら利用可能だと思います」

私は両親とも捕まっていて帰る家もないから、申請すれば無償でそこを利用できると教えてもらえた。非常にありがたい話だが、ひとまずお断りした。

「私一人ならぜひお願いしたいところなんですが、同行者がいますので、そちらを利用することはできないんです。お気遣いありがとうございます」

「……あの方とは……どういうご関係ですか？　ご夫婦ではないんですよね？」

「ええ、クラトさんとはそういうのではないです。あ……でも」

「でも?」

「なんでもないです」

クラトさんが夫という設定は、憲兵さんには必要ない話なので、特に説明はしなかった。

この日は説明を受けただけでかなり時間がかかってしまったので、帳簿の確認はまた後日ということになり、憲兵さんが宿まで送ると言って一緒に来てくれた。

まだ日暮れ前だし大丈夫と言いかけたが、クラトさんにも一人で出歩くなと言われたことを思い出して、申し訳ないながらもお願いすることにした。


宿までは軍警察からそれほど離れていないので、道中お喋りをしながらゆっくりと歩いた。

憲兵さんは気さくな人で、話しやすくていい人だなと笑顔で話していたら、突然後ろから私の名前を呼ばれ、驚いてつい振り返ってしまう。

すると、こちらを指さして笑っている男性の二人組が少し離れたところに立っている。

「うっわ、ホントにいたよ。ディアだろ?」

「隣の男、昨日の奴じゃないじゃん。アイツ、ラウと一緒にいたわけだし、やっぱ嘘だったんじゃね? うわーすっかり騙されたわー」

名前を呼んだわりには、私に話しかけてくるわけでもなくニヤニヤと笑いながら遠巻きにこちらを見ている。どこかで見たことがあるような気がするが、知り合いではなかった。

よく覚えていないけど、昔ラウといつも一緒に遊んでいた仲間にいたような気がする。けれど直接知り合いなわけでもないし、二人の様子がとても不快だったので、気付かなかったふりをして憲兵さんを促してさっさと歩き出す。

　私たちが歩き出すと、彼らは慌てて後ろから追いかけてきた。

「おいおい、無視すんなよー感じわりーなあ。お前、ディアだろ？　返事くらいしろよ」

「久しぶりじゃーん。ラウに振られて死んだんじゃねって話だったけど、ちゃんと生きてたんだなー。つうか、今までどこにいたんだよ」

「……どなたですか？　急いでいますので、失礼します」

　やけに親し気に話しかけてくるが、過去の記憶を探ってもこの二人と友人だった覚えはないし、知り合いですらない人の雑談に付き合う理由がない。さっさとこの人たちから離れたかったが、彼らは私を行かせまいと前に回り込み行く手を阻んでくる。

「いやいや待てよ、みんなお前が行方不明になって心配してたんだぜ？　なのに無視するとかさーホンット昔っから愛想のかけらもねーよな！　全然変わってねえし」

「ラウが今どうしてっか、知りたいだろ？　すげえ面白いことになってんだよ。教えてやるからちょっとお茶でもしようぜ」

　へらへらと薄笑いを浮かべながら私の肩に手をかけようとした男の手を、隣にいた憲兵さんがすばやく叩き落とした。

「痛って！　なにしやがんだこの……！」

　手を叩かれて激高した男は、反射的に拳を振り上げかけたが、相手の服装を見てピタリと動きを止める。後ろ姿では分からなかったのか、向き合った相手が軍警察の紋章がある隊服を着ていると気付いて、男は一気に顔色が悪くなり、拳を下ろしてそっと背中側に隠す。

憲兵さんは男たちに向き直ると、鋭い眼光で彼らを睨みつける。

「妻はあなたのことなど知らないと言っていますが？　用件があるなら私が伺いましょう」

「あ、え、いや、つ、妻？」

「け、憲兵……？」

凄まれた男たちはもうガタガタと震えてまともに返事もできていない。

それはそうだろう。軍警察の人間にケンカを売ったのだ。彼らは国から派遣されている人間なので、その恩恵を受けている町民が不敬を働くことは許されない。その相手に拳を振り上げたという事実だけで、この場で押し倒されて拘束されてもおかしくない。

「黙っていないで用件を言え」

「ひっ！　人違いでした！　すみません！」

憲兵さんが凄むと男たちは脱兎のごとく逃げ出した。彼らの姿が見えなくなってようやく緊張が解け、思わずため息が漏れる。

すっかり忘れていたけれど、昔もあんな風に不躾で聞きたくもない言葉をよくわざと聞こえるようにして言われていた。

嫌いなら放っておけばいいのに、どうしてああいう人たちはわざわざ絡んでこようとするのだろう。甚振っているつもりなのか、それが楽しいのだろうか。その気持ちが分からない。

嫌な記憶を引っ張り出されてしまって、無意識のうちに私はぎゅっと自分の服を握りしめていた。

「あの、大丈夫ですか？　すみません、とっさに余計な嘘をついてしまって……ああいう輩は権力に弱いんで、憲兵の妻と言えば手が出せないだろうと思って……気を悪くされましたか？」

ハッとして顔をあげると、焦った様子の憲兵さんがこちらを覗き込んでいた。我に返った私は急いで頭を下げお礼を言う。

「いえ、助けてくださってありがとうございました。……実は私が帰ってきたことが色々噂になっているようで、面白がって探しにくる人もいるかもしれないから注意しろってクラトさんにも言われていたのに……本当にわざわざ見に来る人がいるんですね。油断してました」

出奔後、面白おかしく噂されていたと商工会長から聞かされていたが、あまり現実味がなくて真剣に考えていなかった。思ったよりこれは厄介かもしれない。

「その……余計なことを言うようですが、ああいう輩はまた現れると思います。今度はあなたが一人になった時を狙ってくるかもしれない。そういえばあの二人なにか言っていましたね。昨日の奴とかなんとか……」

「多分クラトさんのことだと思います。昨日の時点で私が町に帰ってきていると噂になっていたみたいで、クラトさんと一緒にいたからか、夫連れだったたってことになっていました」

「ああ、なるほど。それで噂を確かめにこの周辺で待ち伏せしていたんでしょうね」

「そういう人たちへの牽制のために、夫がいると誤解させておこうかとクラトさんと話し合っていたんです。けど、あんまり意味はなさそうでしたね……」

人妻ということだけでは、彼らのような不躾な人間には抑止力にならないようだ。

「なるほど、そういうことですか。じゃあ、昨日と違う男がディアさんの夫だと名乗ってしまったことで、また噂に変な尾ひれがついてしまうかもしれませんね……すみません、余計なことをしてしまいました」

「いえ！　本当に助かりました。もう噂で何を言われていても構いませんよ。それよりも、ああいう人たちが来ないようにするにはどうしたらいいのか、また別の対策を考えないといけないですね」

悪霊になった説まであったのだから今更どんな噂を流されても構わないが、逆に興味を引く羽目になっても困る。

次に来たらどうやって追い払うか……と考えていると、憲兵さんがこんな提案をしてきた。

「あなたが憲兵と結婚したと噂になれば、破滅願望のある者以外は近づいてきませんよ。もしよければなんですが、僕が夫役をやりましょうか？」

「えっ、憲兵さんがですか？」

突然の提案にびっくりするが、確かに憲兵の肩書きはこれ以上ない抑止力になる。けれどこんな個人的なことで憲兵さんを利用するわけにはいかない。

「あ、ありがとうございます……でも、そんな迷惑をかけられませんよ」

「いえ、僕にできることがあるなら協力したいと以前から思っていたんです。実は、ご両親の調査をしていく中で、あなたのことも詳しく調べさせてもらったんです。憲兵である自分が、個人に肩入れしすぎるのはよくないことなんですが……どうにも他人事とは思えなくて」

どういう意味だろうと首をかしげると、憲兵さんは実は自分も親から虐待に近い扱いを受けて育ったのだと教えてくれた。

「自分はいわゆる貴族の称号を持つ家に生まれました。そのせいか両親は、家督を継ぐ兄にだけ愛情を注ぎ次男の自分はずいぶんと虐げられて育ったんです。長男が健康に育ちましたからね、予備の僕はもう要らない存在だったんです。無駄な子を養ってやっているんだから感謝しろと事あるごとに言われてましたね」

　不要な人間を養ってやっているのだから、生涯家に仕えてその恩を返せというのが彼の親の持論だったという。

「……ひどいですね」

「あなたも同じようなことを両親から言われていましたね。あれは外で聞いているだけでも辛かった。あの時から僕はあなたの助けになりたいと思っていたんです」

「憲兵さんも、そんなご両親の下から逃げたんですか？」

「ええ、家を出るために軍警察に入ったんです」

　進学も必要ないから家のために働けという両親に逆らって、憲兵さんはひそかに試験を受けていた軍警察への入隊を決めて家を出たそうだ。

　それを知った両親は、王家直属の近衛兵や騎士団なら許すが、貴族の称号を持つ家の人間が公僕となるなど絶対に許さないと怒り、もう二度と家に帰って来るなと家から除籍したのだという。

「貴族籍を剥奪することが彼らにとっては最上級の罰だったんでしょうね。僕としては願ったりでしたけど。それでも家族に絶縁されたのは堪えました」

　どんなに酷い家族でも、自分の根底にある存在だから、気持ちの整理をつけるのは難しい。そういう葛藤を私がしていたのも話を聞いて気付いていた。だからあなたのことを放っておけないと言われ、何も言えなくなってしまった。

「だからディアさんの迷惑でなければ、夫役でも後見人でもやらせてほしいんです」

この憲兵さんが村に手紙をくれたりしてとても気遣ってくれたのは、そういう事情があったからだったのかと納得がいった。

私が迷惑をかける立場なのに、彼から頼み込まれるような言い方をさせてしまったのを申し訳なく思い、有難く申し出を受けることにした。

「すみません、では何かあったら、夫として憲兵さんの名を使わせてもらいます」

「お任せください。抑止力としては最も効果的な名だと思いますよ」

この人は私が名前を悪用するとかは考えないのだろうか……。安請け合いし過ぎでは？　とちょっと心配になる。

「……でしたら何かお礼をしたいんですけど……でも、何がお礼になるのか分からないです」

まさかお金を渡すわけにもいかないし、憲兵さんの肩書を利用させてもらうことに対してできるお礼なんて果たしてあるのだろうか。

物を贈るにしても、対価として見合うだけのものなんて思いつかない。かといって何もしないわけにはいかないが、お礼の仕方が分からないと素直に言うと、憲兵さんは少しためらいながらこんな提案をしてきた。

「じゃあ……今度食事に付き合ってくれませんか？　なんて、ダメですかね？」

「そんなことでいいんですか？　お食事くらいならいくらでもごちそうしますが、それでも大したお礼にはならないかと」

「え、いや、そうじゃなく……女性に支払わせるわけにいかないですし、こういう場合はお誘いした僕のほうが勘定を持つのが当然で……」

「でもそれじゃ何もお礼にならないですよ。あ、お店を紹介して欲しいということですか？」

「いえ、ただ一緒に食事に行っていただければ」

「え？　それがお礼になりますか？」

「なり……ますね。一般的には」

「一般的には？」

微妙にかみ合わない会話をしているうちに、泊まっている宿に着いてしまった。

「えーと、ごめんなさい理解力に乏しくて。食事の件、ちゃんと考えておきますね」

「そんな気負うほどのことではないので……まあ良ければご一緒してください」

憲兵さんはなんだか困ったような顔をして、でも嬉しそうに手を振って帰って行った。

空気を読めない奴だと思われただろうか。何か間違いがあってはいけないと、何度も訊き返してしまったから、失礼な言い方になっていたのかも。

……クラトさんに相談しよう。

帰って来たら今日人に絡まれた件も話しておきたいので、宿の談話室で帰りを待っていたが、日が暮れても中々帰ってこない。結局彼が戻ってきたのは夜が大分更けた頃だった。

「おかえりなさい。遅かったですね」

「すまない、ラウの手伝いをして遅くなった。俺を待っていたのか？　でもこんな遅い時間に女性がひとりで談話室にいるのは感心しないな」

「すみません、帰ってらしたらお話ししたいことがあったので」

帰り道で男たちに絡まれた話を伝え、ちょうど居合わせた憲兵さんに助けてもらったことと、なりゆきで憲兵さんの妻だと彼らに言ってしまったことを話すと、クラトさんは苦虫を噛み潰したような顔になった。

「あれだけ脅しつけてやったのにノコノコ現れる馬鹿がいたのか。憲兵が一緒で良かったが、夫役を憲兵がやると言い出したのか？」

「はい。憲兵さんが協力してくれるって言ってくれたので」

とはいえ、別に夫婦ですと名乗るわけではなく、また絡まれて困ったら彼の名前を使わせてもらうだけという約束で協力をお願いしたと説明したが、クラトさんの顔は渋いままだった。

「確かに憲兵の威を借りれば、ディアさんの身辺は安全になるだろう。だけど……ディアさんはそれでいいのか？」

「ええ、ご迷惑かと一度は断ったんですが、逆に説得されるみたいになってお願いすることにしました。それに、私は裁判の関係で数か月は町に留まらないといけないみたいで……その間ずっとクラトさんを引き留めるわけにいかないですから、ちょうど良かったのかもしれません」

「いや、そういう意味でなくてな……まあいいか」

クラトさんはなにか奥歯にものが挟まったような物言いをしていたけれど、最終的に軍警察との繋がりはあったほうがいいと結論を出していた。

「というか、俺はディアさんが滞在している間は町に残るぞ。ラウの店を手伝ってやると約束してしまったしな。数か月くらいはいるつもりだ」

「あ、そうでした……。それでラウ、店は大丈夫なんですか？」

「ああ、色々問題が多くてな……そのせいで今日も遅くなってしまった」

ラウの店は、これから財産整理をしてその後取引先への未払い分を納めて最終的に廃業届を出すという流れらしいが、なにをするにもラウの評判が付きまとい、やっぱり業者にも門前払いを食らうことがあるそうで、余計に時間がかかっているとのことだった。

「業者との仲介だけでも手伝ってやりたいと思っているんだ。だから俺も長期的に滞在するつもりでいる」

「じゃあやっぱりどこかで家を借りないといけないですね。うーん、女性一人で借りるのは難しいと聞きますし、クラトさんも身分札がないと家探しが難航しそうですね」

「確かにな。その辺は商工会長に相談してみるか」

「私たち二人で借りれば諸問題が解決するんですが……ダメですかね」

「ダメだろ。俺はジローじゃないんだぞ？」

「いくらなんでもクラトさんとジローさんを間違えませんよ。全然似てないのに」

私が答えると、クラトさんが心底呆れた顔をした。なにか返答を間違えたらしい。

「まあ……その話はとにかく会長に相談だ。家を借りるのも部屋を間借りするにしても、あの人に頼ったほうが手っ取り早い」

今日の会長の様子なら、自分が家を用意するとか言い出しそうで心配だけど、頼ることも大切だと教えられたので、迷惑とか考えず近いうちお願いに行こうということで話はまとまった。

クラトさんと部屋の前で別れ、私は湯で簡単に身を清めてから寝る支度を整えベッドに入る。

でも、今日の出来事が頭の中を駆け巡って目が冴えて、一向に眠気が訪れない。

だって今日は本当に、驚きの連続だった。

会長があれほどまでに私のことを気にかけてくれていて、今でも後悔しているなんて考えてもみなかったから、聞いた時は驚きすぎて最初は信じられなかったくらいだ。

私はジローさんに言われるまで、町の友人知人との再会は考えていなかったし、正直望んでもいなかった。

故郷のことを辛い記憶のままにしておかないほうがいいと言われても、私としては捨ててきた過去なのだからどうでもいいとすら思っていた。

戻ると決めたのは自分だから、お世話になった人にちゃんと挨拶をするつもりではいた。

でもそれはあくまで不義理をした罪滅ぼしで、商工会長のところへ最初に伺ったのも、あの方に会いたかったわけではなく筋を通すために優先しただけだ。

会長に会って話を聞くまで、彼があれほどまでに私を気にかけてくれていたなんて想像もしなかったし、町の人たちがどうしていたかも全く興味がなかったのだ。

どうせ嫌われている。

どうせ笑い者にされている。

会いに行ったってまた傷つくだけだ。

ずっとそんな風に思っていた。

私の世界は、ジローさんを中心に回っていたから、彼さえいればそれで良かった。

新しい友達も要らないし、二人で過ごしていればそれで幸せ。

捨ててきた過去に存在していた人たちなんて、嫌な記憶と一緒に捨ててしまおうとしていた。

被害者面して、とレーラに罵られた言葉を思い出す。

本当にその通りだ。被害者意識で自分の辛さしか見えていなくて、私を心配して心を痛めていた人もいたなんて、考えようともしなかった。

そうやって見逃していた優しい人たちのことを、気付かないままさっさと切り捨てようとした私のことをジローさんはどんな気持ちで見ていたのだろうか。

呆れていただろうか。薄情で身勝手な人間だと思われていたのだろうか。

こうして町に戻ってきてみて、私がジローさんに突き離された理由が少しだけ分かった気がする。

私が町で見ていた世界はとても狭くて、ほんの一部しか見えていなかった。

自分が捨てようとしてきたものと、ちゃんと向き合って自分を見つめ直さなくてはならないと今日一日で思い知らされた。

「やっぱり町に戻ってきて良かった……」

私はようやく自分がすべきことが見えてきて、少し前向きな気持ちになっていた。

明日からも頑張ろう。

前向きな気持ちになれたところでうとうとしてきて、久しぶりに穏やかな気持ちで瞼を閉じた。

❀ ❀ ❀

翌日、目が覚めてから、私は一つ決意したことがある。

自分の捨ててきた過去と、もう一度ちゃんと向き合おう。

そのために、過去に付き合いのあった人たちと会って、対話しようと決めた。

思えば、町にいた頃は誰かと楽しく会話をしたりすることも無かったが、意見が食い違ってケンカしたこともなかった。家でも店でも、言われたことに頷いて従うのが当たり前で、相手から言われたことが正しくて、逆らったり意見したりなんて一度もなかった。

誰かに悩みを相談したこともなければ、人と意見を交わして議論するなんてこともない。両親やお義母さんの言うことだけを聞いて、孤独を深めて自分が見ている世界だけが真実だと思い込んでいた。

けれど昨日の会長の話で、他の人から見ればまた違った真実があるのだと気が付いた。

昔の私を知る人と会って話をすれば、知らなかった過去を正しく見つめ直すことができるかもしれない。

そう決意してからは、軍警察に行く合間を縫って、過去にお付き合いのあった人たちの許を訪れて、できる限り話をする時間をつくるようにした。

会長の次に訪ねたのは、町で唯一の教会。

結婚式の騒動を起こした謝罪もかねて司祭様に会いに行くと、この方も会長と同じように私の安否をとても心配してくれていたようで、再会できたことをすごく喜んでくれた。

謝罪に関しては、私に非が無いことで謝ってはいけないと窘められ、むしろ自分のほうがあの場で仲裁に入るべきだったと、こちらにも謝られてしまった。

元気な姿を見せてくれてありがとうとお礼を言われて、不覚にもちょっと涙ぐんでしまう。

それから、私が町に帰ってきていると噂で聞いた商店の女将さんたちのほうから会長を通じて連絡があり、皆で会いたいと言ってきた。

私もちょうど面会を申し込もうと思っていたところだと伝えたら、会長が張り切って商工会議所に女衆を集めて場を設けてくれて、一気にいろんな人に会うことができた。

私の数少ない同年代の友人も来てくれたので、再会を喜び、そしてまた、何も助けになれなくてごめんと謝られてしまった。

女将さんたちも同様で、私が再会できて嬉しいと言うより先に、顔を見た瞬間からもう全員が大号泣で、あの時助けられなくてごめんなさいと謝罪の嵐で収拾がつかなくなってしまう。

お世話になった人と会えて純粋に喜び合いたかったのだが、これでは皆に謝らせるために来たみたいに思えて、ちょっとだけこの場に来たのを後悔する気持ちが湧いてくる。

「あの、皆さんが謝ることなんて何もないのでもう頭をあげてください」

「でもねえ、アタシたちディアちゃんが辛い時なんにもできなくって……」

「あんなことになる前に、もっとできることがあったと思うのよ」

「せめて結婚式であの男をぶちのめしてやればよかったわ！」

謝罪が終わると、次にはラウがどれだけ最低かを言い合う時間が始まってしまった。

私を気遣って言ってくれているのは分かるが、今ラウが孤立して追い詰められている事実を知っている身としては、どうにも居心地が悪くて話を聞き続けるのが辛かった。

「大店の息子だからって調子に乗り過ぎていたのよ。皆に袋叩きにされているのを見た時は、ざまあみろって思ったわ」

「そうそう、もう誰があんな最低男がいる店で買い物するかっての。だーれも行かないから廃業になったみたいね」

「そうよ、女将さんも何か悪いことしてたみたいで、顔見ないと思ったら逮捕されたって聞いたわ。だから廃業するしかないいんじゃない？」

「大店っていっても悪事を働いて大きくした店なのね。逮捕されてせいせいしたわぁ。あの人いつも偉そうで嫌いだったのよね」

誰かがそう言うと、皆が一斉に私も私もと同意して笑いの渦が起きる。

「どうして皆、嬉しそうなんですか……？」

つい口からこぼれてしまった言葉に、一気に静まり返る。しまったと後悔するがもう遅い。

「な、なんでって……ねえ？　分かるでしょ？」

「だって……ディアちゃんはあの人たちに怒ってないの？」

恐る恐るといった風に数人が私に訊ねてくる。

「す、すみません、責めたつもりじゃなくて……あの……でも皆さんはお義母さんと仲良しだと思っていたので、逮捕されて喜ぶのが意外で……」

うっとばつが悪そうな声が聞こえて、再び気まずい沈黙が広がる。また言い方を間違えた……と焦るが、言ってしまった言葉は取り消せない。

結局、気まずくなった空気は元に戻らず、それをきっかけに再会の場は解散になってしまった。

商工会を後にしてから、猛烈な後悔が襲ってくる。

完全に失敗した……。空気を悪くしてしまった……。

ああいう場合、何が正解なのか考えても分からない。

ジローさんと過ごすうちに人付き合いが得意になったような気がしていたが、全然そんなことなかった。私は今でも人と話すのがものすごく下手なのだと気付いてものすごく落ち込んでしまう。

それでもここでめげてしまったら元の木阿弥（もくあみ）だと自分を奮い立たせて、それからも時々女衆の集まりがある時は顔を出すようにしていた。

もちろん、あれ以来私を避けるようになった人もたくさんいたが、一部の昔からよく知る女将さんや友人は毎回話をしてくれて、会う回数が増えるたび、私の顔も性格も明るくなって別人みたいだと言って褒めてくれたので、少し自信が持てるようになった。

ラウのほうも、クラトさんが手伝うようになってから良い方向に進んでいるようである。

まず取引先などとの対外的な業務がラウだけでは門前払いを食らっていたのを、クラトさんが介入することによってすんなり受け付けてもらえるようになった。

それに、店にされていた嫌がらせも、クラトさんが出入りするようになってからぱったりと止（や）んで、店舗周辺が汚されるのも無くなったので、以前のような綺麗な状態を保っている。

そのおかげか、周辺の商店からも白い目で見られなくなり、買い物や食事に行っても普通に対応してもらえるので、ラウは圧倒的に暮らしやすくなったと喜んでいると聞いた。

本人も、全部クラトさんのおかげだ！　と感謝して、これなら店の整理と廃業手続きも早めに終わるだろうと、クラトさんも私も前向きな気持ちでいた時、それらを全部ひっくり返すような大事件が起こったのである。

第五話『流動する日々』

「え……すみません、なんて言ったんですか……？」

いつもどおり軍警察を訪れた時、憲兵さんから衝撃的な言葉を告げられた。

「被告人が昨日亡くなられたんです。急なことで今の報告になってしまい申し訳ない」

焦りを滲ませた憲兵さんからお義母さんが亡くなったと言われたが、すぐには理解できず、こんな簡単な言葉なのにもう一度聞き返してしまう。

「お義母さんが、亡くなった……って」

「我々も対応に追われていまして……せっかく来ていただいたのに今日はこのままお帰りいただくしかないので、申し訳ないです」

ぐわん、と言葉が頭の中を掻きまわしていくような感覚がして、視界が揺れる。

どうしてとか何故とか訊きたいことはたくさんあったのに口が乾いて言葉が出てこない。そのうち呼吸がおかしくなって、は、は、と短い息しかできなくなり一気に血の気がひいていく。

「ディアさん、大丈夫か！」

様子がおかしいと気付いたクラトさんが慌てて支えてくれたが、立っているのがやっとだった。

「横になったほうがいい。医務室へ案内します」

あまりにも真っ青な顔をしていたからか、憲兵さんが軍医の許へ連れて行ってくれた。

クラトさんに抱き上げられながら、ここで気を失うわけにはいかないと、遠のきそうな意識を気力で必死につなぎとめる。

医務室のベッドに横たえられ、少し胸元を緩めると呼吸はだんだん元に戻ってきた。軍医に診てもらおうかと言われたが、多分一過性のものだから大丈夫だと断る。

「それよりも……何があったか……教えてもらえないですか？」

「それはまた今度にしましょう。僕も今ちょっと戻らないといけないので、ディアさんは少し休んでいてください。時々様子を見に来るので、具合が良くなったら宿までお送りします」

だから席を外しても大丈夫ですよ、と憲兵さんはクラトさんに向かって言った。彼がラウと親しいのは憲兵さんも知っているので、配慮してくれたようだ。

「いや、しかし……具合の悪いディアさんを置いていくわけには……」

「私はここで休ませてもらうので、クラトさんはラウの許へ行ってあげてください」

お義母さんが亡くなって、誰よりも辛いのはラウのはずだ。憲兵さんもその意見に頷き、必ず安全に送り届けると言うと、クラトさんは頭を下げて出て行った。

「心配なのは分かりますが、酷い顔色をしています。ちゃんと寝ていてください」

「はい、すみません」

しばらく一人で横になっているが、やはりお義母さんのことを考えてしまうので眠れるはずもなかった。けれど横になっていると血の気が戻ってきて、起き上がれるくらいに回復できた。

昼頃に憲兵さんが様子を見に来てくれたので、もう大丈夫だからと宿まで送ってもらった。

「あの……お義母さんはどうして亡くなられたんでしょうか……」

「それに関しては、今はまだ調査中なので何も申し上げられないんです」

いずれ話せるかもしれないが、と言って話を打ち切られたので、これ以上は何も聞けなかった。

まだ青い顔をしている私を憲兵さんはものすごく心配してくれていたが、とても忙しいようで、送り届けてすぐに走って帰って行った。

部屋で独りになると、また脱力感に襲われて椅子にへたり込んでしまう。

……この宿も、家を借りることが決まったからもうすぐ引き払う予定だったのに。

最初反対していたクラトさんも、商工会長からちょうどいい空き家があると物件を紹介されて、そこなら住み分けが可能だし女性一人で暮らすより安全だと説得されて、二人で家を借りるつもりで準備を進めていたところだった。

クラトさんは家の修繕を仕事として頼まれて、それはお給料も出るから滞在費を稼げるし、いいことずくめだねと少し前は笑っていたのに……全てが良い方向に進んでいると思っていたのに……。

お義母さんの死によって、何もかもがひっくり返ってしまった。

なによりも……前向きに頑張っていたラウがどうなってしまうのか、心配だった。

ぼんやりと思考が堂々巡りしているうちに日が暮れて、クラトさんが宿に帰ってきた。

「遅くなってすまない。ディアさんは大丈夫か？」

「すみません、もう大丈夫です。それよりもラウは……？」

疲労を色濃く滲ませたクラトさんは、ラウの様子を教えてくれたがやはりだいぶ混乱して取り乱していたようで、クラトさんが葬儀の手配などを手伝ってきたそうだ。

「最後のほうは今後の話をできるくらいに落ち着いていたから、大丈夫だと思うが……。葬儀は埋葬するのに男手が必要だから、俺も参加するつもりでいる」

「私も行きます」

「いや、君はやめたほうが……」

「行きます」

「……分かった」

クラトさんは私とラウを接触させないほうがいいと思っているようだったが、絶対に参加すると言い張るとしぶしぶ折れてくれた。

❀　❀　❀

お義母さんの葬儀の日、朝から小雨が降り、重苦しい雲が空を覆っていた。

黒い服がじっとりと濡れて重くなっていく。

そんな中、ラウとクラトさんの二人で黙々と土を掘る。

死者の墓穴を掘るのは重労働だ。参列者の男性みんなで協力するのが町では通例だが、お義母さんの葬儀には私たち三人しか来ていない。

商工会長すらも顔を出さないのかと思うとやるせない気持ちになる。

司祭様が到着され、お義母さんの棺(ひつぎ)に葬送の儀式を行ってくれた。

見送る人がほとんどいない、寂しいお別れだった。

棺に土がかけられていくのを見ていると、お義母さんとの記憶がどんどん蘇って涙がこぼれそうになる。でも私がこの人の死に涙してはいけないと、ぐっと唇をかんでこらえた。

……彼女の悪事を暴いたのは、私だ。

彼女の死を嘆く権利はないはずだ。あの人もまた、私にだけは泣いてほしくないだろう。

頭では分かっているのに、今でもまだあの人に褒められて嬉しかったことや優しく撫でてくれた手が鮮明に思い出されてしまう。

でも、彼女が死んだからって感傷的になってそんなことを思い出す自分に嫌悪感を覚える。

頭の中がぐちゃぐちゃだった。

埋葬が終わっても、ずっと黙ったままのラウに、なんと声をかけていいか分からず、私も黙ったまま、立てられたばかりの墓標にそっと花を添えて黙祷(もくとう)した。

私が墓標の前から立ち上がると、真横で私をじっと見ていたラウと目が合う。

「ディア、なんで来たんだよ」

「なんでって……お義母さんとは色々あったけど、最後のお別れくらいはしたいと思ったから……」

「色々、か。お前は母さんに散々な目に遭わされたもんなあ。因果応報だって思ってんだろ？　母さんがなんで死んだかお前知ってて来てんのか？　自死だよ、自死。自分で首をつって死んだんだ。何もかも失って、破滅した人間にはお似合いの死に方だろ？」

「おいラウ。やめろ、墓前でする話じゃないだろ！」

「自死……？」

クラトさんが諫めるが、一度口を開いてしまったラウは止まれない。私への罵詈雑言を吐き始めるが、それらは全く耳に入ってこなかった。

自死という言葉がまだ飲み込めないでいる。

「葬儀をわざわざ見に来るとか悪趣味なんだよ！　母さんを破滅させた張本人なんだから、弔う気持ちなんかねーだろ！　憲兵に母さんを突き出したの忘れたのかよ。お前が母さんを追い詰めたんだろ？　そんな奴に最後のお別れだなんて言われたくねーんだよ。母さんが死んだのはお前のせいだよ、お前が……」

その瞬間、バシッと頬を張る音が響く。

「やめろラウ！　いい加減にしろ！　母親の死とディアさんは全く関係ないだろう。ディアさんに謝れ！」

怒声をあげクラトさんはラウの頬を叩いた。それほど強く叩かれたわけでもなかったが、ラウは糸が切れたように崩れ落ちて、地面に突っ伏して泣き出した。

……ああ、本当なんだ。お義母さんが自死したというのは。

考えてみれば、憲兵さんが死因を濁したのもそれが理由だったからだ。いや、考えなくても分かったはずだ。思考を鈍らせて考えないようにしていただけだ。

黙ったまま突っ立っていると、怒りを爆発させたクラトさんが私の腕を引く。

「ディアさん、もういい！　こんな奴は放っておけ！」

「……いえ、待ってください」

クラトさんを引き留めて、ラウのそばにしゃがみ込む。

「ラウ、落ち着いてからでいいから、ちょっと話がしたい」

静かな声で語りかけると、俯いていたラウは泣き顔のままこちらを見た。

「……そうやって物分かりのいい顔して善人ぶるのやめろよ。ひでーこと言われてんだから、前みたいにキレて殴り飛ばせばいいだろ」

その言葉でラウの真意に気が付いてしまう。

……ラウはきっと、責められたいんだ。

ラウは私を責めているようで本当はお義母さんが自死してしまったことに誰よりも責任を感じていて、自分が許せないのだろう。

「確かに私は、お義母さんを憲兵に突き出して地位も名誉も失墜させた張本人だよ。でもそれを後悔したことはないし、謝るつもりもない。確かにお義母さんには恨まれていただろうけど、だからと言って、あの人が私のせいで自死するとは思えない。だからラウの非難は見当違いだよ」

私の返答にラウはハッとしたように目を瞠る。

「お義母さんの性格だったら、むしろ私に仕返しするために裁判で無罪を勝ち取ろうと策をめぐらすんじゃないかな。あの人はそういう人。現状を嘆いて投げ出すより、どうやって形勢を変えようか考える人。だからどうしてお義母さんが全てを投げ出すような死に方を選んだのか、疑問に思う」

私の知っているお義母さんは、どこまでも商売人だった。

損得勘定が得意なあの人が、感情的になって自らの命を絶つなんてどうにも不自然だ。

ラウは予想外の意見だったらしく、ポカンと口を開けている。でもなんだかんだ言って親子なのだから、ラウだってあの人が自死するなんておかしいと少しは思ったはずだ。

しばらく固まっていたラウだったが、そのうちに肩の力が抜け、ため息をついた。

「お前……なんでそんなに普通なんだよ、さっき、俺に何言われたか分かってんの？　あんなこと言われた後に何をそんなに冷静に分析してんだよ。まずは怒れよ……」

「今更ラウに何を言われても傷つかないわよ。もっと最低なことしたの忘れた？　こんなことでいちいち怒っていられないわ」

それに突然すぎてあんまり聞いていなかったと言うと、ラウはすっかり毒気を抜かれたようで先ほどまでの張り詰めた雰囲気から一転して、がっくりと項垂れてしまった。

「……ディアは俺なんかより母さんのこと分かってんだな。俺は息子なのに、全然あの人のことが分からなかったよ」

冷静さを取り戻したラウは、お義母さんの身に何か起きたのか語り始めた。

「母さんは、お前の言う通り本気で無罪を勝ち取る気でいた。ずっと自信満々で今後のことを俺に指示してきてたよ」

ラウの言うように、憲兵さんから聞いていたお義母さんの様子は、ここ最近までずっと強気そのもので、聴取にも手を焼いているという話だった。

頭も口も回るお義母さんは、巧みに話題をそらして自分の都合の良い話に持っていってしまうので、なかなか証言がとれず裁判は難航しそうだと私も憲兵さんから聞いていた。

「じゃあ、なんで……」

「多分、母さんが死のうと思ったのは、父さんが原因かもな」

父親のほうから一方的に離縁状を突き付けられたんだと、ラウは唇を震わせながら語る。

「母さんが死んだのは、父さんとの離縁が成立した日だ。俺、前日にも面会してんのに、その時はホントいつも通りで、俺にはなんにも言わなかった。憲兵の人が教えてくれたんだけど、ちょっと前に父さんから離縁手続きの書類が届いて、母さんは特になにも言わずにその書類に記入したらしいけど、離縁が成立したって知らせを聞いたすぐ後に、牢の中で自ら命を絶ったんだってさ」

「そんな……だって、ラウのお父さんって、全然家にいなかったじゃない。お義母さんもそれを特に気にしていない様子だったのに、今、離縁になったからって死んだりするの？」

「俺もあの二人は夫婦としてはとっくに終わってると思ってた。父さんは買い付けで船に乗るようになってからほとんど家に帰ってこなくなったし、帰った時でも、仕事の話しかしてなかった。そんな関係だったのに、離縁したくらいで死ぬか？　わけ分かんねえよ。俺には何も言わないままで、勝手に死にやがってよ……息子は大事じゃねーのかよ……」

涙を流しながら語るラウに、かける言葉が見つからない。

旦那さんと一緒にいる姿を見たのは私も数える程度しかないけれど、雇用関係のように旦那さんがお義母さんに命令する感じで、とても愛情でつながった夫婦には見えなかった。

「でも……思い返してみれば、そもそもお義母さんが脱税をしたきっかけって、確か旦那さんの仕事で出た損失を被ったことが原因だって言ってたよね？」

その事実を聞いた時、商売人のお義母さんがずいぶんと合理性のない行動をしたものだと疑問に感じた覚えがある。

けれどお義母さんは、違法行為で店を危うくしてでも夫の望みを叶えてしまうくらいには愛していたのか。そう考えると、数々の不自然な行動にも合点がいく。

ずっとお義母さんにとっての最優先は店と家族なのだと思っていたけれど、あの人の一番は店でも息子でもなく、夫だった。

こうなってみて、ようやくお義母さんの本当の気持ちが分かった気がする。けれど何もかも遅すぎた。もっと早く気付いていれば何かが違っただろうか。

父親が責任を放棄してしまっても、ラウは母親を見捨てず、四面楚歌の状態でも店の後始末をつけようと孤軍奮闘していたのに、お義母さんは自分の夫のことしか頭になかった。

自分のために頑張る息子の姿は少しも目に入らなかったのだろうか。

この結末はあまりにも残酷だ。

遺言一つ残されなかったラウの絶望はどれほどだったのか。

救いを求めてクラトさんを振り返るが、彼は厳しい表情でラウを見下ろしている。なんだか嫌な予感がして、彼に話しかけようとしたが、先に口を開いたクラトさんは、慰めでも励ましでもなく非難する言葉をラウにぶつけた。

「泣く前にまずはディアさんに謝るのが先だろう。母親が死んで辛いのは分かるが、ディアさんに暴言を吐いてもいい理由にはならないぞ。ディアさんなら八つ当たりしてもいいと思ったのか？そういう人を選んで悪意をぶつける卑怯さが俺は許せない」

「クラトさん、今は……」

確かに、ラウが暴言を吐いたことは置き去りになってしまっていた。

私の代わりに怒ってくれているのだから本当は有難いことなのだけれど、一番信頼しているクラトさんに厳しい言葉をぶつけられてラウが絶望したような顔になっている。だから慌てて止めようとしたが、怒ったクラトさんはラウを責め続けた。

「店のことも投げ出さずちゃんと後始末をつけようとしているのを見て、最初に会った頃と随分変わったお前を見直していたんだ。だから俺も、お前の助けになってやりたいと思って今日もこの場に来たのに……」

「待って、クラトさん待って！」

「そうですよ……俺が卑怯なクズ野郎だなんて、クラトさんも最初っから知ってたでしょ。アンタに褒められたくて、心入れ替えたって無理して嘘ついていただけですよ。でも人間、そんな簡単に変われないです。誰もがアンタみたいに、正しく真っ直ぐに生きられないんですよ。俺も、やらかしたことをちゃんと償えば、やり直せるのかなと思ったけど……やっぱ一度道を間違えたら、もうダメなんですよ」

自棄気味に言い放つラウに、クラトさんは拳を握りしめる。

「……そうやってすぐ投げやりになって諦めるのもお前の悪いところだ」

今のラウには厳しい言葉の裏にある優しさに気付けるほどの心の余裕がなかった。

「知らないっすよ。もう俺のことは放っておいてください」

そう言い捨ててラウは逃げるようにその場から去って行く。クラトさんは追いかけない。

私もただラウの背中が小さくなっていくのを見ていることしかできなかった。

重い沈黙の中、宿へと戻る。

投げやりになっていたラウの様子が気に掛かり、やっぱりこのままではいけないと、難しい顔で何かを考えこんでいるクラトさんに恐る恐る声をかけてみた。

「クラトさん、朝からずっと何も食べてないですよね？　まず食事をして、もう一度ラウのことについて話しませんか？」

「あ、ああ……」

訊ねても上の空なので、適当に食堂へ入ろうとしたがそれを引き留められた。

「なあ、ディアさんはラウに対して怒っていないのか？　あんな暴言を吐かれたのに……俺はアイツをどうしたらいいか分からないんだ」

「ええ、酷い言葉でしたけど、ラウの状況じゃ仕方がないかなと思いますから、気にしていないです。クラトさんこそ、ラウを責めたことを後悔しているんじゃないですか？」

図星だったのか、クラトさんは逡巡（しゅんじゅん）するように目線を彷徨（さまよ）わせた。

「俺は……己の境遇を言い訳にして人を貶めるのは卑怯だと思っている。あれを許してしまうなら、不幸な奴は何を言っても誰を傷つけてもいいということになってしまうだろ。たった一言で、自分も相手も取り返しがつかなくなることもある。だから俺はラウの暴言を許せない」

クラトさんらしい、厳しくも優しい意見だった。

年長者として、ラウの間違いを正してやりたいと思ったが故の行動だ。何も間違ってはいない。けれど、わざわざ私にこんな話をするのだから、何が正しいのか分からなくなっているのだろう。

「クラトさんの言うことは正しいです。でも正直、私はラウの気持ちが分かるんですよ。クラトさんはきっとこれまで、一度も自分を恥じるような行いをしたことがないんじゃないですか？　道を踏み外したことがある人間からすると、クラトさんのような正しさが眩しくて……そういう人から正論を言われると、逆に追い詰められてしまうんじゃないでしょうか」

「追い詰められる……」

真っ直ぐに生きてきたクラトさんは、その言葉に思い当たることがないから理解できないのだ。

その高潔さを羨ましく思う。

「私、以前自棄になって家に火をつけようとしたって話、覚えていますか？」

「ああ……まあ」

家を出るきっかけになった事件の話は、以前クラトさんにも話していた。

「あの時、ジローさんに偶然出会って話を聞いてもらえたから、私は道を間違えずに済んだんです。

でもね、あの人全然真面目に話を聞いてなかったんですよ。人のことブスブス言うし、人の身の上話を笑い飛ばすし、慰めるとか励ますとか、そういうまともな言葉は何一つありませんでした」

酷いでしょ？　と笑うとクラトさんはぎこちなく首をかしげる。

「でも、私はそのいい加減さに救われたんです。ジローさんは一度だって私の行いを非難しなかった。酷い暴言も咎めることなく聞き流してくれた。だからそれまで言えなかった自分の汚い気持ちも愚痴も全部ぶちまけることができたんです」

もしあの時、出会ったのがクラトさんのような人だったら、私は自分を恥じて心の内をさらけ出すなんてできなかった。

正論で諭され、自分がしようとしていた罪を言葉にして並べられたりしたら、立ち直るどころか死にたくなっていただろう。

クラトさんの言うことは正しい。

だけど皆がクラトさんのようにはなれない。私もそうだが、嫉妬や恨み、その他の悪感情に打ち勝てる人ばかりではない。

正しさは時に人を追い詰める。あの時のラウは、まさにそういう状態だった。

「……じゃあ、ディアさんは、俺が間違っていたと言うのか」

「間違っていませんよ。ラウはこれまでクラトさんの真っ直ぐな生き方に憧れて、クラトさんを目標にすることで頑張ってきたんだと思います。でも今は、お義母さんがあんな形で亡くなって、頑張ってきたことが全部無駄だったたって思って気持ちが折れちゃったんじゃないですか？　今はどんな言葉をかけられても、聞ける精神状態じゃないいんだと思います」

クラトさんは私のために怒ってくれたわけだし、こんな風に背中から撃つようなことを言うのは気が引けたが、今のラウはきっとクラトさんから突き放されたらもう立ち直れない。

できれば彼のほうから歩み寄ってくれたら……と期待を込めて、私の考えをぶつけてみた。

「今はなにも言わないで、ただ近くでラウの話を聞いてあげるのではダメですか？　クラトさんがそばにいてくれたら、気持ちも落ち着くと思うんです」

「……そうか」

「ともかく、何かお腹に入れましょう。空腹のままだと考えが変なほうに行っちゃうんで、温かいものを食べたらもう一度考えましょうよ」

「空腹だと……それも経験談か？」

「そうですね。家に火をつけようとした時も、お腹ぺこぺこでした」

そう言って笑うと、クラトさんは敵わないなと呟きそっぽを向いた。

❀　❀　❀

翌日、宿の食堂で会ったクラトさんは、昨日一晩寝ずに考えたのか、ひどい隈を作っていたが、気持ちは決まったようで、すっきりとした表情をしていた。

「ラウのところへ行ってくる。色々考えたんだが……後処理を手伝うと申し出たのは俺自身だし、色々な手続きも関わった以上、中途半端に投げ出したくない。俺も家族を亡くしたばかりの者に対する配慮が足りなかった。言い過ぎたことをラウに謝ってくるよ」

「良かった。ラウもきっと、クラトさんを待っていますよ」

ラウのことは、ひどく傷つけられて憎んだ時期もあったけど、お義母さんに逆らって私を助けてくれた時のことは感謝しているし、立ち直ってくれたらいいと願う気持ちに嘘はない。

朝食を食べたあと、宿を出て行ったクラトさんを見送る。

帰ってきたらラウの様子を聞こうと思い、クラトさんの帰りを待っていたが、夜が更けて宿の談話室が閉まる時間になっても戻ってこない。

仕方なく部屋に引き上げたが、深夜に憔悴しきった様子のクラトさんが部屋を訪ねてきた。

こんな時間にわざわざ部屋を訪ねてくるなんてただ事ではないと、急いで部屋に招き入れる。

「アイツの店に行ったら……すでにもぬけの殻だった。どこを探しても見つからない。あの野郎、昨日のうちに荷物をまとめて町から出て行きやがったんだ」

ちくしょう、と吐き捨てるように言うクラトさんの様子から、本当に出て行ったという確証を掴んで帰ってきたようだと分かった。

まさかラウがいきなりいなくなるとは思っていなかったため、予想外の事態に茫然とする。

「俺が訪ねて行った時、鍵は開いたままになっていた。ラウはいなくて、金庫も開けっぱなしで中は空になっていた。最初、強盗にやられたのかと思ったが、よく見ると部屋はきちんと整頓されていて、私物もなくなっている。ようやくそこでアイツが自らの意思で行方をくらましたって気付いたんだ」

馬車の発着所で聞き込みをすると、日が暮れる時間帯だというのに町を出て行くラウの姿を見かけたという者がいた。よっぽどの急ぎの用事なのかと気になったから覚えていたらしい。

「アイツが金庫から持って行った金は、取引先に納める予定で仕分けていたものだ。手続きの書類も全部そのまま投げ出して、逐電しやがった。取引先に迷惑をかけないために自分で後処理をすると決めたのに、全部台無しにしたんだ」

今になってラウは全て投げ出してしまった。クラトさんが憤るのも当然だ。

「……今後、店はどうなるんでしょう」

「店の権利を持つ本人がいなくなってしまったんだから、後処理はもうできないな。差し押さえられて店の土地建物全部没収で終わりじゃないか？　そうなると、取引先へは未納分の支払いがされない。それを避けるため、自分で後処理をすると決めたはずなのに……本当に、あの馬鹿……」

家族でも従業員でもないクラトさんは、後処理を引き継ぐこともできず、関わることもできない。あとは軍警察と役場に任せるしかない。

クラトさんはラウに怒りながらも、自分を責めている。あの時、ラウに怒らず話を聞いていれば。

あの時すぐにラウの許へ行っていれば。そう思うと後悔してもしきれないのだろう。

　私だってそうだ。私が葬儀に行かなければこんなことにならなかったかもしれないとか、もっと違う言葉をかけていればと詮(せん)無いことばかり考えてしまう。

「とにかく……このままにしておけないから、関係各所に伝えないといけないな」

「その前に一度、憲兵さんにラウの件を相談してみましょう」

❀　❀　❀

　翌日、軍警察へとクラトさんと二人で赴いた。

　ラウが町から出て行ったことを告げると、憲兵さんも驚いていたが、遺族が自棄を起こすのはままあることらしく、私たちに対してまずあなたたちが冷静になりましょうと窘めてくれた。

「自暴自棄になったにしては、準備を整えて行動しているようです。だから戻る可能性もあると思いますよ。まあ、もちろんこのまま行方をくらますかもしれないですが、店のことは役場や取引先に事情を説明して、少し待ってもらうのはどうでしょう」

　事情が事情ですから、役場も取引先も手続き保留で待ってくれるだろうと諭され、私たちは思ったより取り乱していたのだと気付いて恥ずかしくなる。今すべきことを具体的に並べられるととても冷静になれるので有難い。

「彼が不安定な状態にあるのは確かですが、逃避というより目的を持って出て行ったように感じますね。彼の行き先に心当たりはないですか？」

そう訊ねられ、私たちは最後に会った時のことを思い出してみる。

するとクラトさんが、ハッと何かに気付いたような顔をした。

「そうだ、なんで気付かなかったんだ。ラウは恐らく父親のところに行ったんだ。父親が一方的に離縁を突き付けてきたせいで、母親があんなことになったんだと恨み言を口にしていた。元々親子関係も悪かったんだ。父親に復讐してやろうと考えてもおかしくない」

話を聞いている途中で私もアッと声を上げてしまう。クラトさんと揉めてしまったので、顔を合わせたくなくて町から出て行ったのだと思い込んでしまっていた。

昔から、高圧的で面倒事は全部お義母さんに押し付ける父親のことをラウは酷く嫌っていた。捕まったお義母さんに寄り添うこともなくさっさと町を離れ、挙句離縁状を送り付けてきた父親のことを恨んでいないはずがない。

憲兵さんもそのあたりの事情をある程度把握していたらしく、クラトさんの話を聞いて顔を険しくしている。

「なるほど、その線が濃厚ですね。それで、文句を言いに行くだけならいいですが……訊く限り、かなり思いつめているようですから、最悪の事態にならないとも限りません」

はっきり言わずとも、私たちにはその『最悪』が何か分かってしまう。

母親が死んだのだ。その原因となった父親も、同じ目に遭わせてやろうと考えが及ぶ可能性を、私ももっと早く考えるべきだった。

一気に血の気が引いて、クラトさんを振り返るが、彼も顔を強張らせ真っ青になっている。

「……すまないディアさん。あんな状態の時に突き放して責めるようなことを言ってしまった俺のせいだ。ラウのことは、俺がなんとかしなくちゃならない。本当に申し訳ないんだが、俺はラウを探しに行きたい」

絞り出すような声で謝罪するクラトさんに、謝る必要はないと慌てて止める。

「もちろん行ってあげてください。私はここが故郷なんですし、どうとでもなりますから心配しないで。ラウを捕まえたら……私の分も引っ叩いてお説教してやってくださいね」

にこりと微笑んで見せると、クラトさんはなんとか笑い返してくれた。

「頼むから乗合馬車なんかに飛び乗って一人で村に帰ろうなんてしてくれるなよ。必ず戻るから、それまで待っていてくれ」

「女の一人旅の危険性について散々脅されましたから、そんな無茶はしないですって。まだ町でやることもありますし、ラウを連れ戻すクラトさんを待っていますから、クラトさんこそ無茶しないでください」

町に戻ると決めた時、乗合馬車を乗り継いで帰る気でいた私の無謀さについて何度も何度も説教してきたクラトさんは、私が大丈夫だと言っているのに全然信用していないらしく、憲兵さんにまで私のことを頼んでいた。

すぐに出発すれば中継地などで追いつけるかもしれないと憲兵さんが助言すると、クラトさんは挨拶もそこそこに席を立って出て行った。

クラトさんを見送ってしまうと、急にしんと静かになった。

……たった数日の間で、こんなことになってしまうなんて。

言いようのない喪失感が、一気に胸に押し寄せてくる。

私はどうすればよかったのか。もっとやれることがあったのではないか。そう考えても分かるはずがない。後悔しても今更どうしようもない。

しばらく静寂が続いた後、気遣わし気な憲兵さんと目が合い、そういえばいきなり押しかけて時間を割いてもらったのにまだお礼を言っていないことに気が付いた。

「急に来たのに相談に乗ってくださってありがとうございました。ご迷惑ばかりかけて……本当にすみません……」

「いいんです。ディアさんもお辛いでしょう。それで、こんな時に申し訳ないのですが……今後のことについてお話ししてもよろしいでしょうか」

裁判が中止になってしまって、そのために滞在していた私の予定も大幅に変わる。後日に改めるかと訊かれたが、大丈夫だから今話してほしいと言うと、憲兵さんは色々な資料を持ってきて説明を始めた。

「まず、被疑者が亡くなったので裁判は一旦中止になりました。店も廃業予定ですし……恐らくこのまま調査は終了でしょう。お願いしていた帳簿の照合なども必要なくなりますから、ディアさんのご予定がその分空くことになると思います」

そして、私の両親については、仕事仲間から訴えられていて、私が帰郷する前からすでに裁判が始まっていた。そしてこれらは近々結審（けっしん）するらしい。

「ご両親は間違いなく有罪になるでしょう。複数人から詐欺で訴えられていますし、かなり重い罪になるはずですから、まず数年は刑務所から出られませんよ」

「じゃあ……もう両親と会うことはなさそうですね……」

憲兵さんが痛ましそうな顔で首肯する。

「彼らは収監されますが、もちろんディアさんがご自身のことで訴えを起こすのは可能です。どうするか……検討なさってください」

以前は憲兵さんも訴えることを勧めてくれていた。私が彼らに受けた仕打ちをなかったことにしてはいけないと言い、協力を申し出てくれたのだが、訴えを起こすにはそれなりにお金がかかるし、裁判準備にもかなりの労力を要する。

今の私の状況ではそんな余裕はもう残っていない。それを憲兵さんも分かっているから、こうして改めて訊いているのだろう。

「そうですね……過去のことを証明するのは難しいですし、時間もかかるでしょうから、詐欺で有罪が確定するならもういいです」

町の条例により、有罪となった者は刑期を終えた後もこの町には住めないし、詐欺行為を働いて有罪になったという情報は各商工会に共有されるので、おそらくどの町に行ってももう商売をすることは叶わないだろう。

流れ者になるか、身分札を必要としない村や集落で暮らすしか、彼らに選択肢はない。

罰としてはそれで充分だし、もう一度両親に会って罵倒されるのも耐えられそうにない。

「では、こちらとしてはもうディアさんに来ていただく必要はほとんどなくなりますが……失礼ですが、これからどうなさるおつもりですか?」

「そうですね……クラトさんたちが戻るまでは、ここを離れるわけにいかないですから、住む場所と仕事を探さないといけないですね。もう路銀も心もとないので」

とはいえ、女一人で家を借りるのは難しい。

もう一度会長に別の家の斡旋を頼むのも図々しすぎるし、どこか住み込みで働ける場所を探すか……と話しながら考えていると、私の思考を読んだのか、憲兵さんがこんな提案をしてきた。

「以前もお話ししたかもしれないですが、軍警察には事件や事故で行き場のない女性や子どもが入居できる施設があるんです。そちらを利用してみませんか？　ディアさんの状況であれば利用可能ですし、憲兵の宿舎と同じ敷地内にあるので、どこよりも安全です」

最近商業地区では押し込み強盗の被害が多発しているらしい。だから女性の一人暮らしなんて危なすぎるからと言われてしまう。

「でも、これ以上ご迷惑かけるわけにもいかないので……住み込みの仕事とか探してみます」

「だ、ダメですよ！　住み込みの仕事なんて、よっぽど信頼できる店でないと何をされるか分かりません！　実家や後見人などの後ろ盾がなければ、若い女性の使用人が手籠めにされて無理やり家長の妾にされるなんてよくある話ですよ」

「えっ！　そうなんですか？」

知らなかった……と呟くと、憲兵さんに苦笑されてしまった。世間知らずだと思われているのだろう。簡単に考えていた己の甘さを痛感する。

「……やっぱりお言葉に甘えてその施設を利用させてもらってもいいですか？」

「ええ、もちろん。むしろそうしてください。あ、でもその前に一度どんなところか確認したいですよね。よければこの後入居施設を見に行かれますか？」

あからさまにホッとされて、ものすごく申し訳ない気持ちになる。

人に頼り切りなのも気が引けるが、自分一人で無茶をして危険な目に遭ったりしたら、余計に迷惑をかけてしまうからここは素直に提案を受け入れる。

「ここから近いんですか？　憲兵さんのお時間が大丈夫でしたら、見てみたいです」

すぐそこなのでと言われ、案内してもらった施設は、軍警察署から歩いてすぐのところにあった。

このあたり一帯は官舎だけが立ち並んでいて、個人の家は一軒もない。

そういう規定があるのだろうかと想像しながら歩いていると、立派な造りの建屋に着いた。

「現在、若干名の女性と保護した子どもがこの施設を利用しています。まあ、部屋は独立しているので関わることは無いと思いますが、子どもが住む大部屋が少し騒がしいかもしれませんね」

この町に養護施設はなく、保護者を失って他に行き場のない子どもはこういった施設で一時的に預かって、いずれは養子か職人の店に弟子として引き取られていくのだという。

抗争や飢饉とは縁のなかった平和な町なので、身寄りのない子どもがそもそも少ない。

そのため、保護児はだいたいすぐ引き取り手が見つかるのだが、少し問題を抱えた子などの場合、行き先が決まらないことが多い。

今ここにいるのは、そういう事情を抱えた子たちだ。

「空いている部屋が結構あるので、いつでも引っ越してこられますよ。僕らが住んでいる官舎がすぐ隣の建物ですから、この町で一番安全な居住地です」

見せてもらった部屋は、作り付けの家具がそろっていてなんと上下水も部屋ごとに通っている。

軍所有の施設とあって造りがしっかりしていて、正直下手な宿などよりもよっぽど高級な住まいだ。

こんなの私には好条件すぎるのではないかと恐縮してしまうほどだった。

「……ありがとうございます。それじゃあ、いつからこちらに来ていいでしょうか？」

「はい！　今日からでも大丈夫ですよ」

「いえ、それはまだ……もともと商工会長から家を借りる予定だったので、クラトさんのことを伝えて断らないといけないないし、そちらの件が片付いてからにします」

契約まで交わしてあるので、こちらの都合で反故にしてしまった以上、なんらかのお詫びをしないといけない。

「そうですか。じゃあ……僕、明日非番なんで、商工会長のところへ一緒に伺いますよ。ラウ君の店についても僕から説明したほうがいいでしょう。その後宿から荷物を運んで施設に移動すれば……って、すみません勝手に話を進めて、あの、ディアさんが嫌でなければってことで……」

「嫌だなんて。有難いですけど、お休みの日にまで私に付き合わせるのは申し訳ないんで」

「あ、えっと……あなたが一人の時に、また変な輩に絡まれているかもしれないと思うと心配で休むどころじゃないので……付き合わせてください」

「でもずっとご迷惑おかけしっぱなしで、まだ何もお礼できていないのに申し訳なくて」

遠慮していると、それならひとつ僕のお願いを聞いてほしいと提案された。

「僕のことは、これからは名前で呼んでくれませんか？　職業名で呼ばれるのはちょっと距離を感じて寂しかったんですよ」

そう頼まれて、ちょっと首をひねる。けれど言われてみればこんなに個人的に良くしてもらっているのに、一度も呼んだことがないから、名前すら憶えていない恩知らずと思われていたのかもしれない。それに憲兵という特殊な職業柄、非番の時に他の人に軍警察の人間だと知られたくない場合もあるだろう。配慮が足りなかったと反省する。

「そうですよね、ずっと失礼なことをしていてすみませんでした。それでは、えっと……リンドウさん？　とお呼びしていいですか？」

村へ送ってきてくれた手紙に書かれていた名を記憶から引っ張り出して呼びかけてみると、リンドウさんは少し顔を赤くして破顔した。

「覚えていてくださったんですね、嬉しいです」

そういえば私もジローさんに、お嬢さんと呼ばれるよりディアさんと呼ばれたほうが身近な感じがして嬉しかったのを思い出した。


施設を見せてもらったあと、その足で宿へと送ってもらう。

「それでは明日の朝、宿までお迎えにあがります」

宿の店先で挨拶をして別れると、部屋へと戻る途中、クラトさんが使っていた部屋が空室になっているのが目に入る。

それを見た瞬間、寂しさが湧き上がってきて喉がぎゅっと苦しくなる。

「……いつの間にか、一人ぼっちになっちゃったな」

言葉にすると現実がどっと目の前に押し寄せてくる。どんどん私の周りから人が去って行くことが辛くて、ベッドに突っ伏して泣きわめきたくなったが、唇を噛んで感情をやり過ごした。

昔のほうがもっとずっと孤独だったのだから、こんなの大したことない。あの頃とは違う。私は大丈夫。そう自分に言い聞かせながら、黙々と荷物をカバンに詰める作業に没頭した。

翌日、約束した時間にリンドウさんが宿の前で待ってくれていた。

彼はシャツに黒のズボンという私服姿だったので一瞬誰だか分からなかったが、彼のほうが気付いて声をかけてくれた。隊服でないからか、いつもより柔らかい印象を受ける。

「おはようございます。今日は私服なんですね。見慣れないので最初分からなかったです」

「えっ？　へ、変ですか？　あまり非番の日に出歩かないので……」

「いいえ、すっきりして素敵だと思います」

「あっ……ありがとうございます……」

リンドウさんは顔を赤くして照れたように笑う。この人は憲兵という職業にしてはずいぶんと表情が豊かだ。

商工会長の許へ訪ねて行くと、昨日クラトさんが町を出る前にラウのことを簡単に説明してくれていったらしくすでに事情を知ってた。

「大体の話は聞いているし、ディアちゃんは心配しなくていいよ。それよりも、これからどうするんだい？　家もまた探さなくちゃならんし……前に断られたけど、やっぱりウチが後見人になろうか。そうすれば家も仕事も決まりやすいと思うんだが」

「私のことは大丈夫です。憲兵さんから一時的に住める施設を紹介してもらったので、そこに落ち着いてから仕事も探す予定です」

私がそう答えると、会長はなんだか急にご機嫌になって、隣に座るリンドウさんをチラチラと見ているので、彼が気を利かせて会長に施設の説明をした。

「軍警察が管理している施設なので、ご心配なく。彼女の安全は保証します」

「なるほどなるほど！　あなたが噂の憲兵殿でしたか！　以前からディアちゃんが軍警察の関係者の嫁さんらしいって噂も流れてきてたけど……まさか本当だったとはねぇ」

そう言えば以前絡んできた男たちにそんなことを言って追っ払ってもらったことを思い出す。でもあれから何の動きも無いのですっかり忘れていた。

「その噂も誤解です。あの時は私を庇ってくださっただけです」

「なぁんだ、そうなのかい？　直接聞いたっていう奴が言い触らしていたから、本当かと思っちゃったよ」

直接聞いたということは、あの時リンドウさんに追い払われた二人だろう。あの人たちは、すごく怯えていたくせにしっかりあちこちに吹聴していたらしい。どれだけ暇なのかと呆れるしかない。

会長はまだリンドウさんとの関係を聞きたそうにしていたが、私は無理やりに話題をラウのことに切り替えた。

「私のことはどうでもいいんですが、ラウはどうなりますか？　あの、考えたんですけど、ラウの店を商工会で助けてあげることはできませんか？」

クラトさんが手伝いを申し出た時、ラウはどうして商工会に頼らないのかと疑問だった。

頼みにくくて言い出せないのかなと思って言わずにいたが、こんな事態なのだから商工会が手助けしてもいいのではないかと訊ねてみる。

だが会長は、急に立ち上がって私の言葉を遮った。

「あー、悪いねえ、そういえば次の約束があったんだ。そうだ、ディアちゃんへの連絡は、今後は軍警察を通せばいいかねえ？」

「えっ？　そうなるんでしょうか。いえ、あのそうではなく……」

「店のことはもうディアちゃんが気にすることじゃないよ。その辺はウチに任せてくれればいいから。さ、もういいかな？　今度は女衆の集いに遊びにおいで」

優しいが有無を言わさぬ雰囲気で退出を促されてしまったため、リンドウさんが席を立ったのもあり、しぶしぶ私も立ち上がり出口へと向かう。だが、部屋を出る直前にリンドウさんが足を止め、会長に向かって唐突に話し始めた。

「ああ、ラウ君の店はまだ廃業手続きが済んでいないので、休業扱いですよね」

「アッ……ええ、まあ、そうなりますな」

「彼の店の手続きや支払いが途中になっているようですが、まあ、忌中と言えば関係先も理解を示してくれるでしょう。商工会の所属店のことですから、そちらでご対応いただけますか？」

「…………ええ、それはこちらでやりますから」

苦々しい会長とは裏腹に、リンドウさんはにこりと笑いながら、私を促してその場を辞した。

「なんだか、会長おかしくありませんでしたか？　私の質問には答えてもらえなかったですし……」

「されたくない質問だったので誤魔化したんでしょう。商工会としては、もし貸付や相談の申し入れがあったら無視できないですからね、ラウ君が何も言ってこないのをいいことに、このまま切り捨てるつもりだったから、ディアさんに蒸し返してほしくないんでしょうね。僕があの場にいたから、下手なことを言って言質を取られても困ると思ったんでしょう」

「な、なんでそんな……だって店を守るために商工会があるのでは？」

なんでそんなことをするのか理由が分からずモヤモヤする。

ラウの店は、毎年の運営費以外に、少なくない額の寄付金も納めていた。商工会に加盟する理由は、困った時に助けてもらえるからだと思っていたが、今回私の知る限りラウの店に商工会からなんらかの手助けが入った様子は無かった。

「恐らく商工会としては、積極的に手助けする利点がないと考え、あの店の窮状は黙殺する意向なのでしょう」

そういえば、お義母さんの埋葬には誰も顔を出さなかった。会長だけでなく、長い付き合いの他の商店の人たちも、全員が無視するなんてあまりにも冷淡すぎる対応だ。

ラウの店は商工会だけでなく町の行事でも多額の寄付をしていたし、他店で人手が足りなくて困った時に人を回したりしていたのに……。

「そんな……いくらなんでも酷すぎやしませんか」

「人としてはどうかと思いますが、損切りが早いのは商売人として正しい判断なのでしょうね」

損か得か。情に流されては商売は成り立たない。それはある程度理解できるが、以前は良好な関係を築いていた相手であってもそんな対応ができてしまうのか。私に対しては親切で優しい会長の非情な一面を見てしまって、怖いと思うよりも悲しかった。

「ですが商工会として最低限の義務は果たすべきだと僕も思います。ディアさんが訊いてもまともに対応しないようでしたから、僭越（せんえつ）ですが口を出させてもらいました」

私相手とは違い、憲兵に訊ねられたら誤魔化したり適当な返答をするわけにいかない。所属店の問題に知らぬ存ぜぬを通すわけにもいかず、こちらでやるという言葉を会長から引っ張り出したのでもう任せて大丈夫だろうと言う。

「そういうことだったんですか。じゃあ、取引先とかに私が行かなくても大丈夫そうですね」

「そのあたりは商工会が動くべきですから、お任せしましょう。それより、施設入居はどうしますか？　あなたさえよければこのまま移動しますか？」

聞くと、もう事前にリンドウさんが申請の書類を作ってくれていて、すぐに入居できるよう手続きを進めてくれていたらしい。

「ありがとうございます。じゃあ宿から荷物を取ってきます」

「ああ、ついでですから荷物を運ぶのも手伝いますよ」

大した荷物ではなかったが、リンドウさんが荷物を運んでくれて昨日も訪れた施設へと赴く。

「この施設内には居住者しかいないので、子どもが住んでいる大部屋も常に大人がいるわけではないので……何か問題が起きた場合は、官舎にある詰所まで知らせてください」

保護児が住んでいる部屋も、夜間は子どもだけになると聞いて、少々驚く。今は人数も少ないし憲兵さんが交代で子どもたちの世話をしているそうだ。保護児の年齢的に予算がつかなかったとリンドウさんはぼやいていた。

「子どもはたいていすぐに引き取り先が決まるので、長期に滞在することを想定していないんです。親戚がいなくても職人の家などでは住み込みの弟子として欲しがるところが多いですからね」

子どもを含めた他の入居者に挨拶をしなくていいのかと質問したが、皆それぞれ事情を抱えてここにいるわけだから、あまり関わらないほうがいいと言われた。

確かに軍警察が関わる件の被害者たちなのだから、ここで交流を深めたい人などいないのだ。

部屋はすでに家具が揃っているし、荷ほどきというほどの荷物もない。ひと段落したところで、リンドウさんが食事に行かないかと誘ってきた。

「今から自炊の準備も大変でしょうから……この周辺のお店を案内しますので、そのついでに」

「あっ、食事をごちそうするお約束でしたのに、まだ果たせていなくてごめんなさい」

「い、いやそうでなくて……あの、支払いは僕にさせてください。そこは僕に見栄を張らせてほしいんですよ」

そういうものなのだろうか。そういえばクラトさんも時々、私が店でお金を出そうとすると微妙な顔をしていた。でもジローさんは道中たまに私が食べ物を買って渡したりすると『女の子におごってもらうメシは美味い』なんて言って喜んでいたから、ダメなこととは思わなかった。

官舎の近くには、軍関係者や役場に勤めている人向けに食事処やちょっとした雑貨店、食料品店などが立ち並んでいる通りがある。

便利な立地だなと思いながらリンドウさんと並んで歩いていると、二人連れの憲兵さんに声をかけられた。

「おっ？　リンドウが可愛い女の子連れてる」

「いいなあデートかよ。羨ましいな～」

隊服の二人は、どうやらリンドウさんの同僚の人たちらしい。でも話しかけられたリンドウさんは嫌そうに顔をしかめていた。

「そう思うなら話しかけるなよ。察しろ」

「あからさまに嫌がるじゃん。お邪魔だったか？」

「今度話聞かせろよ～」

二人は笑いながらリンドウさんの肩を叩いて去って行った。その様子から、仲の良さが窺える。

「すみません、失礼しました。お気を悪くされていませんか？」

「いいえ、同僚の方ですか？　仲が良いんですね。仕事中の憲兵さんたちは皆怖い雰囲気で近寄りがたいですから、あんなふうに軽口を言い合う姿は新鮮ですね。そういえばリンドウさんも初めてお会いした時はもっと怖い方かと思っていました」

「仕事中は感情を表に出すなと言われているんですよ。僕、そんな怖い顔してました？　まいったな、それじゃ印象最悪でしたね……」

「そんなことないですよ。両親のことで私に助け舟を出してくださったじゃないですか。その後も、手紙で両親のことを教えてくださったりして、なんて優しい方なんだろうって思いました」

「い、いえ。仕事なんで……」

私の言葉を聞いたリンドウさんは顔を赤くして何かもごもご言っていた。褒められて照れる姿は少年のようで、仕事中の硬い表情の時とは全然違う印象だ。

案内された食堂は、活気があってにぎわっていた。庶民的な雰囲気だが、広くて綺麗な店内には女性客も多くて、男女問わず人気の店なのだろう。

リンドウさんのおすすめだという品をいくつか注文して二人で分けて色々な料理を食べたが、どれもとても美味しくあれもこれもといつもより食べ過ぎてしまった。

食事中、リンドウさんは私に好きな食べ物を聞いたり、他のおすすめの店を教えてくれたりしてくれて、会話が途切れることがない。

ラウやお義母さんのことには触れず、私の昔のことも聞いたりしなかったので、私を気遣って明るく話せる話題を振ってくれているのかもしれないが、リンドウさんは相手から話を引き出すのが上手く話題が豊富なので、話していてとても楽しい。

この人はきっと友達が多くて、たくさんの人と関わって生きてきたんだろう。

……私とは大違いだ。

「リンドウさんは会話が上手ですよね。私、友人とかほとんどいなかったんで、相手を楽しませるとかどうしたらいいか分からないです。冗談とか言えないし、今更ですけど自分って本当につまらない人間なんだなって、つくづく思います」

「えっ？　今の雑談でなぜそんな結論に至ったんですか？　僕はディアさんと話していてとても楽しいですよ。あ、変な意味じゃなくて、こういう仕事をしていると、悪意に塗（まみ）れた人間を嫌というほど相手にするので、あなたのような誠実で優しい人と話していると癒されます」

「ありがとうございます、さすが人を励ますのも上手ですね。尊敬します」

後ろ向きな発言にも上手に返すリンドウさんに心からの賛辞を贈ったが、言われた本人は微妙な顔をしている。

「唯一あなたの欠点を述べるとしたら、考えが後ろ向きすぎることですね。もっといろんな人と話してみれば、ディアさんが他の人にどう思われているか分かると思いますけど……」

リンドウさんには私の対人関係の希薄(きはく)さがばれているようで、ジローさんと同じようなことを言われてしまった。

村長や村のご老人とは、話していても仕事感覚が抜けなかったし、くだらないことを言い合って笑い話をしたり、会話を楽しむようなことは、人生においてジローさんとしかしたことがない。

そのことに改めて気付いてぞっとした。私、人としてかなりダメな気がする。

みんな当たり前のように経験してきたことを、多分全くしないまま大人になってしまった。それを今まで疑問にも思っていなかったのだから、おかしくないわけがない。

ジローさんに突き放された時、彼は私の言うことなんて全然聞いてくれなくて、ずっとそれに納得がいかなかったけれど、ジローさんにしてみれば話が通じないのは私のほうだったかもしれない。

――話していて楽しいと思っていたのは、私だけだったりしたらどうしよう……。

本当はずっとジローさんに面倒くさい奴と思われていたのならもう立ち直れそうにない。

空気を読むとか、察するのが苦手という自覚はある。

もし私にもっと人生経験があれば、ジローさんのことも、お義母さんのことも、ラウのことも、もっと違った結果になったのではと、ここ最近、後悔することばかりで、全然前に進めていない自分に落ち込んでしまう。

口数が少なくなった私を、リンドウさんは心配して早めに食事を切り上げて施設まで送ってくれた。こういう時に、あえて何も訊かないでくれるのも人付き合いの経験値によるものなんだろう。

「今日はありがとうございました。丸一日付き合わせてしまってすみません」

「いいえ、僕のほうこそ食事に付き合ってもらって……その、良ければまた」

共同玄関の前でリンドウさんと挨拶を交わしていた時、それを遮るように大きな叫び声が廊下中に響き渡った。

リンドウさんはその瞬間すばやく仕事の顔に切り替わり、私を背中にかばい何事だと廊下の向こうへ声をかける。

すると、暗い廊下の奥から現れたのは小さな子どもたちだった。五、六歳くらいの男の子と女の子が走ってきて、その後ろからはびしょ濡れの憲兵さんが追いかけてくる。仲間の登場にリンドウさんは警戒を解いて、呆れた声でこの状況の説明を求める。

「なんでお前びしょびしょなんだよ。この子らは新しい保護児か」

「そうだよ！　俺が今日当番だから、世話をしてやってたっつーのに、いきなり噛みつかれて水をぶっかけられたんだ！　俺だってわけが分からねえよ」

どうやら今日施設に来たばかりの保護児らしい。大部屋から逃げてきたこの二人を憲兵さんが追いかけていたところで私たちと遭遇したようだった。

水をかけられた憲兵さんは怒り心頭で、二人は廊下の隅にぎゅっと身を縮めてしゃがんで、目に見えて怯えている。その様子を見てリンドウさんが彼らの間に身を滑り込ませる。

「待てって。子どもたちが怯えているだろ。なんでそんなことになったんだよ」

「なんでって……この子ら、すげえ汚れてて、見たら虱（しらみ）がわいてるんだよ。放っておいたら他の子にも移っちまうから洗ってやろうとしたのに、こっちの子がいきなり噛みついてきてよ。そんでもう一人は桶の水を俺にぶっかけて、二人で逃げたんだ」

「ああ……そういうことか……お前、記録読んでないのか？　確かこの子ら口がきけないんだよ。

だからつい手が出ちゃったんだろ。そんなに怒るなよ」

「あ、そういやそうか。いや、でも俺は風呂に入れてやろうとしただけだぜ？　別に痛いことするわけでもないのに、いきなり噛みつくとかねーだろ。悪いことしたら叱るのは当然だ」

二人のやり取りを隣で聞いていて、関係のない私が何か言うのは気が引けたが、憲兵さんの怒りが収まりそうになかったのでつい口をはさんでしまった。

「あの……差し出がましいようですが、こっちの子は女の子ですから、男性に服を脱がされるのには抵抗があったんじゃないでしょうか？　小さな子どもですけど、お風呂に入れるなら女性のほうがいいかと……」

「へっ？　あっ女の子？　え……男の双子かと……って、あなたは……」

二人とも不自然に切られたざんばら髪だったので、この憲兵さんはどちらも男の子だと思っていたらしい。急に口を出してきた私に憲兵さんが戸惑っていたので、リンドウさんが新しい入居者であることを説明してくれた。

「女の子だったかぁ……でもなあこの子ら自分で風呂に入らないいんだよなあ。女性の隊員なんていないしなあ。やっぱ臨時で女性雇えって上に言うか？」

赤子などが保護された時は、さすがに世話役を雇うらしいが、この年齢なら必要ないと判断されてしまい、引き取り先が決まるまで憲兵さんたちが交代で面倒をみるしかないらしい。

でもまだこの子たちは小さいのにと呟いたら、リンドウさんが記録では十歳だったはずと教えてくれて驚いてしまった。

せいぜい五、六歳にしか見えない。でもそれなら女の子は男性に風呂に入れられるのには抵抗があるだろう。もう一人の子は、彼女を守ろうとしたのだ。

憲兵さんはもう俺の手には負えないとぼやく。

子どもたちはよく見ると顔も垢（あか）じみていて、何日もお風呂に入っていないのがうかがえる。虱がわいているのなら、相当かゆいに違いない。

「もし……よければ私が二人のお風呂を手伝いましょうか？　この子たちがいいと言ってくれればですけど……」

「えっ⁉　ディアさんがですか？」

驚くリンドウさんを横目に、私は子どもたちの前にしゃがみ直接聞いてみた。

「はじめまして。私は今日からこの施設に住まわせてもらうことになったディアと言います。虱はかゆみが強いので、二人ともつらいですよね？　よく洗えば成虫はやっつけられるので、今日はかゆくなくなって夜よく眠れると思うんです。されたくないことや嫌なことは身振り手振りで教えてくれれば分かると思います。私にできる部分だけお風呂の手伝いをさせてくれませんか？」

ダメ元で聞いてみたことだったが、意外にも二人はあっさりと頷いてくれた。

憲兵さんに対して水をぶっかけるほど嫌だったようだから、もうちょっと渋られるかと思っていたが、すぐに頷いてくれたので拍子抜けしてしまう。

二人がいいと言うのなら、気が変わらないうちに洗ってしまったほうがいい。ポカンとする憲兵さんを促して、子どもたちが住んでいる大部屋へ二人を連れて行った。リンドウさんはまだ事の流れについていけてないようで、慌てながら私たちの後を追ってくる。

部屋に入ると他の子どもが三人ほどいて、いきなり入ってきた私たちに目を丸くしている。そちらに説明するのは憲兵さんたちに任せることにして、そのまま浴室へ二人を連れて行った。

憲兵さんに子どもの着替えとタオルの場所を教えてもらって、彼らには私が声をかけるまで浴室を開けないでとお願いして扉を閉じた。

浴槽に沸かした湯をためつつ二人の服を脱ぐように言ってみると、ゆっくりだがちゃんと服を脱ぎ始めた。

二人ともなにかためらいがあるのか、なかなか全部を脱ぐことはできずにいたが、急がせることは言わず石鹸や着替えの準備をして待っていたら、最終的にちゃんと脱いで私の手を引いて合図してくれた。

裸になって分かったが、二人の体は傷だらけだった。

新しい傷と古い痕が混在していて、事故などで負ったものではないと分かる。これは誰かによって加え続けられた暴力の結果だ。

「お湯が傷に染みると思いますが、綺麗にしないと化膿してしまうので、つらいでしょうけど少し我慢してくださいね」

二人を浴槽に入れると、身を固くしていたけれど素直に洗わせてくれた。

もう何日も洗っていなかったようで、なかなか汚れが落ちない。一度湯を換えて洗い直すと、ようやくこびりついた垢が落ちて綺麗になった。

洗面台を探ると軟膏とガーゼがあったので拝借して、まだ傷がふさがっていないところだけ手当てをして服を着せると、二人は見違えるように綺麗になった。

とはいえ、二人ともがりがりに痩せていて、お風呂の後だというのに顔色があまりよくない。

浴室の戸を開けると、ずっとそこに立っていたのかリンドウさんたちが待っていた。

「か、噛まれなかったですか？　すげえ、ちゃんと綺麗になってる……」

「一応よく洗いましたけど、虱はすぐには駆除できないので、一時しのぎですね。ひとまず、二人の瞼が重くなってきたようなので、もう寝かしたほうがいいかもしれません」

服を着せている途中から舟をこぎ始めた女の子のほうを抱っこしたまま、男の子の手を引いて寝室へと向かう。ベッドに降ろすと二人にぎゅっと手を握りしめられたが、憲兵さんが寝るように促すと素直にベッドへと入って行った。

あの寝具も明日には殺虫が必要だろうな……。

洗濯、殺虫……と言いかけるが、ただ成り行きでここにいるだけの私があれこれ指示するのも差し出がましいだろう。迷ったが口出しだけするのもためらわれて結局口を閉ざした。

「すみません、助かりました。あの子ら最近保護したばっかなんですが、記録見ると風呂どころか、暴れるんで診察もまだちゃんと受けていなかったみたいですね。あの子ら女の人なら暴れないのか。ちょうどあなたが来てくれてよかったです。いやーそれにしても……あっ……」

そこで憲兵さんの言葉が途切れたので、不思議に思っていると、私の胸元を注視している。目線を下げたら服が濡れて下着が透けていることにようやく私も気が付いた。

二人を湯から抱き上げたりもしたので、いつの間にかびしょ濡れになっていたのに気付かずうっかりしていた。

「見るな！」

同じく私の状態に気付いたリンドウさんが、間髪を容れずに憲兵さんを殴り飛ばして、近くに

あったタオルで私を包んだ。

「早く着替えないと風邪をひいてしまいます。すぐ部屋に行きましょう！　おい、風呂の後片付けとかはお前の仕事だからな。日報もちゃんと書いとけよ」

「ちょ、殴るかフツー？　お前おぼえとけよ！」

殴られた憲兵さんは当然怒っていたけれど、リンドウさんは無視して私を抱える勢いで部屋へ向かうと、扉の前で何度も頭を下げた。

「こちらの仕事に巻き込んでしまって本当にすみませんでした。あの、早く着替えてください。すみませんおやすみなさい、失礼します！」

バタン！　と勢いよく扉を閉めてリンドウさんは帰って行った。

今まで見たことないくらい様子がおかしかったから、服が透けていたというのは私が思うよりも大問題だったのかもしれない。

別に裸を晒したわけでなし……と思うが、男性からすると相当気まずいことなのだろう。

これがもしジローさんだったらと想像すると、きっと揶揄うだけで慌てたりしないだろうから、一般的な反応がどういうものなのか、私にはよく分からない。

どう対応すべきだったのか考えてしまう。

「ジローさんが、いたらなあ……」

何か困った時は、常にジローさんを思い浮かべてしまう。

『ジローさんだったら』とか『ジローさんなら何て言うか』と想像して、それを基準に物事を考える癖がついてしまっている。

これは多分、私が今も精神的に依存していることの表れなんだろう。

ジローさんはきっと私のこういうところも良くないと思っていたはずだ。それで突き放されたのだから、このままでいいはずがない。

とはいえ、いきなり変わろうと思って変わるものではないから、まずは自分の口を養って一人でも生活していけるようになるのが第一歩だろう。

幸い、住む場所は分不相応なほど良い場所を与えてもらった。こんな恵まれた環境にあるのだから、あとは仕事を探して、自立できるよう頑張るしかない。

明日は職業紹介所に行ってみよう……と考えているうちに、私はいつの間にか眠ってしまった。

❀ ❀ ❀

翌日、出かける準備をしていると部屋をノックする音が聞こえた。

訪ねてくる人なんてリンドウさんくらいしかいないと思い、すぐ扉を開けるとそこには昨日子どものお世話係をしていた憲兵さんが立っていた。

「朝っぱらからすみません……。ちょっとお話ししたいことがあるんで時間もらえないですか？昨日の件を上に報告したら、伍長があなたにお会いしたいって言うんで」

「えっ、何か問題がありましたか？」

急な話に身構えたが、そうではなく昨日のことで相談があるらしいと説明され、ちょうど出かける支度が整っていたのでそのまま彼について軍警察の建屋に向かった。

案内されたのはいつも行く小会議室ではなく、関係者しか立ち入れない奥の執務室へ通された。

そこには二人の男性が待っていて、年嵩（としかさ）の男性が彼の上司にあたる伍長であると名乗り、私を呼び出した人だった。もう一人の総髪（そうはつ）の男性は軍医だと紹介された。

「呼び出してしまってすまないね。まずは、昨日あの子たちのお世話をしてくれてありがとう」

「いいえ……差し出がましいことをしてすみませんでした」

「そんなに身構えないで。君から見た子どもたちの様子を訊きたいだけだから。君の呼びかけには素直に応じたようだが、実はあの子たちは医師の診察でも大暴れして、我々も非常に手を焼いていたんだよ。だから君がどうやってあの子たちを説得したのか教えてもらいたいと思ってね」

伍長が横にいる軍医に目線を送ると、彼は腕をまくってくっきりと浮かぶ歯形を見せてくれた。あまりにも暴れるので、診察も何もできていないのだと言う。

「あの子たちは事故で父親を亡くして、家に取り残されているのを保護したんだが、口もきけない上に獣（けもの）のように噛みつくので、言葉が理解できないのだと思っていたんだ。だから初対面の君が説得して風呂に入れたと聞いて驚いたよ。あの子たちが言葉は理解しているとしたら、何故ああも我々を拒絶したのかと思ってね、君の意見を聞かせてほしいんだ」

「私は何も……特別なことはしていません。あの子たちは私の言うことを正しく理解していました。皆さんを拒絶されたのは……推測ですが、男性が怖いのでは？　でしたら女性が対応すれば怖がらずにお世話させてくれるのではないでしょうか」

「なるほどねえ。やはり我々の認識違いだったようだ。あの子たちの今後の対応も考え直さないといけないねえ」

それから伍長は医師と二人で意見を交わし始めて、そのうち子どもたちの個人的なことに話が及んできたため、私が聞いてはいけないと思い席を外すことにした。

「すみません、私はそろそろ……」

「あ、いや失礼。本題はこれからなんだよ。君にお願いしたいことがあってね」

彼らはもう一度席に着くよう促すと、私のこれからにも関わる話を始めた。

❀ ❀ ❀

思ったより長引いた話し合いが終わり、執務室を出ると私を連れてきた憲兵さんが待っていて声をかけてきた。

「時間とらせてすんませんでした。もう昼になっちゃったし、一緒に飯でもどうですか？」

色々話を詰めていたせいで、随分と時間が経っていたと言われて気が付いた。朝ご飯も結局食べ損ねたせいでお腹は空いているが、よく知らない人と食事をするのも気づまりだ。

何と答えたものかと困っていると、後ろから名前を呼ばれた。

「ディアさん？ ……と、なんでお前がディアさんと一緒にいるんだよ。知り合いでもないのに勝手に彼女を連れ出すな！」

通りすがりらしいリンドウさんは、私がここにいることに驚き、隣に同僚がいるのを見咎め怒りを露わにした。

「伍長に彼女を呼んで来いって言われたんだよ。つかお前、事件を担当しただけで別に彼女の保護者でもなんでもないだろ。こっちの件はお前に関係ないんだから、口出ししてくんなよ」

「かっ……関係なくはない！　施設入居の……保証人だ」

「手続き上、保証人欄にお前の名前書いただけだろ。仕事でしたことを恩に着せるとか、男らしくねーぞー」

「なんだと⁉」

なんだかケンカのようになってきて、思わず後ずさる。昨日のこともあるし、この二人は相性が悪いのかもしれないが、大柄な男性二人が揉めている様子が怖すぎるので仲裁に入ることもできない。

「あの……私もう帰りたいのでごめんなさい。失礼します」

そそくさと逃げ出そうとした私を二人が引き留めた。

「いや、僕が送りますんで！」

「お前仕事放り出すなよ。俺が送る」

「今は昼休みだ！」

廊下で大きな声を出していたせいで、うるさい！　と他の人たちから注意を受け慌てて三人そろって建屋を飛び出した。流れでそのまま二人は私の両脇に並び、まるで要人の護衛みたいな扱いで施設までの短い道のりを歩く。

すぐ近くだし、送ってもらう必要ないのに……とはとても言い出せない雰囲気で気が重い。

「伍長がディアさんを呼び出したのは、昨日の子どもたちの件か？　それならまず僕に話を持って来いよ」

「そうだけど、お前は子どもの世話当番に入ってないし、話する必要ないだろ。俺はディアさんに話を聞きたいって伍長に頼まれたんだからさ。お前はお呼びじゃねーの」

「ひとつ裁判が中止になったから手が空いて、次から僕も当番に入っているんだよ。お前こそ昨日ちょっと会っただけのディアさんの部屋をいきなり訪ねるなんて失礼にもほどがある」

二人がまた険悪な雰囲気になってきたので、とりなすように私から先ほどの話をリンドウさんに教えることにした。

「昨日のことで、子どもたちの世話係に女性を雇うことになったんです。それで……伍長さんが、私にその仕事を受けてくれないかって仰って……」

伍長さんのお願いとは、私に子どもたちのお世話係になってほしいという仕事の依頼だった。

あの双子の様子を見て、やっぱり世話係を雇う必要があると軍医が判断し近々募集をかける予定だったところで私の話を聞いて、じゃあそのまま雇ってしまおうとなったらしい。

仕事の内容と拘束時間を考えても破格の報酬を提示してくれたが、私は子育ての経験もないし荷が重いと一度は断った。

でも他の子はもう大きいのでそれほど手がかからないし、憲兵さんもちゃんと当番で世話をしにくるのでその補佐でよいと言われ、断り切れず引き受けることになったのだ。

もう契約も交わしてきたと説明すると、全部話を聞いたリンドウさんがガックリと項垂れた。

「ディアさんが仕事を希望されていたのなら、僕が紹介できたのに……出遅れました……」

「いえ、仕事は紹介所で探すつもりでした。リンドウさんに何もかも頼るわけにいかないですから」

「だってさ。リンドウ振られたな」

「余計なこと言うなよ！」

終始揉めている二人に挟まれて居心地悪い思いをしながらようやく施設に着いたので、挨拶もそこそこに部屋へ帰ろうとしたが、再び憲兵さんに引き留められる。

「子どもたちにディアさんが世話係になるって紹介だけしてもいいですか？」

双子がそれを聞いたらきっと喜ぶだろうしと言われ、じゃあ挨拶に行きますと了承した。

「じゃあディアさん行きましょう。あ、リンドウはもう帰れば？」

「僕も行くに決まってるだろ」

再び揉めながらも全員で子ども部屋に行くと、明るい時間帯で見る室内は驚くほど散らかって汚れていた。昨日二人をお風呂に入れるために部屋に入った時は、全体を見渡す余裕がなかったから気付かなかった。

基本的に子どもたちは自分のことは自分でできる年齢なので、掃除も洗濯も本来は自分たちでやってもらうことになっていると聞いたが、これは……やってないのかできないのか分からないけれど、多分誰もなにもやっていないように見える。

憲兵さんが散らばっている子どもたちを呼んで、私を紹介した。

今ここにいる子どもたちは、昨日会った男女の双子と、十三歳、十二歳、十一歳の男の子三人兄弟の全部で五人だけだった。その三人兄弟はすでに引き取り先が決まっているらしく、別の町から迎えが来たら、ここを出るそうだ。

男の子三兄弟は一応小さい声で挨拶を返してくれたが、警戒しているのか、窺うように私を観察している。

昨日の双子は相変わらず何も喋らないが、いつの間にか近くに寄ってきてくれている。私がここの世話係になると聞いた瞬間から、目を輝かせて喜んでいるように見えたから、歓迎してくれているのかもしれない。そう思うとなんだか嬉しくなって、二人に微笑むと、彼らも嬉しそうにして私の手を握ってくれた。

どう反応したらいいのかと思いながら双子と手を握りあっていると、憲兵さんがそっと双子を引き離して、挨拶が済んだら昼飯を食べに行きましょうとこそっと耳打ちしてきた。

子どもたちが私に興味深々で、話が長くなりそうだから切り上げるきっかけをくれたのかもしれない。お昼の時間だと思い出したが、子どもたちの食事は用意されていないように見える。

「そういえば、子どもたちのお昼はどうしているんですか?」

「ああ……朝飯と一緒に昼の分も持ってきてあるので、それを食べてもらってます」

当番の憲兵さんが朝に世話をしに来るが、その後は夜まで子どもたちだけで過ごしているらしい。テーブルの上を見ると、確かに人数分パンが置いてある。どうやらそれが昼ごはんらしいが、見るかぎり誰も手を付けていない。日持ちのする堅いパンは、子どもには食べにくいから食欲がわかないのかもしれない。

棒のような双子の手足が目に入り、このまま放置していくのは気が引けた。

「あの……子どもたちもお昼まだみたいですし、ここで作ってみんなと一緒に食べるとかってできますか? 台所をちらっと見た限り、缶詰とか乾物とか在庫品がたくさんあるので、簡単なものなら作れるんじゃないかと」

「え？　ディアさんが作ってくれるんですか？」

「はい。子どもたちやお二人が良ければ」

みんなの反応をうかがうと、子どもたちも期待に満ちた目をしてものすごく頷いている。やっぱり堅いパンの昼食は嫌だったらしい。賛同が得られたところで、私は台所で在庫品を探りながら何を作るか考えた。

生鮮食品はないが、保存のきく根菜や缶詰などは結構な数置いてあるので、その中からいくつか選び出し、調理を始める。

塩蔵(えんぞう)肉と豆のトマト煮込みを火にかけながら、ジャガイモのガレットを次々焼いて皿に盛っていると、台所の入り口に団子状態になってこちらを見ている子どもたちと目が合った。

「……よかったらお手伝いしてくれませんか？」

ちょうど人手が欲しかったので試しにそう問いかけてみると、皆嬉しそうに近づいてきたので、お皿を運んでもらい、カトラリーの用意をお願いした。

双子もすぐそばにいてこちらを見上げてくるので、パンを持ってきてほしいとお願いすると、パッと駆け出して二人でパンの籠(かご)を抱きしめるようにして運んできてくれる。

「ありがとうございます、助かりました」

それぞれにお礼を言うと、子どもたちは頬を上気させて誇らしげに頷く。それならと、さらにお手伝いを頼むと実に嬉しそうにするので、遠慮なく手伝ってもらうことにした。

パンはこのままでは食べにくいようなので、薄く切ってバターと砂糖を塗って軽く焼き、シナモンを振って甘いおやつにした。

出来上がったものをお皿に載せて、双子に運んでほしいとお願いすると、ものすごく慎重におやつを運んで行ったのが可愛らしかった。

大きなテーブルに料理を取り分けたお皿を並べて、みんなで席についていただきましょうと声をかける前にもう子どもたちはすごい勢いで食べ始めていた。

なんとなく流れでリンドウさんと憲兵さんも子どもたちと一緒に食べているので、なんだか不思議な光景だなと思いながら私も自分用に取り分けた食事を口に運ぶ。

おやつのつもりで作ったシナモン味の甘いパンは、子どもたちが奪い合って食べていたので大人の口に入ることは無かった。

双子は異常なくらい痩せていたので摂食障害があるのかと思っていたが、量は少ないものの取り分けた分は全部平らげていた。これまであまり食事を摂れない環境にいただけなのかもしれない。

あっという間に食べ終わったところで、私は子どもたちに声をかけた。

「お片づけを手伝ってもらえると助かるんですが、誰か……」

「「「はーい！」」」

三兄弟が大きな返事と共に手を上げた。双子も小さな手のひらをこちらに見せてくれている。なぜかリンドウさんも手を上げていたが、昼休みが終わる時間だと突っ込みを入れられ、しおしおと項垂れて帰っていった。

私がお皿を洗うと、布巾（ふきん）を持った子どもたちが並んで濡れたお皿を受け取って拭いていく。

一番背の高い三兄弟のお兄ちゃんが食器棚にしまうという流れ作業をしていたら、あっという間に片づけが終わった。

「全員が手伝ってくれたから片づけがすぐ終わりましたね。お手伝いありがとうございました」

片づけも終わったので、じゃあ帰りますねと声をかけ部屋を出ようとしたら、三兄弟から『えー！』と不満の声が上がり、全員に引き留められてしまった。どうしたものかと憲兵さんの顔にちらりと目線を送る。

「ディアさんが大丈夫でしたら、今日から仕事してもらってもいいですか？　上には俺から報告しておくので」

私もこの部屋の汚さをどうにかしたいと思っていたところなので、すぐに了承した。

そうと決まればまずは洗濯だ。床に落ちている服を皆で拾い、外の洗い場に持って行くと、案の定汚れ物が大量に溜まっていた。

「うーん一人で洗うには量が多いので大変ですね。皆、もしよかったら手伝ってもらえませんか？」

訊ねなくても手伝う気満々だった子どもたちに盥を渡して、足で踏んで洗ってもらう。

これなら小さな双子でも洗うのが苦でないし、実際やってもらうと水の感触が気持ちいいらしく、楽しそうにじゃぶじゃぶと踏んでいる。三兄弟ははしゃぎすぎて、着ている服までも丸洗いしたみたいにびしょ濡れになっていたが、まあそれもついでに洗えばいい。

この日は天気が良く、干した服もすぐに乾きそうだったので、寝具も全部引っぺがして薬液を混ぜた洗剤で全部洗ってしまう。

子どもたちは濡れた服を着替えさせ、いっぱい働いたから休憩していてと言ったのに、何故か全員が動き回る私の後ろをついてくる。

まだお手伝いしてくれるのかと訊ねると、うんうんと頷くので、双子には乾いた洗濯物を受け取る役をやってもらったり、三兄弟には服をたたむ役目をお願いしたら、全員使命感溢れる顔で一生懸命仕事をしてくれていた。

　部屋の掃除をして、寝具を整えたらもうあっという間に夕暮れの時間になってしまう。

「あっ、夕食の準備はどうしましょうか？　あと、今日も双子のお風呂のお手伝いをしたほうがいいでしょうか」

　憲兵さんに訊いてみると、今日はもう終わりでいいと言われた。

「俺も交代の時間で、夕食は次の奴が持ってくるんで大丈夫です。風呂はもう時間的に無理なんで、今日は諦めましょう」

　帰る時、扉のところまで子どもたちが見送りに来て、名残惜しそうに手を振ってくれた。

「ずいぶん懐かれましたね。三兄弟も普段はあんな感じじゃないんですよ。俺とかにはマジでそっけないっていうか、ものすごく警戒されていて、返事もロクにしてくれないのに、初対面の相手にあんなに懐くなんて信じられない。本当に、どんな魔法を使ったんですか？」

「特別なことは何もしていないですし、私が女性だったから警戒心を抱かなかっただけだと思いますよ」

「いやいや、三兄弟なんて保護した当初は大人に唾吐きかけてくるような子だったんですよ。今でこそおとなしくなりましたが、逆に無気力になってしまって、いくら教えても掃除も洗濯もやりゃあしない有様で……部屋も荒れ放題だったでしょう？」

「うーん、あの子たちもあの部屋でどうしたらいいか分からなかったんじゃないでしょうか」

憲兵さんが言うには、三兄弟はこの町の子どもじゃなく、行商を営む親に置き去りにされてしまったのだと教えてくれた。

「食い扶持を減らすために計画的に捨てられたようですね。仕入れ先の店に子どもを残して、代金を踏み倒していなくなったんですから」

それを聞いて、彼らの気持ちを考えるとたまらない気持ちになる。親に置いていかれたなんて信じられなかっただろう。でも事実だと受け入れるしかなくて、不安でたまらない状況なのに、今日は屈託のない笑顔を見せてくれていた。きっと本質は明るくて元気な子たちなのだ。

「まあでもあの子たちの故郷の町が分かり、あっちの知り合いが引き取りに来てくれると連絡がついたんで良かったですよ」

お迎えが来たら、三兄弟はこの施設を出る。ここにいるのもあとわずかだそうだ。

「双子はこの町の子なんですよね？　親戚とかいないんでしょうか」

「彼らの両親が移住者なんで血縁者はいないんですよ。父親が亡くなって、仕事仲間が遺品整理に家を訪れたら、がりがりにやせ細った双子が、鍵のかかった部屋で見つかって大騒ぎになりました」

男の妻は数年前に離縁して家を出て行ったのだが、双子は妻が一緒に連れて行ったと近所の人には思われていて、双子は発見されるまでの二年ほど、ずっと家に監禁されていた。

異常事態だが、閉じ込めていた張本人の父親は死んでしまったし、二人は言葉を発しないため、何があったのか、どうして監禁されているのか今でも分からず仕舞いだと言う。

「軍警察ではあの子らは病気で意思疎通が難しいんだろうって諦めていたんです。でも今日の様子を見てると、喋らないこと以外はごく普通の子みたいでしたよね。いやーすごいですよ。あなたのおかげです」

「私は何も……」

「おっと、まじでそろそろ帰らないとまずいな。すんません、契約もあるんで明日また迎えに来ます。つか、今度こそ飯行きましょうね。リンドウには内緒で」

立ち話で時間が経ってしまったので、憲兵さんは慌てて帰っていった。

部屋に戻り、一人になるとさっき聞かされた子どもたちの身の上がずんと心に伸し掛かってくる。

平和な町だから、犯罪も事故も身近なものではなかった。だけど私が知らなかっただけで、この世界には酷いことがいくらでも起きているんだろう。

ベッドに横たわりながら、いろんなことを考える。

私の役目は、ただ身の回りのお世話をするだけ。表面的な傷は手当てできても、心の傷までは癒せない。私が子どもたちにできることはあるのだろうか。

彼らに何があったのか知ったところで、ほんの少し関わるだけの私がそんなことを考えるのは傲慢だろうか。

これから始まる仕事に、私はどう向き合っていくべきかを一人で考えていた。

❀　❀　❀

翌日から、正式にお世話係のお仕事が始まる。

私がお世話係として雇われたが、担当の憲兵さんが毎日交代で来るので、私はその補助として週に五日、子どもたちのいる大部屋に通う。

子どものお世話なんてしたことがないので、本当に私に務まるのかと不安だったが、いざ始めてみるとこれが本当に楽しかった。

基本的な仕事は掃除や洗濯、そして全員分の食事作りだが、実際私が働くというより、子どもたちがやりたがるので、私はやり方を教えたりできないところを手伝うだけだった。

「おねえちゃん、僕こんなにたくさん洗濯したよ」

「おねえちゃん、俺がお皿洗ったんだよ」

「おねえちゃん、掃除終わった」

三兄弟はいつも競うように私の仕事を手伝って、嬉しそうに報告をしてくれる。憲兵さんは、彼らに掃除や洗濯の仕方を教えても全然やろうとしないと言っていたが、それが信じられないくらい彼らはよく働いた。最初彼らは私を先生と呼んだので、それは止めてと言ったらなんとなくおねえちゃん呼びで落ち着いた。

ちょっと舌足らずな言い方で、おねえちゃんと呼ばれるたびに、かつてそう私を呼んでいた人のことを思い出す。

「ありがとうございます。助かりました」

「「「どういたしまして」」」

声をそろえて返事をする三兄弟を見て、交代で来る憲兵さんたちは皆唖然としている。自分たちだけで面倒見ていた時とあまりにも違いすぎると言って嘆いたりもしていた。

双子は喋らないけれど、いつも私の後ろをついてくるので、二人にもできることを頼んでやってもらっている。ついてくるから遊んでほしいのかと思って、おもちゃを渡してみたらものすごく悲しそうな顔をされた。

おもちゃは全く喜ばれなかったので、結局私の仕事のお手伝いをしてもらっている。後ろからちょこちょこついてくる双子はヒヨコのようでとてもかわいい。

「まーたディアさんにくっついて回っているのか？　子どもたちは」

そう言って後ろから声をかけてきたのは、今日の担当の憲兵さんだ。憲兵さんたちは持ち回りでこちらに来てくれる。

以前は食事を運んでくるのが主な仕事だったが、今は食事作りを主に私がやっているので、必要な食材や日用品を彼らに私が申請して買ってきてもらう形をとっている。そのため、彼らは子どもたちの健康観察をしたあとは私の日報を受け取るくらいでもうすることはないはずなのだが、私の仕事ぶりを心配してか、勤務時間いっぱいまで大部屋に居る人がほとんどだった。

でも子どもたちは相変わらず憲兵さんたちが苦手なようで、彼らがいるとあまりいい顔をしない。

「みんなお手伝いしてくれるから助かっていますよ」

私は声をかけてきた憲兵さんに笑いながら答える。当番で来る憲兵さんたちとは、まだ一、二回しか顔を合わせていないが、皆親切で優しい。

「いやーちび共にやらせるほうが時間かかって大変だったりするときもあるでしょう？　そこまで付き合ってやらなくてもいいんですよ。でもディアさんは本当に働き者ですよねえ。料理も手際がいいし、しかもめちゃくちゃ美味しい！　ここに当番で来る奴らはみんな、昼飯が楽しみでしょうがないってウキウキしてますよ。これまで当番面倒くさがっていた奴らがこぞってやりたがるんだから、下心見え見えですよね」

「そんなに楽しみにしていただけるほど、凝った料理ではないんですが……でも皆さん美味しそうに食べてくださるから、とても嬉しいです。子どもたちも、自分が一緒に作った料理だと一層美味しく感じるみたいで、食が進んで以前よりもふっくらしてきましたね」

子どもたちを見ながら話をしていたが、ふと気づくと憲兵さんが私を覗き込むようにしてすぐ傍に立っていた。

なにか気になることでもあるのかと不思議に思っていると、憲兵さんはにこっと笑みを作って、内緒話をするように耳元で声をひそめて話し始める。

「それはそうとさ……ディアさん今度俺と食事でも行かない？　ホラ、仕事中じゃあまり話もできないからさ、親交を深めるために二人でさ。俺、いい店知ってるんだ……っ痛え！」

突然憲兵さんが叫び声をあげて私の視界から消えた。驚いて下を見ると、引き倒された憲兵さんの上に三兄弟が乗っかっている。

「おねえちゃんをやらしー目で見るな！　ハンザイだぞ！」

何事かと思ったら、私を助けに来てくれたらしい。三人で一生懸命憲兵さんを押さえつけているので思わず笑ってしまった。

「みんな彼を放してあげてください。彼はただ私とお話していただけなので、なにも悪いことはしていませんでしたよ」

「ちがうよ、ここに来るおっさんたちはみんなおねえちゃんをやらしー目で見てるんだ。俺たちはそういう悪い大人をたくさん見てきたからすぐ分かる。でも大丈夫だよ。おねえちゃんは俺たちが守るから！」

「やめろこのクソガキが！　腰グキっていっただろうが！　つーか俺らに対する嘘の誹謗中傷をディアさんに吹き込むのやめろ！」

憲兵さんが怒鳴ると子どもたちは蜘蛛（くも）の子を散らすように逃げて行った。それを憲兵さんはすかさず追いかけて行って一人ずつ捕まえては、また逃げられている。

当番の憲兵さんが私に何か話しかけているといつも邪魔をしてくる。憲兵さんは悪者じゃないんだよと言っても、どうやら大人の男性は悪者だと思い込んでいるようで、そこに関しては聞く耳を持ってくれない。

もっと注意すべきか悩んだが、なんだかんだで子どもたちも憲兵さんも笑っているので、これはそういう遊びなのかもしれない。

憲兵さんたちも、以前のように無視されるよりは突っかかってくるくらいのほうがいいし、ちょっとぐらいの悪戯なら許してやろうと言っていて、本気で怒っているわけじゃないのだ。

追いかけまわして疲れた憲兵さんが戻ってきて、私が日報を書いている机の前に座ってため息をつく。

「俺らは完全に舐められてるな。まあディアさんの言うことなら聞くし、お手伝いも進んでやるからそこは偉いですけどね。飽きもせず、毎日ディアさんについて回っているんでしょう？」

「そうですね、皆手伝ってくれるので助かっています」

「でも余計に時間がかかって大変でしょ。アイツらもおままごと感覚だろうから、忙しい時は適当にあしらってていいっすよ」

そう言って憲兵さんは交代の時間になったからと帰って行った。

一人になって、彼に言われた言葉を考える。

子どもが私の手伝いを申し出ることについて、先ほどの憲兵さんだけでなく他の人たちも、おままごとをしているかのようにとらえている。もしくはただ構われたい、遊んでもらいたいのだろうという認識だが、私はそれは違うような気がしていた。

何故なら子どもたちは『ありがとう』とか『助かりました』という言葉をかけると、すごくホッとしたような顔をする。最初は嬉しそうにしていると思っていたが、時々、なにかにすがるような切実な目で私を見るのだ。

褒められたい……とは多分違う。

彼らはきっと『必要とされたい』のだ。

親を失って、彼らは自分の存在価値が分からなくなっている。だからありがとう助かりましたと言われると、必要とされたと安心できる。決して遊び感覚などではない、もっと切実な感情を彼らは抱いている。

複雑な思いが入り乱れて、ペンを持つ手が止まる。

「どうかしましたか？」

声を掛けられハッとして顔を上げると、目の前にはリンドウさんがいた。交代の時間でちょうど来たところだったらしい。日報を前に動かなくなっている私を見て、何か問題が起きたのかと心配しているようだ。

「あ、ちょっと気になることがあって……えっと、子どもたちの今後とか……これから皆どこへ引き取られるのか心配になって」

「三兄弟は故郷から迎えが来る予定です。双子は……養子として引き取りたいというところはありませんでした。口がきけないのでは働くのは難しいでしょうから、弟子として引き取る店もまずないでしょう。今は病気の保護児を引き受けてくれる慈善団体に問い合わせているところです。そこならまず衣食住は保障されますからね」

三兄弟のお迎えは故郷の町がすでに手配して、こちらに向かっている最中だ。それにより、もう彼らが町から出て行くことは決定事項である。

「そうですか……三兄弟は故郷に帰れることを喜んでいましたか?」

故郷なら知り合いも多くいるから安心かもしれないが、逆に親との思い出がたくさんある故郷で保護児として暮らすのは辛いのでは、と心配になる。そのことを伝えると、リンドウさんはためらいながらも彼らが漏らしていた本音を教えてくれた。

「本当のことを言うと、彼らからはここに残りたいと言われたことがあります。なんでもするから仕事をさせてほしいって必死に頼んでくるんですよ。でも故郷から迎えが来るんだから無理だと言ったんですが……」

「やっぱり、故郷に対しては複雑な思いがあるんですね」

いっそ誰も知らないこの町でやり直すほうが気持ち的に楽なのではないかと思うが、リンドウさんはそういうことではないと否定した。

「いや、彼らは単にあなたと離れるのが嫌なんですよ。ここで働きたいっていうのは、あなたと一緒にいたいからです」

「でも私はずっとここにいるわけじゃないですし、そんなに慕ってもらえるほどなにかをしたわけじゃないのに。それほどまでに帰郷に不安があるのでしょうか」

彼らの状況を思うと胸が痛む。ただの世話係の私にすがるほど、彼らは先行きが不安で怯えている。これから先、彼らの不安を解消してくれる庇護者に出会えるといいのだが、ただ願うことしかできない私は無力な偽善者だ。

「それは違いますよ。僕、以前に訊ねたことがあるんです。なんでディアさんにだけそんなに懐くんだって。そしたら何て言ったと思います？　ずっと厄介者扱いされていた俺たちを、あの人だけが必要としてくれたんだって、そう言うんですよ」

どういうことか分からず首をかしげていると、それは初めて昼食を彼らに作った時に私が言った言葉に起因するらしい。

「あなたから、ありがとう、助かりましたって言われたことが、彼らにとっては驚くほど嬉しかったみたいですよ」

「そ、そんなことで？」

「彼らは親に置き去りにされてからここに落ち着くまで、迷惑だの厄介だのと大人たちが言っているのを聞いていて、自分たちがどこにも歓迎されていない厄介者だと思い込んでいたみたいなんですよ。我々も決して邪険にした覚えはないのですが……大人しくしてろとか何気なく言われた言葉で傷ついていたんでしょう。可哀想なことをしました」

「だから無気力になっていたんですね。でも私の言ったことなんて、思いついて頼んだだけで何の重みもない言葉ですよ？」

戸惑う私にリンドウさんは少し悲しそうに眉を顰める。

「あなたにとってはなにげない一言だったかもしれないですが、受け取る側にとっては救いになったり薫陶を受けたりするってこともあるでしょう？　あなたにとってそうではなくとも、親にも要らないと捨てられて絶望していたあの子たちにとっては、とても大事な出来事だったんでしょうから、否定しないであげてください」

「あ……ごめんなさい、軽率でした。彼らの気持ちを考えず酷い言い方をしてしまいました……」

「あ！　いやいや、あなたを責めているわけじゃないんです。ただ、あなたは自分の価値を低く見積もっていると思うんで、実際はそうじゃないというのを分かってもらいたいんです。ディアさんの存在は、自分で思っているよりも影響力があるんですよ」

「価値……は分からないですけど、自分の言葉が相手に影響を与える可能性をもっと考えるべきでした。人付き合いが苦手なせいか、相手の気持ちを慮る配慮に欠けていてダメですね」

「まいったな、どうしてそう後ろ向きな結論に至るんでしょうね。そんな難しい話じゃないんですよ。子どもたちはあなたが好きだから、何気ない一言でも大切に感じるわけで、あなたといるから元気になったんでしょう。僕だって……」

リンドウさんがなにか言いかけている途中で、別室で勉強中だった子どもたちが、紙を持って居間に駆け込んできた。

「おねえちゃん！　俺、一番に書き終わった！」

「僕のが綺麗に書けた！」

「僕こんなにたくさん書いたよ！」

ダダダッと走ってきて、その勢いのままリンドウさんに体当たりする。そして課題として出した字の手習いの紙を一斉に私に見せた。双子も後ろからぴょこぴょこと跳ねて書いた紙を見せている。

「わぁ、もう終わったんですか？　みんな集中力がありますね。手習いも算術もどんどん覚えてしまうので、学校に行くようになったらきっと優秀者に選ばれますよ。あ、でもリンドウさんがみんなの下敷きになっているので、それはダメですよ。どいてあげてください」

「「「はぁーい」」」

体当たりされて上にのしかかられていたリンドウさんは、やれやれといった感じで起き上がって子どもたちを叱っていた。

本当に、子どもたちは最初に比べて明るくなった。もし本当に、リンドウさんが言うように私がいることで彼らが元気になったのならとても嬉しく思う。

過去に、家族からも婚約者からも要らないと切り捨てられた私が、誰かに必要とされて好かれるなんて考えてもみなかった。

昔は求められたくて必死にいろんなことを頑張ってもダメだったのに、当たり前のことしかしていない今のほうが好かれるなんて、不思議なものだ。

色々あったせいで、町に戻ってきたことを後悔しそうになった時もあったけれど、やっぱり戻ってきて良かったと子どもたちと出会って心から思えるようになった。

❀　❀　❀

子どもたちのお世話をして日々が穏やかに過ぎて行ったが、三兄弟の故郷から迎えが到着したとの知らせを受け、彼らはここを出て行く日が決まってしまった。

出発の日を告げられた彼らは、諦めたような表情でその言葉を受け入れていた。

役場や軍警察で事務的な手続きが終わると、あっという間にお別れの日になってしまい、私は無理を言って馬車に乗り込む彼らの見送りに付き添わせてもらった。

ずっと気丈に振る舞っていた彼らが涙を必死にこらえている様子に胸が痛くなる。

「もう、おねえちゃんに会えないのかな……」

一番下の子が、ぎゅっと私の手を握る。

「あなたが会いたいと思ってくれるなら、きっとまた会えますよ」

まだ小さな彼らには、故郷から遠く離れたこの町は遥か彼方(かなた)に感じるだろうが、大人になればその足でどこへでも行ける。未来を選ぶ力が皆にはあると伝えると、兄弟たちはうんと大きく頷いて、しっかりした足取りで馬車に乗り込んでいった。

動き出した馬車の窓から、三兄弟が大きく手を振る。

「大人になったら迎えに来るから！　それまで待っていて！」

そんな言葉を残して、馬車は走り去っていった。

「迎えにってなんでしょうね」

「えーっと……また会いに来るって言いたかったんでしょう」

きっと彼らはこれから新しい場所で新しい家族ができてすぐに私のことなど忘れてしまうだろうが、また会いたいと思ってもらえただけで充分だ。ありがとうの気持ちを込めて、馬車が見えなくなるまで大きく手を振った。

これで大部屋にいる保護児は双子だけになってしまった。

その双子も、問い合わせていた慈善団体のひとつから、空きがあるので受け入れてもいいという返事がきたので、そちらとの交渉を進める予定になっている。双子がここを出る日も、そう遠くないかもしれない。

そうなると、この仕事も終わりだ。それなら次の仕事を考えなくてはいけないのだが……。

「クラトさんから……連絡来ないな……」

ラウを見つけ次第連れ戻すと言っていたクラトさんだったが、未だに音沙汰がない。彼の性格を考えると、現状を知らせる手紙などを送ってくれそうなものなのだが……もしかして不測の事態に見舞われているのでは、と不吉な考えが頭をよぎる。

連絡が来てから身の振り方を考えようかと思っていたが、もしかしてこのまま帰ってこない可能性も考えなくてはならないのかな。

不安が募るけれど、現状私にできるのはここで待つことだけだと気持ちを切り替える。

そして、クラトさんたちのこととは別に、私にはもう一つずっと気に掛かっていることがあった。

それは妹のレーラのことだ。

いろんな人からあの子の現状を教えてもらったので、今どうしているか大体のことは知っている。

結局ジェイさんと結婚して、町はずれにある家で二人で暮らしているそうだ。

レーラに対しては、割り切れない思いを抱いている。あの子のしたことは許せないが、かといって憎いとは言い切れない。

仲直りしたいとは思っていないが、それでももっと話し合ってお互いを知るべきだったと後悔が残っている。

一度、決心して商業地区にあるジェイさんの花屋を訪ねて行ったことがある。

けれど店にレーラはおらず、ジェイさんからレーラは会いたくないと言っているからと面会を断られ、それを期にあの子のことはもう忘れようとしていた。

……その気持ちが変化したのは、子どもたちのお世話をするようになってからだ。

子どもたちと触れ合っていると、どうしても妹のことを思い出してしまって、やっぱり一度会って話したいという気持ちが強くなる。

だからもう一度だけ、会いに行こうと決めた。

それで断られたなら、今度こそ諦めよう。

幸い、仕事はちゃんと休みの日が設けられているので、町はずれの家まで歩いていけるだけの時間がとれる。場合によっては帰りが遅くなるかもしれないから、一応リンドウさんに少し遠くまで出かける予定を伝えると、一人では危ないから付き添うと申し出てくれた。

リンドウさんの休みと合致した日に、二人でレーラの家へ向かう。

「ずいぶんと町はずれに家があるんですね」

「ええ、商業地区からかなり離れているから、民家もほとんどないですね」

周囲に何もない一本道を、私とリンドウさんは歩いてレーラが住んでいると聞いた家を目指していた。商工会長から聞いたので住所に間違いはないと思うが、こんな辺鄙なところにあの子が暮らしているのかとちょっと意外だった。

家にいた頃は、毎日のようにお茶だの買い物だのと出かけるような子だったけれど、やはり結婚すると変わるものなのだろうか。なにかしら心境の変化があったなら、私と会ってくれるだろうか……と期待する気持ちもあるが、もしかして無駄足になるかもしれない。

トンボ帰りになったらごめんなさいとリンドウさんに言っていると、目的の家が見えてきた。

家の周囲は大きな畑が広がっていて、黄色い花が絨毯のように整然と並んで咲いている。その中心に麦わら帽子をかぶった男性が立っている。

おそらく夫のジェイさんだろうと思いながらそちらに歩いていくと、向こうも私に気付いたらしく、農具を置いて近づいてきた。

「あれ、お姉さん？　お久しぶりです！　こんなところでどうしたんです？　あ……憲兵さんも一緒なんですね……なにかありました？　いや、違うかな、デートのついでですか？」

ジェイさんはニコニコと優しい笑顔でリンドウさんに話しかけたが、彼は軽く会釈をしただけで言葉は返さなかった。

「ご無沙汰しています。あの、私レーラに会いに来たんです。少しだけ会ってもらえないか……聞いていただけないですか？」

取り次ぎを頼むと、私のほうに向きなおったジェイさんがすぐに首を横に振る。

「悪いけど、無理なんですよ。今は特に……実はレーラ、妊娠しているんです。大事な時期だから、あまり動揺させたくないんで、すみません」

「あ……そう、なんですか。レーラが妊娠……そっか……あの、おめでとうございます」

喜ばしいことだが、レーラの妊娠に関しては色々あったので、一瞬言葉に詰まってしまう。そんな私に対して、ジェイさんは笑顔を消してじいっと観察するように見つめてくる。

一気に雰囲気が変わった彼に少し怖いものを感じて身を竦ませたが、次の瞬間にはまたニコリと笑顔になった。

「お姉さんにそう言ってもらえて嬉しいです。というわけでして、妻には心穏やかにいてほしいのです。ご理解いただけますか?」

口調は穏やかだが、はっきりと拒絶されてしまった。ジェイさんにとって私は愛する妻を脅(おびや)かす存在なのだ。多分ここで食い下がっても揉めるだけで絶対に会わせてはもらえないだろう。

「元気な赤ちゃんが生まれますよう、お祈りしています」

「ええ、レーラに伝えておきます! では!」

ジェイさんは強引に会話を切り上げて、拒絶の姿勢を示すように家に戻って行った。

その場に残された私は扉のしまった家をしばらく眺めていたが、もう開く気配のない扉を見てため息をつき、帰るしかないと諦める。

レーラが住む家は、絵にかいたような素敵な外観で、可愛いリースや綺麗な色のカーテンがいかにも新婚家庭らしく、どこも手入れが行き届いている。

……きっと幸せに暮らしているんだろうな。

固く閉ざされた扉は、もう開く気配もない。

「……ごめんなさい。帰りましょうか」

何も言わずずっと待ってくれていたリンドウさんに声をかける。ハイと答えてくれた彼と一緒に、来た道を引き返し始めた。

「――――お姉ちゃんっ！」

懐かしい呼び方で私を呼ぶ声が聞こえ、ハッとして後ろを振り返ると、家の二階の窓からレーラが顔を覗かせていた。

「レーラ！」

「お姉ちゃん！　わたし……っ」

遠くて何を言っているのか聞き取りづらい。家の前まで戻ろうとした時、レーラの後ろにジェイさんが立っているのが見えた。

彼は妻の肩をそっと抱き、励ますように何かを言って頷いている。するとレーラはもう一度窓のほうへ向き直り、大きな声で私に向かって叫ぶ。

「お姉ちゃん！　わたし……し、幸せよ！　だから……もう、心配しないで！」

「レーラ……」

その言葉だけを残し、レーラは窓を閉ざしてしまう。窓越しにジェイさんがレーラを抱きしめている姿が見え、もしかして彼が声をかけてあげればと助言してくれたのかもしれないと思った。

『幸せ』と言うレーラの言葉を聞いて、私の中に嬉しい気持ち以外なかったことにホッとする。

ああ、今の私はあの子の幸せをちゃんと喜ぶことができる。

以前はあの子がラウと幸せになるところを想像して、どうしても許せないと憎んだ時があった。でも今はそんな負の感情が少しも湧いてこないことが嬉しかった。

レーラは自分の家庭を築いて、とっくに新しい人生を歩み始めている。いつの間にか私とあの子の道は遠く離れて完全に分かれてしまった。

言いようのない寂しさを噛み締めながら帰り道を歩いていると、それまでずっと黙っていたリンドウさんがポツリと呟く。

「ジェイ君は……工作員向きですね」

「ん？　なんて仰いました？」

「いいえ、ただ……ジェイ君は仕事ができそうだなと思いまして。店もジェイ君の代になってからずいぶん繁盛しているみたいですし」

「そうみたいですね。お店で花を売るだけじゃなくて、色々な販路を見つけて広げているみたいで、従業員もかなり増えたって聞きました」

「……妹さんはきっと、働きに出ることもないでしょうから……まあ彼女のような人にとっては幸せなんじゃないでしょうか」

なにか含みのある言い方だったが、レーラが働いたこともなく、女性が一通り身に着ける針仕事すら覚束ないことを皮肉っているのかもしれない。

「そうですね。それより、あの子も本当に母親になるんですね……あの妹が……」

私はずっと同じところで立ち止まっているのに、妹は結婚をして子どもを授かって新しい道をどんどん進んでいる。それなのに私の現状は、進んでいるどころか後ろばかり見て全然成長できていない。変わろうと努力して自分なりに行動したつもりだったのに、結局これだけ時間が経っても何一つ変われていない。

ジローさんが、『十年、二十年後を想像してみろ』と言った言葉が頭をよぎる。

その時私は何をしているのだろうと考えても、何も浮かんでこない。私だけが過去に取り残されて、どこにも行けずに置いてけぼりになっている。レーラの今を知って、余計に怖くなった。

「………ディアさん？　大丈夫ですか？」

声を掛けられ、ハッと我に返る。

「あっ……ごめんなさいっ。なんだか……妹の妊娠を聞いて思ったより動揺していたみたいです。妹がお母さんになるのかと思うと、不思議な感じで……私は自分が人の親になるなんて想像もつかなくて……」

「ディアさんはきっと良い親になると思いますよ。子どもたちと接している姿を見れば分かります。あの……じゃあディアさんは結婚とか、子どもが欲しいとか考えたりしないんですか？」

そう問われて、ちょっと考えてから素直に答える。

「親があれでしたから。きっと子どもができても、愛し方が分からない気がします」

「その気持ちは分かります。僕も家族の愛には恵まれなかったほうですから。でも、自分の家庭を持ちたいと思っています。恵まれなかったからこそ、本当の家族を作りたいんです。子どもの愛し方なんて僕も分かりませんけど、自分がしてほしかったことや、かけてほしかった言葉を、子どもにしてあげればいいんじゃないですか？　それでも迷って分からなくなって、なにか間違えそうになったら、その時は夫婦で一緒に考えていけばいいんですよ……って、すみません。偉そうに語ってしまって」

そういう家族に憧れているってだけの話です、と恥ずかしそうに頬を掻くリンドウさんの言葉は、とても真っ直ぐに私の中に入ってきた。

愛されず育った自分がまともな親になどなれるはずがないと思い込んでいた。でもそうやって自分を否定することは、同じように家族愛に恵まれなかった人たちのことも否定していることにほかならない。自分本位で浅はかな考えだったと気付かされる。

「ありがとうございます……そうですよね。私、なんだか目が覚めたような気がします。リンドウさんは本当に思慮深くて、優しい方ですね。私はいつも考えが足りなくて……尊敬します」

「い、いえ……僕なぞまだまだ未熟者で……」

リンドウさんは顔を赤くして俯いてしまった。彼はいつも褒められると困ったように言葉に詰まる。こんなにできた人なのに、いつも謙虚だ。

しばらく二人とも黙ったまま田舎道を歩く。

こんなところまで付き合ってもらったお礼に、お昼ご飯くらいごちそうしたいが、きっとまたお金を払おうとしても遠慮されるだろうなと思いながら道を進んでいたとき、リンドウさんが突然大きな声で私の名を呼んだ。

「ディアさん！　あの！　一つ訊いてもいいですかっ？」

「えっ……びっくりした。な、なにかありました？」

「す、すみません……ええと、あの……ディアさんは僕のこと、どう思いますか？」

「どう思う？　ですか？　先ほども言いましたけど、優しい方だなと思いますけど」

「いや、訊くのは卑怯でした。ディアさん、僕は……あなたのことが好きです。さっき、家族の話をして思ったんです。僕はあなたと家族になりたい。一緒に理想の家庭を作っていきたい。あなたが恋愛や結婚に前向きでないことは分かっていますが、どうか僕と家族になることを真剣に検討してみてはくれませんか？」

「えっ⁉　け、結婚？　私なんかと結婚って……そんなわけ……あっ、じょ、冗談ですよね？」

突然の告白に、声が裏返ってしまう。人を傷つけるような冗談を言う人じゃないとは分かっているが唐突過ぎて信じられない。だからつい疑うようなことを言ってしまったら、彼は悲しそうに眉をひそめた。

「あなたが自分を低く見ているのは、きっと生い立ちのせいなんでしょうね。あなたはとても魅力的な人です。白状すると、最初に会った時から美しい人だなと思っていました。外見的なことだけじゃなく、傷つきながらも真っ直ぐ前を向いて父親と戦う姿を見て、なんて強い人なんだろうと胸を打たれたんです。あなたと話せば話すほど……純粋で優しい心根に触れてどんどん好きになってしまいました」

リンドウさんは一瞬ためらった後、右手を差し出してくる。

「ディアさんが全く僕を恋愛対象に見ていないのは分かっています。けれどこのまま諦めたくないんです。今すぐ返事が欲しいとは思っていません。どうか、僕のことをこれから考えてみてはくれませんか？」

「ええ……？」

気付くと私は、へなへなとその場にへたり込んでいた。

言葉の意味を何度考え直しても、リンドウさんは今、冗談抜きで結婚を申し込んでいるように聞こえる。へたり込む私に、服が汚れてしまいますと言ってリンドウさんが手を引いて立ち上がらせてくれた。彼はそのままぎゅっと私の手を握りこんだ。

「突然こんなことを言ってすみませんでした。でもやっぱりディアさんは僕の気持ちに全然気づいていなかったんですね。同僚にはバレバレだったんですけどね」

「いいえ……全く……ええと、私の何を見込んでくれたのか分かりませんが、私はリンドウさんに利益をもたらすものは何一つ持っていません。私の利用価値といえば……算術が多少得意なくらいでしょうか？　でもそんなもの、憲兵であるあなたのお役に立つ機会はまず無いと思うんです。むしろ、こんな瑕疵（かし）のある相手じゃあなたの立場を貶めることになります。そんな自棄を起こさなくても、リンドウさんならもっといい縁談がすぐに見つかりますよ」

　軍警察は男所帯だし、女性との出会いがなくて……と他の憲兵さんから愚痴を聞いたことがある。だからリンドウさんも結婚相手を探していたが見つからなくて、私にこんなことを言ってきたのかもしれないが、だからと言ってわざわざこんな女を選ばなくても、誰かに頼めば絶対ちゃんとした人が見つかるはずだ。

　私は結婚式当日に婚約破棄されて噂になったような女だ。しかも両親は詐欺で二人とも捕まっている。こんな相手では、彼の出世の妨げになってしまう。

　商工会長に頼めばもっとまともな女性を紹介してもらえると思うと言うと、彼はすっと表情を険しくさせた。

「僕は実家から除籍された身ですし、軍警察には実力だけで入隊しました。結婚相手によって立場が変わるほど、仕事において無能ではないつもりです。僕の両親はね……政略結婚で、お互いに愛情なんてなかった。人を条件だけで判断する人たちでしたから、僕は役に立つとか利益があるとか、そんなことで結婚相手を決めたくないんです。あなたは自分を卑下しますけど、僕はあなたほど強くて優しい女性を見たことがない。あなたを知るほどに好きになる。何度も言いますが、あなたのことが好きなんです。だから真剣に告白しているんです」

リンドウさんの言葉には一切の嘘は感じられなかったが、それでも私は彼の言葉が信じられず、言い募られるほどに感情がかき乱されて、乱暴に彼の手を振り払って叫ぶ。

「やめてください！　私が好きだなんて……結婚したいだなんて……そんなの、あり得ない！　私を好きになる人なんているわけないんだから！」

〝アイツのつまらなそうな顔を一生眺めて暮らすのかと思うと、本当に嫌になる〟

心底嫌ようなラウの声音が、今でも鮮明に耳に残っている。

冷水を浴びせられたように体が凍り付いたあの時の感覚は、きっと一生忘れられない。

ラウは女好きで有名だったのに、長い婚約期間中、私とは親愛のキスどころか手を握ったことすらなかった。私を見かけると顔を曇らせ、近づくといつも嫌そうに身を引いていた。ラウの友人だって遠くから私の容姿や行動をあげつらっていつも笑っていた。

だから私には女性としての魅力がないどころか、嫌悪の対象なのだと何度も思い知らされて生きてきた。レーラのように可愛く生まれたかったと何度思ったか知れない。

そんな私を褒めてくれたのは、ジローさんだけだ。

そんなわけないと否定する私に、何度も可愛い可愛いと言って、私のいいところをいくつも見つけてくれて、いろんな言葉で褒めてくれた。

私の顔を見ていつも笑顔になってくれた。私のために泣いてくれた。

だから彼と過ごしているうちに、ひょっとして私でも誰かに愛される要素があるんじゃないかって錯覚してしまった。

……けれど、好きだと伝えた途端、ジローさんは顔を曇らせて私を突き放した。

ジローさんの言う『可愛い』は、小さい子どもに言うような意味合いであって、女性に対して男の人が言うそれとは違うだなんて、ちゃんとした人付き合いもしてこなかった私に分かるはずも無かった。それを勘違いして駄々をこねて、本当に愚かでみっともない。

〝うんざりする〟

ラウは私のことをそう言った。

一緒にいるとうんざりする相手なんて、伴侶(はんりょ)どころか友人にだってしたくないだろう。

まとまらない言葉で感情的に過去のことを喋ってしまう。だからあなたの気持ちが信じられないと言うと、リンドウさんは心底悲しそうな顔をして、俯いてしまった。

「……迷惑だとか言われるならば、諦めもつくんですが、ディアさんは、好きだという僕の気持ちそのものを嘘だと否定されて信じてもらえないのはキツイですね。ディアさんは、利用価値があるとかそういう判断基準だけで人と付き合うわけじゃないですよね？　まず、その人と一緒に居て心地いいとか、楽しいとか気が合うとか、そういうことを大切にしませんか？　僕はただ、あなたを好きになって、もっと一緒にいたいと思ったから、気持ちを伝えました。ディアさんのことが好きなんです。どうかそれだけは分かってください。僕の気持ちを嘘だと否定しないでください」

顔をあげてもう一度真っ直ぐに私を見つめながら『好き』だとリンドウさんは言った。

……もう、私は何も言葉が出てこなかった。

今の彼は、あの時の私だ。

好きだと言った私の言葉をジローさんに『錯覚だ』と一蹴されて、どうしたらいいか分からなくなったあの時と一緒だ。なぜ私の気持ちなのにあなたが否定するのと憤ったあの時と同じことを今、彼にしてしまっている。

私を見つめる彼の瞳が不安げに揺れて、私の言葉を待っていた。

……ああ、この人は本当に私のことが好きなのか。

素直にその事実を受け入れると、とたんにその意味を理解して一気に顔が熱くなる。よく考えると、私は今、ものすごく情熱的な告白をされたのでは……？

人生で生まれて初めて男性に、女性として好きだと言われたのだ。急に恥ずかしくなってきて、さっきとは別の意味で何も言えなくなってしまった。顔どころかきっと耳まで真っ赤になっているだろうと自分でも分かる。

顔から火が出そうになっている私の様子を見て、リンドウさんは表情を緩めて笑顔になる。

「あなたのそんな顔、初めて見ました。なんか、嬉しいですね。少しでも意識してくれたってことですかね？」

「も、もう……からかわないでください。そういうのもまだよく分からないんです。今は何も考えられないので、時間をください……あの、ちゃんと考えますから……」

私だけが動揺しているみたいで、リンドウさんは逆に最初の焦り具合はどこへやら、すっきりした顔で笑っている。

「いいですよ。いくらでも待ちます。でも思ったよりも可能性がありそうで、やる気が出てきました。改めてこれからよろしくお願いします」

そう言ってリンドウさんはもう一度握手を求め右手を差し出してきた。おずおずと握り返したその手は大きくてゴツゴツしているが、傷は無く艶やかだ。

……ジローさんの手は、もっと荒れて傷だらけだった。

私のなかでリンドウさんはあくまで『憲兵さん』という存在で、男性であることすらあまり意識していなかったので、今は戸惑いしかない。

改めて彼を見上げてみる。

背が高く整った顔つきの彼は、多分女性から見たら魅力的で素敵な男性に違いない。付き合いは短いけれど、彼が憲兵として有能であることは分かるし、それに人を思いやる優しさをもった人だと思う。

きっと彼みたいな人が、ジローさんの言う『まともな相手』なのだろう。もしこの場に彼がいたら、良かったなと笑顔で祝福されるのだろうか。そう考えると胸がぎゅっと苦しくなる。

……私はどうすればいいですか?

道に迷った時はいつも、ジローさんの顔が浮かんでくる。

頭の中で彼に呼びかけて答えを求めてしまう。

『ちゃんと自分で考えなァ?』

記憶の中にいる彼は、そう答えて私を突き放す。

……そうですね。あなたに頼るのはこれが最後。

この先は私が自分で拓いていく道。

結婚のことも将来のことも、私が考えて決める。

これから本当の意味で、私の人生が始まる。

第六話『とある不幸な男の話』

「あ〜……いい天気だなァ……」

長椅子に寝転がり、雲の形をぼんやり眺めているだけで一日が終わってしまいそうだ。

村長にアレやれコレやれと言われていることは山ほどあるけど、気が乗らなくて一旦休憩〜と外に置いてある長椅子に寝転がったらもう起きられなくなってしまった。

そのうち村長が帰ってくるから、その時になんもできていないとまたどやされる。それは分かっているけど、あとちょっとだけ……の繰り返しで結局半時ずっとこうしている。

「なーんもやる気が起きねえなァ……」

もしここにディアさんが居たら、また昼寝してと呆れつつも夕飯の希望とか聞いてくれちゃうんだろうな。あの子本当にお人よしだからな。

「おいコラァジロー！　お前またサボってやがる。クラトの代わりに働くって言ったのはどの口だ！」

帰ってきた村長が、戻るなり怒鳴り声を上げる。

「そのクラトが出て行ってもう二年だぜェ？　もう廃村の手続きもとっくに済んで、ジジババどもの移住もほぼ終わっちまったし、もうそんなやることないでしょォ？　村長もいい歳なんだから、もっとのんびり余生をすごしゃあいいだろ。つか引っ越せば？」

「そういうわけにいかねえだろうよ。残っている人がまだいるんだしよ」

廃村が決まって散々ごねて騒いでいたジジババたちも、騒ぎ疲れて諦めた奴から村を出て行った。別の土地に住む子どもや親せきを頼って移住していく奴が大半で、頼る先がない者は、ほとんどが統合先の隣村へ引っ越していった。ここに残っても、廃村になったこの村には行商も立ち寄らないので、年寄りが住み続けるのは困難だと分かっているからだ。

それでも、住み慣れた家から離れたくないと駄々をこねている我儘な年寄りが、わずかに残っていて村で暮らし続けている。村長はもう職を降りているけれど、責任感かなんか知らんが、残った年寄りを見捨てられずに自分もここに残っている。

「廃村になった土地に残るって自分で決めたんだからさァ、面倒見てやることねーでしょ。ホンットト、村長は損な性分だよなァ。わざわざ面倒事しょい込みたがるんだからよ」

「無駄口叩いてねえで働けジロー。水汲み場の滑車（かっしゃ）が壊れてっから直しにいけって言っただろ。あれ壊れたままだと困るんだ。まったく……クラトだったらあっという間に終わらせているのによ……ホントにお前はどうしようもねえなあ」

「へーへー。今やりますよ。水なんか川から汲んでくりゃいーじゃねえか。無給だっつうのにやってらんねえなあ」

「謝礼は出してんだろが！　このアホはよ行けえ！」

しぶしぶ起き上がって仕事をしに向かう。いい加減、俺も村を出てどっか住みやすい土地に行こうかと何度も思うが、クラトに自分がいない間を頼むと言われているから、仕方なくアイツが戻るのを待っている。

……でもあれから二年だぞ？　どう考えても帰ってこないだろ。

アイツ、帰ってくるからって家の管理とか頼んでいったくせに、手紙ひとつよこさないでホント薄情な奴だよ。

いや……報告できないことになってたりな。ディアさんとデキちゃったとかうっかり孕ませたとかさ。いや、それはないか。あの生真面目野郎がうっかりとかないわ。ディアさんも他の相手とな ら……ない……こともないか？　あの子騙されやすいしなあ……。

「幸せになっていてほしいけどな。あんないい子なんだからよ……」

思わず口からこぼれた独り言に、何を勝手なこと言ってんだと自分でツッコミを入れる。あの子のことなんて、最初はどうでもいいと思っていたくせに、なにを今更いい人ぶってんだって話だ。

……そうだ、最初は本当にどうでもよかったんだ。

俺はあの子が置かれている状況が、多分他の奴らよりもよく見えていた。それを分かった上で、あの頃は他人事として傍観していた。

ディアさんと出会う前の俺は、一所に留まらず各地を気ままに転々として暮らす根無し草で、たまたま雇われた家の事情なんて、よくある話と酒の肴程度にしか興味が無かった。

どうせしばらくすれば別の土地に移るのだから、ちょっと関わるだけの人間にいちいち同情などしていられない。

ディアさんの家に雇われたきっかけは、単に斡旋所で余所者でもいいという求人を紹介されたからだ。用心棒兼厩番という仕事の割に渋い賃金だったから応募が全くなかったらしい。

それでも雇い主の男は、俺の顔を見るなり、年ごろの娘がいる家だからお前のような者はダメだと言い放ってきたので、俺は涙交じりに傭兵時代の怪我のせいで男として役に立たないのだと言ってやったら即採用された。

雇い主は常に人を上か下で見る嫌な男で、下卑た顔をした奴だなと第一印象で思った。

まあ、いい職場とは言えなそうだが、ひとまず住むところと仕事にありつければそれでいい。嫌になったらまた移り住めばいいだけだ。

仕事も大して忙しくもない。基本、家の警護と馬の世話、時々町外へ出る雇い主の用心棒として付き添う程度だから楽なもんだ。

けれど、住み込みの仕事だから屋敷の一部屋を提供してくれるのかと思いきや、庭の隅にある物置をやるからそこに住めと言われた時はさすがにぶん殴ってやりたくなった。

とはいえ殴ったところでクビになるだけなので、だったらその分好きにさせてもらおうと、家人の目を盗んでは仕事をさぼってのんびり過ごしていた。

どうせこの家は長く持たない。

見栄っ張りなのか、家の中は無駄に高そうな絵画や壺が統一感なくごちゃごちゃと飾られている。

そういうところには金をかけるのに、使用人は最低限しか雇わないで、低賃金でこき使う。

たまに給金の支払いも滞るくせに、雇い主は趣味の悪い服と装飾品をゴテゴテ身に着けた奥方と、可愛い見た目に反して下品な服を着た娘をいつも引き連れて、しょっちゅう買い物や外食に出かけていた。

典型的な成金だ。仕事も非合法すれすれの行為をしているのか、人の恨みを買うことが多いようで、だからケチなくせに用心棒を雇ったのだと理解した。

実際、何度か追い剥ぎとも闇討ちともつかない輩に襲われたこともある。でも自警団には報告しなくていいと言うので、探られたら困るようなことがこの雇い主には山ほどあるのだろう。

そういえば、この家の子どもはあの下品な小娘だけかと思っていたら、他の使用人に聞くと姉が一人いると教えてもらった。

その姉娘は他所で働いているらしく、家族と一緒にいるところを一度も見たことがないので気付かなかった。初めて見た時は夜中に独りで歩いて帰ってきた姿で、頭も尻も軽そうな妹とは全然似ていない薄幸の美人といった風情だった。使用人たちが言うには、親が妹ばかりを可愛がり、姉はいつも虐げられ使用人以下の生活をしているらしい。

「まあ、よくある話だな」

使用人たちはあれは虐待だと憤っていたけれど、言うだけで別になにかするわけでもない。陰で悪口は言っても雇い主に注意しようと思う奴はいない。使用人だからと言えばそれまでだが、そこまであの姉に親身になってやろうとは思わないのだろう。

結局のところ、虐待うんぬんの話も刺激的な話題のひとつとして楽しんでいるだけだ。誰も真剣に心配しているわけじゃあない。

俺もその娘の不幸話を聞いたところで何か変わるわけでもなかったが、知ってしまうと目についてしまうので、朝早くに出かけて夜に帰って来る時間をなんとなく気にするようになった。

安全な地区に住んでいるとはいえ、無事に帰ってきたのを確認しないと落ち着かなくて、毎日夜は庭で酒を飲みながら待つのが日課になった。

玄関からは庭の様子はよく見えないだろうから、彼女は俺が見ていると気付いていない。それをいいことに、目の保養に美人を観察させてもらっていた。

「しっかし綺麗な子だなァ。でもちょっと痩せすぎだな。ちゃんと食ってんのかね。でもおっぱいはでかい。妹とは正反対だな」

こういうのは好みが分かれるとこだが、ああいう不幸気質の危うそうな女を好きな男ってのは多いんだ。この先、変な男に引っかかって身を持ち崩すとかありそうだ。

「あれでにっこり笑ったら男なんぞイチコロだろうに。愛想がよけりゃ人生楽勝だろうになあ。上手くいかねえもんだな」

すっかり日が落ちた暗い道を、うつむき気味で歩いて帰って来るお嬢さんを横目で見送る。

どうやら婚約者の店で朝から晩まで働いているらしい。

そして残念なことにその婚約者とらやらは、彼女のことを嫌っているようで、もうすぐ結婚だというのに上手くいっていないのだと、使用人連中が楽しそうに話していた。

その相手の男をチラッと見たことがあったが、見るからに生意気そうで挫折を知らないお坊ちゃんといった感じのいけ好かないガキだった。

実際評判もすこぶる悪かった。周りにいる奴らも、友人というより取り巻きといった様子で、傍若無人に振る舞うお坊ちゃんを諫めもしないで、その尻馬に乗るろくでもない奴らばかりだった。

まァ、類は友を呼ぶってヤツだ。

給金が入った日に、久々に酒場で飲もうと飲み屋通りを夜歩いていた時、例のお坊ちゃんを見かけたことがある。不遜(ふそん)な態度で女にちょっかいをかけていて、口説きながら尻を揉んでいる。それだけでもどうかと思ったが、その後しけこみ宿のあるほうへ女と連れ立っていった。

……おいおいおい、やりたい放題かよ。結婚前の火遊びってとこか知らんが、節操のない奴だ。

それからも時々、酒場に行くとその婚約者が女連れでいるのを見かけた。周囲も今日は誰が一番に女をお持ち帰りするかで勝負なんぞしていて、見ていて気分が悪くなったのでそのうち酒場へ足が向かなくなった。

この町に来てまだ一年ちょっとしか経っていないが、俺は早くも嫌気がさしていた。

賃金も度々滞納されて、そろそろ次の土地へ行くか考え始めていた頃、町を挙げての催しである収穫祭が行われた。雇い主の妹娘は踊り子の衣装で綺麗に着飾って両親と一緒に意気揚々と出かけて行ったが、姉のほうは、いつもと変わらぬ地味な色味の服で朝早くに家を出て行った。

あの子も未婚の娘だろうに、裏方をやらされるのか……。

自分だけがのけ者にされる惨(みじ)めさは、若い娘には耐えがたいものだろう。ギリ、と奥歯を噛み締めている自分に気付いて、赤の他人に肩入れし過ぎだと自分を戒める。

祭りだからと、いつもはしわい雇い主から使用人に酒が振る舞われたので、余分にくすねて独りで小屋で飲んだくれていた。

雇い主夫婦と妹は酔っぱらって大騒ぎしながら夕方に帰ってきたが、姉のほうは夜が更けてもまだ戻って来る様子がない。

酒が回ってウトウトしていた時、人が歩く気配を感じてパッと目が覚める。

何故か正面玄関でなく、裏口から入ろうとしているので不思議に思ったが、その理由は一目で分かった。あの子の顔は、涙でぐしゃぐしゃだった。自分が泣いていることに気付いていなかったようで、指摘するとものすごく驚いていた。

なんで一人の時に泣くのかねえ。誰かに泣いてすがればちったあ楽になんのによ。まあそれができりゃ苦労しねえか。とことん生きるのが下手くそな娘だ。

「あ～……畜生、あの子見ているとモヤモヤすんだよなァ」

誰かが気に掛かるようになったら、その土地を離れる頃合いだ。愛着がわく前にそこから離れないと面倒くさいことになるのは分かっている。

いつこの町を出るか算段を立てていた時、あの子の結婚式の日が訪れた。

結婚式当日は、夜まで雇い主一家は帰ってこないはずだったのに急に外が騒がしくなった。

何事かと思って一応門の前まで顔を出すと、雇い主一家が大慌てでぐったりした妹娘を家に運び込んでいた。

「どういうこった……?」

家にいた他の使用人たちも何事かと集まってきて騒ぎになっていたら、わざわざ仔細を聞き込んできた使用人の一人が皆に事情を暴露し始めた。

式の準備中に新郎と妹の浮気している現場を皆に見られてしまった挙句、妹が新郎の子を妊娠していると言い出して、結婚式が中止になったそうだ。

「婚約者の妹を孕ますとか……アホか」

呆れて物も言えないとはこのことだ。

可哀想だの最低だのと言いながら面白がっているのを隠しきれていない使用人たちにうんざりして、噂話の輪から早々に離れた。

……この家は終わりだな。いくら羽振りが良くても、こういう倫理観がぶっ壊れた騒動を起こすところは近いうちにダメになる。

面倒事に巻き込まれる前に、もう今すぐ出ていってしまうかと思いつつ、裏切られた張本人の姉がまだ帰ってこないことが気に掛かり、なんとなく後ろ髪を引かれて結局屋敷に留まってしまった。

❀ ❀ ❀

「……それでね、もうなにもかもイヤになって、こんな家燃やしちゃおうって思っちゃって……なんでだろう？　頭おかしいよね？　私どうかしてた……って、ねえ、聞いてる？　今ちょっと寝てなかった？　ねえ、あなたが訊ねたんだから最後まで聞いてよ。だから寝ちゃダメだってば……」

ああ、やっぱり面倒くさいことになったじゃねえか。

ホットワインごときでグダグダに酔ったあの子が、俺の首をつかんでガクガク振り回している。

何がどうしてこうなったかと言うと、なんとなく寝付くことができなくて無駄に家の周囲を何度も巡回したりしていたら、なんとその張本人と鉢合わせしてしまったせいだ。

長い髪を振り乱して鬼のような形相で現れるもんだから死ぬほど驚いた。

明らかに厄介な事態になると分かったが、放っておいたら今にも死にそうな様子の彼女をさすがに放っておくこともできず、まあ一晩くらい愚痴に付き合ってやるかと柄にもなくお節介を焼く気になったのが間違いだった。

……まあ、出るわ出るわ不幸の煮凝(にこご)りみたいなクソ話が。

この子も話し始めたら止められなくなったようで、一生分の愚痴を吐き出す勢いで喋っている。物心ついた時から現在に至るまで、一通りの不幸話を語り終えたので、ようやく終わりかと思ったが、彼女の人生年代記を五回聞いたあたりでいい加減嫌になってきた。

まあ、酷い話だとは思うよ？　でもなァ……言っちゃなんだがよくある話なんだよなァ。

親から虐待されたとか男に裏切られたとか、場末の娼館にでも行けば嫌というほど出てくる話だ。さほど珍しいことじゃない。

そういう奴等の大半が、どれだけ時間が過ぎてもずっと過去の恨みを昨日のことのように語って呪いの言葉を吐いている。きっとこの子もこの先そうやって生きていくのだろう。

人を恨み続けて生きている人間は、大抵緩やかに正気を失っていく。そういう奴等の末路も大抵同じだ。だったら憎しみに身を任せて思う存分復讐したほうが、まだまともでいられる。

復讐するなら捕まらない程度に手伝ってやってもいい……。奴等に人を踏みつけにした報いを受けさせる正義の味方ごっこも楽しそうじゃないか。

さあ、どんな復讐を望む？　できればスカッとして、相手がずっと苦しむような罰がいい。そんなことを考えていたが、この子は全く予想外のことを言い出した。

「私、家を出ようと思います」

あの二人を見ていたくないから、物理的に離れるためにこの町から出て行くと言い出した。

全てに絶望するくらい酷い目に遭わされたのに、なんの仕返しもせずこの子はあっさりとここを出て行くことを選択するなんてどうかしている。

どうせ何もかも嫌になって自棄を起こしているだけだ。嫌味ったらしく、行くアテでもあるのかと訊ねてみたら、彼女はなんとかなるわと言って吹っ切れたように笑ってみせた。

「ここで笑うのかよ……」

その笑顔からは、嘘もてらいも感じられず、本心で言っているのだと嫌でも分かってしまう。

復讐方法で頭をいっぱいにしていた俺は、己の汚さを眼前に突き付けられたような気がして、彼女の笑顔に打ちのめされてしまった。

この子は自棄を起こして逃げ出すんじゃない。憎しみに飲み込まれて人を傷つけたくないから、ここを離れると本心から言っているのだ。

あれだけのことをされて、どうしてそんな風に思えるのか。

俺にはできなかった、恨みを捨てる道をこの子は選んで進もうとしている。くだらない意地で人の道を踏み外した俺とはまるで違う。

生まれとか境遇とか、自分ではどうしようもないことで貧乏くじ引いちまったら、諦めるしかないと思っていた。そういう風に生まれちまったんだから、俺がこんな人間になっちまったのも仕方がないと決めつけていた。

……でも、この子のように、ひょっとしたら俺も違う選択ができたんじゃないだろうか。

この時、彼女にすごく興味がわいた。彼女がこれからどんな風に変わっていくのか、どんな道を進むのかそばで見ていたいという欲が芽生える。

歳をとるにつれて、自分が選んだ人生なのに時々虚しさを覚えるようになっていた。だから魔が差してしまった。

「家族も婚約者も、この子を要らないって捨てたんだから、俺がもらったっていいよな？」

この子にとっても悪い話じゃないはずだ。俺がいたほうが安全に旅ができるし、持ちつ持たれつってやつだ。そんな下心を隠しつつ、適当な理由をつけて同行を提案したら、彼女は簡単に了承した。俺が言えた義理じゃないが、もうちょっと人を疑うことを覚えたほうがいい。

「よろしくな、ディアさん」

名前を呼んでみると、ディアさんはこれまでとは違い、無防備な笑顔を向けてくる。そんな簡単に得体の知れないおっさんに笑いかけるもんじゃねえぞ。

笑うと急に幼く見えるな……とは思っていたが、俺と並ぶと、ディアさんは女衒に売られた娘みたいに見えるんじゃなかろうかと町を飛び出してから一抹の不安を覚えた。

案の定、町を出てからディアさんを連れて物資調達のために大きめの町に入った時に、門番にめちゃくちゃ不審な目で見られ、俺だけなかなか通してもらえず身体検査と称して小突き回されるという憂き目に遭った。

最終的に、ディアさんの身分札のおかげで誤解は解けて解放されたが、それからも商店を回って歩いているだけでジロジロと不躾な視線がまとわりついてくる。以前と違い、吹っ切れたディアさんは笑顔が増え、元々目立つ美人であるから余計に人目を引くのだ。

一度、鼻の下を伸ばしている奴等に見せつけるようにディアさんの腰を抱いてやったら、周囲から悲鳴が上がって自警団が駆けつける事態になり、慌ててその町から逃げ出したこともあった。

嫉妬と羨望のまなざしを向けられるのは実に気分がいい。

ディアさんはおっさんのつまらん悪戯に気付くことなく、町へ行っても野営をしてもずっとニコニコと楽しそうにしている。

女の子に野宿させるなんてと怒ることもなく、むしろ火の番をする俺にお礼を言ったりする始末だ。イヤイヤ、毛布一枚で女の子を地べたに寝かそうとするとか、普通あり得ないだろうに、何の疑問も抱かず薄い毛布に包まってクウクウ寝ているディアさんの顔を見ていると、さすがに罪悪感が湧いてくる。

「寝顔も可愛いなァ……」

おっさんの横で無防備に寝てしまうなんて、警戒心がなさすぎる。多分俺が男として役に立たないから貞操の危機がないと信じて安心しているのだろうが、そんなことで全面的に信用しちまうあたりが世間知らずで悪い意味の箱入りなのだ。

昔、貴族の家で警護の仕事をしたことがあったが、そこの貴族のジジイは加虐趣味があって、娼婦を何人も責め殺していた。

何人目か分からないほど娼婦が姿を消して、ようやくその貴族の罪が暴かれて軍警察に逮捕された。もちろんその家は取り潰しとなったので、俺は失業してからようやくその事実を知った。

噂によるとジジイは病気で女を抱けない体だったというのに、わざわざ娼婦を家に呼んで性的にいたぶっていたそうだ。以前は人格者で有名な人間だったが、不能になってから異様に女に対して執着するようになり、言動がおかしくなっていったらしい。

「……だから、男として役に立たないからって安全じゃねえんだぞーディアさん」

むしろそういう奴ほど、男の自信を失った反動かなんか知らんが性癖と人間性がぐちゃぐちゃに歪んだりするんだよ。そんな世間知らずのままでいたら、あっという間に悪い奴らの食い物にされて、あとは転がり落ちるだけだ。

ディアさんはきっと、人生のどん底を経験したと思っているから、これ以上悪いことなど起こりようもないと考えているに違いない。

でも彼女が底辺と思っている場所は、まだまだ綺麗な高みの部分だ。一番下まで落ちたって思っても、さらに下があるってことをまだ若いあの子は知らない。

……地獄には底がないと言ったのは誰だったかな。

この歳になるまで色々経験して見聞きしてきたが、まさにその通りだなと俺は身をもって知っている。彼女が今よりももっと汚い場所にまで落ちたら、それに気づくんだろうか。

「取り返しのつかないことになる前に、少し世の中の汚さを教えてやったほうが親切か？」

少なくとも、俺みたいなおっさんが下心なしでこんな若い娘に近づくわけがないと思い知ったほうがいい。

❀ ❀ ❀

「ディアさんあのなー、部屋ひとつしか空いてないらしいから、今日は俺と一緒でもいいかァ？」

「そうなんですか。ベッドは二つあるんですよね？　だったら私は構わないですよ」

「……いや、構おうな?」

ディアさんがなんでも俺の言うことを素直に信じるので、どこまで信じるかなァと試したくなってろくでもない嘘をついてみたが、返ってきた答えがこれだ。

着替えとかどうする気なんだこの子は。部屋空いてないとか嘘だし、本当に空いてないなら別の宿に行きゃあいいだけの話だろ。ちょっとは疑うってことを覚えろこの世間知らずが。

……と心の中で毒づくが、口に出す勇気はなく、彼女はスタスタと同室の部屋に入っていくもんだから、俺のほうが慌ててしまう。

騙されたことに気付きもせず呑気に部屋で荷物の整理とかしているディアさんを、やけくそ気味に寝っ転がってぼんやりと眺める。

……この子、俺がどんな嘘ついても信じるんじゃねえか?

クソみたいなお願い事しても、それっぽい理由をつければなんでもやってくれそうだ。

ディアさんの唾液飲ませてとか俺が言ったらどんな顔すっかな?

さすがにそんなこと言われたら気持ち悪いと汚物を見るような目で俺を見るだろう。ディアさんに嫌悪を向けられたらどんな気持ちになるだろうか?

「……なァ、ディアさぁん。あのさあ」

「はい、なんですか?」

「…………」

「ん?　なにかありましたか?」

「……やっぱなんでもないわー」

いや、無理だな。

曇りなき眼で見つめられて、俺はゲスい言葉を飲み込んだ。今更、クズが良い人ぶるなよと自分でも思うが、こんなにも無条件に信頼されると、裏切るなんてとてもできそうもない。

まあ、いつまでも一緒に行動するわけではないから、いずれどこかの町で俺とはお別れになる短い付き合いだ。いい人だと騙したままでもいいだろ。

ディアさんが気に入った町があれば、そこで俺の役目も終了だと思っていたのだが……。

「……私、これからの人生は心穏やかに過ごしたいんです。人が多いところには住みたくありません。誰かと深くかかわることに疲れたんです。ただ、静かに暮らしたい」

なんて言い出すものだから、ついつい良からぬことを思いついてしまった。

ディアさんを口実にして、村に帰るか……。

ずっと前から故郷の村のことが気になっていたが、どうしても足が向かず何年も過ぎてしまった。

母親の最期を看取ってくれたのは村長だった。俺はその頃も土地を転々としていたので、村長も知らせようがなかったようで、俺がふと村に戻った時には、母親はとっくに死んで埋葬された後だった。そのことで散々村長になじられたし、自分の馬鹿さ加減に絶望して、逃げるようにまた村を出てしまって以来、一度も帰れずにいる。

家や墓のこともあるからこのまま放置はできないと思いつつも、どうしても足が向かず逃げていたが、ディアさんが一緒なら言い訳も立つし帰りやすくなる。

そんな計算が働いて、半分騙すようなかたちで俺の村へ連れて行った。

あと、ディアさんと一緒にいるうちに、その居心地の良さに離れがたくなってしまったというのも理由のひとつだった。

彼女とは長い時間一緒にいても負担を感じない。どれだけ気が合う相手であっても四六時中ともにいるとだんだん嫌な面が見えてきて鬱陶しくなってくる。傭兵仕事をしていた時は、ベタベタ慣れあっている奴らほど従軍中もめ事を起こしていた。どんな相手でも長期間一緒にいるのは少なからず負担を感じるものだ。

だがディアさんには今のところ嫌な面が少しもない。まあ、可愛い女の子相手だから俺が浮かれているだけかもしれないが、もう少し彼女と一緒にいたいと欲がでてしまったのだ。


久しぶりに戻った実家は案の定ボロボロで、こりゃ住めないなと思うくらいのひどさだった。若い娘がこんなとこ無理だろと思ったが、ディアさんは事も無げに掃除すれば大丈夫とサクサク掃除を始めてしまった。造りがしっかりしたいい家だとニコニコと嬉しそうにする始末で、虫が湧いているような家によくそんな感想を持てるもんだと内心呆れてしまった。

……まあでも本人が良いいっつってんだから、いいか。

どさくさに紛れて一緒に住む了承も得た。本当にチョロいなこの子は……。

ディアさんの仕事先は、若い奴らがほとんど村を出て行ってしまったせいで万年人手不足の村役場だ。村長が独りで全部の業務を回しているから、彼女を紹介したら泣いて喜ぶだろうと、彼女を紹介したら切れまくって俺はボコボコ殴られた。とはいえ、あれだけ不義理をした俺に変わらない態度でいてくれるのはこの人のいいところだ。

その後しつこく小突かれながら色々ディアさんのことについて尋問されたりしたが、彼女も訳ありだと分かると深くは訊いてこない。相変わらず色々察しがいい。

予想通り村の業務は村長がぎりぎりの状態で回していたので、ディアさんをすぐに雇ってくれた。

正直、こんなにすんなり帰郷が果たせるとは思っていなかった俺は、ちょっと拍子抜けしていた。

だが、帰り際村長がこそっと伝えてきた言葉で一気に気分が重くなる。

「ああ、クラトはまだ村に残っているから、今度挨拶しとけよ」

「アイツ、まだ村にいんのかよ……」

クラトは俺の幼馴染の弟。

ガキの頃はいっつも俺らにくっついてきて、俺も自分の弟のように可愛がっていたが、あの一件以来顔を合わせていない。クラトと会うならば、アイツの兄貴の話題は避けられない。

下手に誤魔化すわけにもいかないし、いっそ全部ぶちまけてやろうかとも思うが、兄貴を慕って尊敬していたアイツが素直にそれを信じるとも思えない。

どうせまた、嘘をつくなと罵られるのがオチだ。

村のはみ出し者だった俺が何を言っても無駄だ。罵られても適当にやり過ごしてしまえばいい。この村に住んでいた頃は、ずっとそうやって生きてきた。何年経とうとも、俺はこの村ではずっとそういう扱いなのは変わらない。

幼い頃からこの村が大嫌いだった。

クソみたいな扱いをされていてもなお、この地にしがみつく母親のことも俺は大嫌いだった。

親父の記憶はほとんど無い。

俺が幼い頃に、出稼ぎに出てそれ以来帰ってこなかったと聞かされていた。

大黒柱である家長がいない我が家は、母が父に代わり畑仕事をしていた。母親はよその土地で父親と出会いこの土地に嫁いできたので、村に頼れる親類もいなかったから、たった一人で家の畑を管理するしかなかった。

夫がいつか帰ってくると信じて、それまで自分がこの家と土地を守ると決めて必死に働いていた。それだけ聞くと立派な妻のように聞こえるかもしれないが、帰ってくる見込みのない夫を待ち続け、それを村人からは馬鹿にされ差別されるような土地にしがみついている母親を、俺は愚かだとしか思わなかった。

幼い頃から、うちが村内で浮いた存在だとはなんとなく気付いていた。

村の行事に母子で顔を出すと、あからさまに避けられのけ者にされる。子どもだった俺はその理由が分からなくても身の置き所がないような居心地の悪さはずっと感じていた。

大人のそういう行為を、子どもはよく見ている。たとえ直接見聞きさせていないつもりでも、子どもはこっそり聞いていて敏感に察知するものだ。

気付けば俺は、同年代の一部の奴らから執拗（しつよう）に嫌がらせを受けるようになっていった。

母親は朝から晩まで働き詰めで、俺は常に放っておかれたから、あてもなく外をウロウロして一人で遊んでいた。そのせいか悪ガキどもが俺を見つけると、ひとりぼっちなのを揶揄（からか）ってきたり、石を投げられたり木の棒で打たれ追いかけられしつこく嫌がらせをするのが日常になっていた。

大人から見ればくだらない悪戯だとしても、ガキの自分には死にたいほどつらかった。

だから何度も母親に自分がされていることを伝え、やめさせるよう言ってほしいと訴えたが、いつも母は俺の話を聞き流してまともに取り合ってくれなかった。

家から出ないようにしても、俺をいじめている奴らはわざわざ俺を迎えに来るようになって、行きたくないとごねても、母親はせっかく遊ぼうと誘いに来てくれているんだからと怒って俺を家から追い出してしまう。

どこにいても心が休まることがない。

この頃が本当に辛くて、まだ死というものがよく分からないような年齢だったのに、死んだほうが楽なんじゃないかなと何度も考えたりしていた。

家にも外にも居られない状態になった俺は、誰にも見つからないように村の境界を越えて人気(ひとけ)のない場所を探して一日中歩くようになった。

そんな時に見つけたのが、村はずれにある湖だった。

あとから知ったことだが、その湖は精霊が宿ると言われているが、悪いことをすると魂を取られるという言い伝えもあって、村の年寄りなどは絶対に近づかない場所だった。

子どもたちもそれを聞かされて育つから、ここに村の奴らが来ることはめったにないが、俺はそういう話を教えてくれる人がいなかったので、穴場を見つけたと喜んで、日中はここで過ごすことに決めた。

怖い言い伝えなど知らないから、毎日その湖で石を投げたり小魚を網ですくったりして一人で遊んで過ごした。精霊の湖にとんだ罰当たりだが、実際、罰も当たらなかったし怖いことなど何も起きなかった。

太陽が顔を出さなくてもキラキラと輝く不思議な湖は、時々水の上で不自然に光が跳ねたりして、ずっと見ていても見飽きない。

幼かった俺はこの光景を疑問にも思わずただ綺麗だと感動して、毎日違う顔を見せてくれる湖を眺めて過ごした。

ここにいれば誰にも見つからず穏やかな気持ちでいられる。湖に来ていることは母親にも言っていない。俺だけの大切な隠れ場所。そうやってずっと嫌な奴らをやり過ごしていたのに、ある日わざわざそいつらが早朝にやってきて、家を出る前の俺を捕まえにきた。

奴らはここ最近俺が村のどこにもいないから、こうしてわざわざ朝早くから来るはめになったと言って最初から機嫌は最悪だった。いつもはからかい半分だったのにその日は容赦なく殴られて、終わりのない暴力に泣きながらもう止めてと懇願したが、死んでも村の厄介者が減るからいいことだと皆笑っていた。

本当に殺されると恐怖でガタガタ震えている俺の許に、救世主が現れた。

それがクラトの兄、ハクトだった。

ハクトは村の顔役の息子であるため、子どもたちの間でも目上の存在として扱われている。だから俺を取り囲んでいた奴らは一方的に暴力を振るっている場面を咎められ、気まずそうにその場から逃げていった。ハクトは孤立無援だった俺を助けてくれた唯一の人間だった。

俺が嫌がらせされていると知ってからは、他の奴らが手出しできないようなるべく一緒にいてくれるようになった。

顔役の息子という肩書きだけでなく、頭も良く人格者のハクトは年齢問わず子どもたちに尊敬されていて、一緒にいる俺も子どもたちの輪に加われるようになりいつの間にかいじめはなくなっていた。ずっと一緒にいるうちに、ハクトは俺のことを『親友』と言うようになり、その言葉のとおりにアイツは常に俺を自分の隣に置きたがった。

皆に尊敬され慕われているハクトだったが、実は頼られると断れないだけで、村での手伝いや面倒事を安請け合いしてしまうことがよくあった。そしてどうにもならなくなってから相談を持ち掛けてきて、結局俺がいつもアイツのしりぬぐいをするようになっていた。

最初は恩返しのつもりで何でも手伝っていたが、だんだんと俺にやらせる前提で仕事を引き受けてくることも増えて、時々いいように利用されているように感じていい気はしなかった。

仕事を押し付けられるだけならまだ良かったが、成長するにつれ女とのもめ事までも俺に持って来るようになったのは正直まいった。

言い寄ってくる女を断れず、誘われるままに関係を持つから度々もめ事を引き起こし、その火消しに俺の名前を使うものだから、いつの間にか俺が遊び人の悪者のように言われるようになってしまった。

村での評判なんて今更どうでもいいが、ババアどもが〝やっぱりあの女の子だから〟と言っているのが気に掛かり、村長にその理由を訊ねたところ、これまで俺たち親子が疎外(そがい)されていた理由が関係していた。

母は、若い頃は随分な美人で、こんな田舎の村に嫁いできたせいでかなり目立っていたらしい。そのせいか村では母は複数の男たちの愛人になっているとまことしやかに言われていたのだ。

父が失踪した後、俺たち親子は最初から村八分になっていたわけじゃない。

むしろ家長不在の我が家を心配し、当時の村長や村の顔役の男衆らが時々畑を手伝ったりしてくれて、村で俺たち親子を支えてやろうみたいな動きがあったらしい。

それが今の状態になったのは、我が家を支援するのを快く思わない女たちが、ウチに来る男たちと母親がデキてるんじゃないかと言い出したからだ。

畑を手伝わせる代わりに体を差し出してるのかなどと言われ、母親は女衆からつまはじきにされるようになった。

そんな根も葉もない悪評を言い触らす女たちを誰かが諫めようとしても、自分の愛人だから庇うのかと責められ、こうなってしまうと、それまで手助けしてくれていた男たちも変な噂を立てられたくなくてウチに近づかなくなっていった。

女たちのやり口は陰湿で、そして執拗だった。

そもそも、よそ者である俺の母親は、最初から村の女たちに受け入れられていなかった。

目立つ容姿の美人だった母親がこんな田舎の村に嫁いできたので、村では当初随分と話題になり、美人な嫁さんが羨ましいなどと男どもが己の妻にあてつけがましい言葉を言ったりしたせいで、多くの女たちの反感を買ってしまっていた。

ここに来る前は職業婦人だったという母親の経歴も、女たちにとっては気に入らない要因のひとつだった。村の女の大多数は学校に行かせてもらえず読み書きがほとんどできない。年寄りはともかく、若い世代はそれを恥と感じていたので、母の存在は女たちの劣等感を煽っていた。

最初からあった母に対する反感が、夫という後ろ盾を失った母に一気に向けられてしまって、あっという間に俺たち母子は村で孤立していった。嫌がらせを止めようとしたがどうにもならなかったと、村長は謝罪と共に当時の事情を教えてくれた。

事情を知った俺の感想は、くだらないの一言に尽きる。

要は女たちの筋違いの嫉妬で、俺たち親子は村中の者から差別されていたのかと知って呆れと腹立たしさでどうにかなりそうだった。

事実を知ってから一度、母親に移住を持ち掛けたことがある。俺もハクトに恩があるとはいえ厄介事を押し付けられる現状にうんざりしていたので、いっそ村を出てしまおうと思ったのだが、母親には一蹴されて終わった。

未だに夫が帰って来ると信じている母親にもうんざりして、俺一人でも出て行ってしまうかと考え始めていた時、舞い込んできたのが国境付近で始まった戦争の傭兵を募集しているという話だった。

国境でもめ事が度々起きているのは昔からのことで村の誰もが知っていたが、今回は中央からも派兵されてくるという割と大きな戦いに発展したので、近隣の村々からも従軍してくれる者を集っていると言って役人が来た。

後方支援なので危険なことはないと言うが、報酬を聞くととても後方支援だけでもらえるような額じゃないと感じたので、最初俺は行くつもりは無かった。

ところが、ハクトが真っ先にその仕事に手を上げ、当たり前のように俺も行く前提で話を進めてきた。勝手に決めんなとキレたが、他の奴らも休耕期のあいだだけでそんなに稼げるならとこぞって参加に手を上げて、結局皆に押し切られるかたちで参加を選んでしまった。

この時は皆、楽に大金が手に入ると浮かれていた。

これが俺たちの地獄の始まりとは知りもせずに。

戦地では最初に仕事の振り分けをされたが、驚くことに前線に近い部隊を支援する班に加えられていた。最初に聞いていた話と違うとその部隊の上官に訴えたのだが、支援部隊の人数が足りないから危険手当を上乗せする条件で俺たちの村の代表がすでに承諾済みだと言われてしまう。

その勝手に代表を名乗った者は、ハクトだった。

ハクトは村の奴らにほとんど確認せずに承諾してしまったものだから、俺がそのことに気付いた時はもう村の奴らはあちこちの部隊に振り分けられすでに出発してしまっていた。

もともと高い報酬に上乗せするくらいなのだから、危険がないわけがないのに、相談もなく引き受けるハクトにも腹が立ったが、出発してしまった後ではどうしようもない。

こういう場合、頼れるのは自分だけだ。

もし襲撃を受けて部隊が壊滅状態になったとして、荷物運びの傭兵なんぞ重要ではないだろうから、最悪村の奴らだけ引き連れて戦線を離脱するしかない。その場合、自力で本隊にまで戻れるように、必死に状況把握と情報の収集に努めた。

情報を得るには軍人と話す機会を作らなくてはならない。だから俺は進んで仕事を引き受けて、その機会を作るように動いた。

人よりも多く仕事をこなしていたら、よく働く奴だと覚えてもらえたので、雑談ついでに部隊の目的や今後の動きを大まかにだが教えられるようになり、分かったことがある。

俺たち傭兵が荷物運びなのは間違いなく、素人が戦闘に参加することはまずない。前線の手前にある哨戒所で潜入部隊の帰りを待つだけだと聞かされ少しほっとした。

　軍人は教えてもいい情報しか話してはいないのだろうが、何も分からず放り込まれた俺にとって情報は何より大切だ。礼のつもりでそれからも雑用を引き受けていたら、よく話す軍人が声をかけてきた。

「お前、よく働いてくれんのは有難いが、仲間から反感買ってないか？」

「へっ？　反感？　いや、分かんねえですけど、なんでですか？」

　訊き返すと軍人はちょっと声を潜めて教えてくれた。

「よく気が付いて働いてくれるから、俺らも有難く仕事頼んじゃっていたけどな、そのせいでお前だけ内緒で別に報酬をもらっているんじゃないかって疑われているみたいだぞ。聞いてきた奴には否定しておいたが、同じ報酬で人より多く働いたってのに悪く言われちゃあ割に合わねえだろうから一応教えといてやろうと思ってな」

　どうやら一緒の班の奴らが贔屓だの狡いだのなんだのと噂しているらしい。

　協力して頑張ろうな！　と言い合うその口で俺を貶める噂をしているのかと思うと腹は立ったが、足の引っ張り合いなんてよくあることだと怒りを飲み込んだ。

　言い出した奴が誰なのか気にはなったが、軍人が俺にばかりじゃなく平等に仕事を振り分けるようになったら噂話も立ち消えになったので俺もそのうち忘れてしまった。

　事が起きたのは、目的地である哨戒所まであと少しという時だった。

野営の準備に取り掛かろうと皆が荷物を下ろした瞬間、パン、と乾いた破裂音がして、隊長の軍人が頭を撃ちぬかれてその場に倒れた。

は？　と間抜けな声が出て、他の軍人もとっさに動くことができず、気付けば周囲を敵兵に囲まれ銃口を向けられていたので、俺たちは申し訳程度に与えられていた得物をさっさと捨て両手を上げることしかできなかった。

敵の部隊は正確に俺たちの動きを把握していたらしく、一番後方の俺たちの班を捕縛した時はもう先頭を行く部隊の武装解除がとっくに済んでいたらしい。

最悪だ……。

敵兵とぶつかったら後方の荷物班は離脱できると踏んでいたのに、戦闘にもならず全員拘束されてしまった。

部隊の班分けの構成や、隊長が誰なのかも正確に理解して仕掛けてきているのだから、これは諜報部員が隊に紛れていたと考えて間違いない。

とはいえ、俺はこの時もまだ自分の状況を楽観視していた。両国の関係上、下手な恨みを買って泥沼化させたくないだろうから、皆殺しなんてあり得ない。

荷物運びまで捕虜にしても、食い扶持が増えるだけで意味がないので、そのうち俺たちは解放されると思っていたのだが……。

いつまで経っても解放されることはなく、俺たちは敵領土に連行されていった。

そして一人ずつ汚い牢に入れられ、それから苛烈な取り調べが始まった。

敵兵は、こちらの戦力がどれくらい後ろに控えているのか、これからの襲撃計画を包み隠さず話せと言ってくるが、当然俺たちはただの雇われで計画も軍隊の人数も火器の数も把握しているわけがない。

俺たちは荷物運びに雇われた傭兵で、拷問したって何の情報も出せないし時間の無駄だと何度も言ったが、敵兵はなぜか雇われた俺たちの中に機密を知る者がいると確信しているようで、執拗にいたぶってくる。

そんな拷問にただの村人だった俺たちが耐えられるはずがない。別の牢のあちこちから壊れた叫び声が聞こえてきて、今他の奴らが生きているかすら分からない状況に気がおかしくなりそうだった。

そのうち、どういうわけか俺だけが牢から出されて取調室へ連れていかれる回数が増えた。

なぜか敵兵は俺に目星をつけたようで、俺に情報を吐かせようとしてくる。もう精神的にも肉体的にも限界だった。気を失わないぎりぎりを責めてきているが、正直俺はもういつ死んでもおかしくないと思っていた。

「……お前、いい加減ゲロったほうがいいぞ。そこまで国に忠誠を捧げたって死んだら元も子もないだろ？　この程度の戦（いくさ）じゃあ大した功績にもならないのに、命を懸ける価値があるのか？」

どう考えても俺が知っているわけがないのに、拷問官は確信を持った言い方をする。

「……だぁから、俺ァ単なる雇われの素人ですよ……。俺みたいなのが軍人なわけないでしょうよ……なんで俺が……」

「しらを切っても無駄だよ。もうお前が指示役だって仲間がばらしちまったんだよ。訓練を受けている奴なら少々の痛みじゃあ口を割らないだろうがな。だったら……そうだなあ、一生女を抱けない体になったら、男だったら死ぬより辛いよなあ。ホラ、大事なモノを全部無くす前に素直になったほうがいいぞー？」

恐ろしいことを言いながら、拷問官は剣の柄（つか）の部分を俺の股間にグッと押し付けてくる。それだけでもう恐ろしくて、必死にやめてくれと懇願する。

「ちょ、嘘だろ？　仲間がって……そんなわけないだろ。だって本当に違うんだからよ。誰かと間違ってんだって！　ちょお！　ま、本当にィ！　嘘じゃねえってェ！　待ってくれ本当にっ………ぎゃああああああああ！」

脳みそまでぶち抜くような痛みに襲われ、その後の記憶はない。

意識が戻ったのは何日後なのかはっきりとしない。

目が覚めてしばらくすると、俺を拷問した男が枕元までやってきた。死にかけてんのにまだ終わらねえのかと絶望しかけたが、敵兵は笑って違う違うと手を振る。

「あそこまでされても口を割らないんだから、シロだと判断した。だからお前が指示役だと証言した奴を再度締め上げたらあっさり白状したよ。自分が拷問されるのが嫌だから適当に嘘をついたって。だからお前は無罪放免。悪かったなー玉つぶしちまってよ。もう別のところから必要な情報が得られたから、無意味な取り調べはもう終わりだよ。まァ、ゆっくり養生しろや」

それだけ告げて敵兵の男は出て行った。

「なんだそれ……俺は無駄に拷問されたってことじゃねえか……」

傷のせいで高熱が出てだるさで怒る気力も出ないが、多分村の奴らならそういうことをしかねないなとぼんやり考える。あいつらなら生贄(いけにえ)にするなら真っ先に俺の名を出すだろう。

実際、俺は昔っから村でそういう扱いをされてきた。何か物が無くなれば真っ先に俺が疑われるとか、悪戯の犯人が何の根拠もなく俺にされたりなんてよくあることだ。

それに対しいちいち腹を立てたりしなくなって聞き流せるようになってからは、同年代の奴らとは仲良くやれていたし、今では割と皆に好かれているとすら思っていただけに、この仕打ちは相当に堪えた。

俺はその後も牢に戻されることはなく、診療所のようなところで治療を受けながら過ごし、そして傷が治りきらないうちに停戦が決まって俺たち捕虜は全員解放となった。

自国側に帰されて、他の奴らは同じ村の仲間と合流したようだが、俺は傷病兵として療養所に運び込まれたので、他の班に振り分けられた奴らがどうなったのか知らなかったが、中継地の一番大きな哨戒所が襲撃を受けて、ほぼ全滅だったと衛生兵から聞かされ衝撃を受けた。

死亡者名簿を見せてもらうと、村の奴らの名がかなりの人数載っている。現実味が無くて茫然としていると、無事だった奴らが俺の許に皆で押しかけてきた。

……てっきり見舞いにきてくれたのかと一瞬でも思った俺が馬鹿だった。

「ジローが敵に情報を売ったのか？」

「……はぁ？」

ベッドに横たわる俺に大丈夫かの一言もなく、出し抜けにそんなことを言われて訳が分からず思わず顔をしかめると、押しかけてきた奴らは激高して、お前のせいで！　と涙交じりに怒鳴りつけてくる。

訳が分からず少し冷静な奴に説明を求めると、襲撃された哨戒所の位置情報を俺が敵側に教えたんじゃないかという話になっていたらしい。

「バッカ馬鹿しい……」

情報を漏らすも何も、哨戒所の位置など俺が知るわけない。そもそも敵兵の取り調べでも哨戒所のことなど一度も聞かれていない。俺は全く関係ないだろと言ったのだが、誰も俺の話を聞こうとしない。口々にお前のせいでと言って俺を責め立ててくる。

拷問の生贄にされただけでなく、今度は村の奴等が死んだことも俺のせいにするのかよ……。

激高している奴等に何を言っても耳を傾けない。そりゃあそうだ。本当に俺が疑わしいとかではなく、単にどうしようもない悲しさと怒りを誰かにぶつけたいだけなんだから。

八つ当たりしても差し支えない俺に矛先を向けているのだ。

怪我人に遠慮なく罵詈雑言を投げつけてくる奴らに、俺はついに堪忍袋の緒が切れた。

「いい加減にしろよ！　俺は知らねえって言ってんだろォ！」

怒鳴り返して八つ当たりはやめろと指摘すると、図星を突かれた奴等は黙りこくった。

もういい。くだらない。結局こうなんだ。あの村にいる限り、俺の立ち位置は一生変わらない。

もっと早く見切りをつけて出て行くべきだったんだ。

死にかけてなお、こんな目に遭うなんて馬鹿馬鹿しすぎる。今まで決心できずにいたが、もう故郷も母親も捨てる覚悟ができた。

「もう二度と村には帰らねえ」

はっきりと決別の宣言を俺がしたことで、興奮していた皆の頭が冷えたのか手のひらを返して必死に謝ってきた。根拠のないことで理不尽に俺を責めた自覚はあったようで、平謝りで考え直してくれと懇願してきた。

引き留める意味も分からなかったが、どうせ自分が悪者になるのが嫌なだけだろう。

何を言われても全て無視して、今後の身の振り方を軍の上官などに相談して準備を進めていたら、これまで全然顔を見せなかったハクトが俺のところに来て二人きりで話したいと頭を下げてきた。

アイツが何も言ってこないならこのまま縁切りでもよかったのだが、あちらから話を持ち掛けてきたのだから、これが最後の機会だと思い、俺は話し合いに応じた。

人目のない療養所の裏にまで連れてこられて、アイツが何を俺に言うつもりなのかと相手の出方を待ったが、アイツはよりにもよって、親友が遠くに行ってしまうのは悲しいなどと言い出したので、それまで冷静でいようとした俺の理性が吹き飛んでしまった。

「何が親友だよ、もうその嘘くさい演技やめろよ。親友とやらをハメて敵に売ったのは誰だ？　俺が知らねえとでも思ってたのか？　お前が言った嘘の情報のせいで、俺がどんな目に遭ったと思ってんだ。正直お前にも同じ目に遭わしてやりてえよ」

俺がそう言うとハクトはサッと顔色を変え、見るからに動揺していた。

俺のことを指示役だと嘘をついたのはハクトだ。

敵国から解放された時、俺を拷問した軍人が自分を売った相手を知っておきたいだろうと教えてくれた。だが聞かされる前から薄々予想はついていた。その理由は、道中に俺のことを贔屓されているだのと悪い噂を流してくれやがった犯人はハクトだと知っていたからだ。

人を介して噂を広めたつもりだったようだが、軍人はコソコソと不審な動きをするハクトのことを注視していたようで、早い段階でハクトが嘘を広めていると気付いて、俺にも注意を促してくれていた。

「お前最低だな。おかげで俺は死にかけたんだぞ……。村に帰ってもいいがなァ、俺はお前のしたことを黙っているつもりはねえぞ。それでもいいのか？」

ハクトの仕業だと知った時、正直殺してやりたいくらい腹が立ったが、元々嫌なことを俺に押し付ける狡いところがあるのは知っていたし、拷問され追い詰められてつい俺の名を出してしまったのは分からないでもない。それにコイツには助けてもらった恩もある。だから最後の情けで、ここで一言謝れば黙っていなくなるつもりだった。

だがハクトから返ってきた言葉は意外なものだった。

「死にかけたんならおとなしく死んどけよ。お前なんか村で一番死んでいい奴なんだからさあ。つうか、黙っているつもりはないとか、ジローのくせに俺を脅すとかいい度胸してんな」

「はあ⁉　お前っ、自分のしたこと悪いと思ってねえのかよ！」

「ジローはそういう役割のためにいるんだから、ちゃんと俺の役に立てよ。村のはみ出し者が何を言ったって誰も信じないし、嘘つき呼ばわりされて終わりだって分かんねえの？」

あまりの言われように二の句が継げない。

見苦しい言い訳をされるくらいは考えていたが、まさかこんな答えが返って来るとは夢にも思わなかった。

ハクハクと口を開け閉めする俺を見て、ハクトは笑いが堪えきれないみたいに口を醜くゆがませてクックックッと変な声を漏らした。

「あー、その顔！　ジローはさ、なんでも言うこと聞いて引き受けてくれるから便利だったんだよ。親友だろ？　て言やあ、しっぽ振って喜ぶ姿が滑稽だったよ。使い勝手が良かったけどもういいや。村を出るんだろ？　お疲れさん、二度と帰ってこなくていーよ」

「俺、は……お前のこと、親友だと思っていたから、協力してきたんだぞ……？」

「飼い犬を親友と思う人間はいねえだろ。俺は従順に言うことを聞く犬が欲しかったの。だからわざわざお膳立てしていじめっ子から助けて恩を売ってやったんだよ。あ、俺がジローをいたぶってこいって指示出してたんだぜ？　すげえだろ。なあ、ガキにしてはよくできた筋書きだったろ？」

ハクトは、あー言っちゃったと心底可笑しそうに漏れる笑い声を手で押さえている。

「なんで……そんなこと……」

これまで面倒事を押し付けられても、助けてもらった恩を返すつもりで協力してきた。だがその恩がそもそも仕組まれたことだった？　ハクトは俺を見かねて助けてくれたんじゃなかったのか？

「村ではみ出し者のお前に、居場所を作ってやって、俺の親友って地位も与えてやったんだから、お前は泣いて感謝する立場だろ。裏切者としてみんなの憎まれ役を全うして死んでくれたら完璧だったのになにちゃっかり生き残ってんだよ。空気読んでちゃんと死んどけよ」

その言葉を最後まで聞けずに俺はハクトに飛び掛かった。

一瞬、ハクトがニヤッと笑ったように見えたが、冷静さを失っていた俺はそんなことに気付かず、怒りに任せて拳を振り上げると、ハクトが隠し持っていた小刀を見せつけるように俺の眼前に突き付けてきた。とっさにその手を掴み刃物を奪い取ろうと揉み合いになる。ハクトの手から小刀を取り上げた瞬間、刃先が奴の頬を掠めたようで、パッと鮮血が散った。

一瞬の間を置いて、ハクトが大声で悲鳴をあげる。

「ぎゃあああ！」

大絶叫に深く切れてしまったのかと慌てたが、どう見ても刃先がかすめた程度だ。そんなに叫ぶほどの怪我では……と訝しく思っていると、後ろから誰かに引き倒された。

「ジロー！　なんてことしてんだ！」

「刃物を放せ！」

「誰か縛るもん持って来い！」

刃物を持つ俺と、血を流すハクト。

状況的に俺がアイツを襲ったみたいに見えているのだと気が付いて、違うと言いかけた時、押さえ込まれる俺を見つめるハクトと目が合った。

傷を押さえる手の隙間から、アイツのにやけている顔が見えてしまった。おかしくてたまらないのを必死でこらえている。それを見て怒りで頭が沸騰して我を忘れて叫んだ。

「放せっ！　アイツだけは許せねぇ！　殺してやるッ放しやがれェ！」

最初っからケンカ腰で過去のことも暴露してきたのは、俺を逆上させて自分は被害者を装うのが目的だったのだ。小刀も奪い取らせるつもりで出してきて、俺はまんまとそれに乗っかってしまった。いいように弄ばれたことに心の底から殺意が湧いて、もう他の奴等にどう思われようとどうでもよかった。アイツに思い知らせてやらないと気が済まない。

「……必ずお前を殺してやる。どこへ隠れても、必ず見つける。死んでも許さねえ……」

押さえ込まれながら怨嗟の言葉を呟く。

決意を込めてハクトを見返してやると、それまでにやけていた奴の顔がひくりと歪んだ。

村の奴等は俺を縛り上げ、頭を冷やせと物置小屋に閉じ込めた。ご丁寧に見張りを立てて、軍人の見回りも誤魔化して、俺は朝まで小屋の中で過ごした。

軍の施設で村の奴等がいつまでも勝手をできるわけがないから、衛生兵がベッドにいない俺を探しにくればここから解放してもらえる。

軍人に事情を説明すればアイツらを引き離してくれるはずだ。そう考えてじっと耐えていると、朝日と共に物置小屋の扉が開かれた。だが扉を開けたのは村の奴等で、酷く慌てている。

「ハクトがいねえ！　ジローが何かしたのか！」

どうやらハクトの姿が宿舎のどこにも見当たらないらしい。当たり前だが俺は昨日縛り上げられてここに閉じ込められていたのだから知るわけがないと言うと、皆が気まずそうに目を逸らす。

外に出されてから、軍の上官が俺の許を訪ねてきた。昨日、乱闘騒ぎがあったのはすでに把握されていて、村の奴等に事情を聞いて回っていた。

「ああ、なるほど。だからハクトは逃げ出したのか」

上官には捕虜となった時の出来事を全て報告してあるから、ハクトが嘘をついているのは知っている。村の人間は騙せても、軍人には通用しない。

自分も取り調べされたら嘘が露呈してしまうから、逃げ出したのだろう。傭兵仕事の報酬はすでに受け取っているから、向こう数年は遊んで暮らせる。軍人は騙せなくても村の奴等ならいくらでも言いくるめられる。ほとぼりが冷めるまで行方をくらませるつもりなのだ。

ハクトは多分俺のことも舐めているに違いない。俺が出て行っても村には母親がまだ住み続けるのだから、本気で復讐などできないと思っていたのだろう。

「ハクトの思い通りになんかさせるかよ」

逃げるなら追いかけるまでだ。燃えるような憎悪が力になるのだとこの時知った。

世話になった上官と軍人の数人にだけ事情を話し、すぐにここを出て行くと告げる。上官は無駄に拷問された俺にひどく同情してくれていたので、自分の署名の入った紹介状を書いてくれて、職に困ったらいつでも頼ってきてくれと言ってくれた。

怪我が治りきっていない俺の体を心配して辻馬車も手配してくれたので、翌日には俺はこの宿舎を出発することができた。

こうして俺は逃げ出したハクトをすぐに追うことができたので、捕まえるのは難しくないと思っていたのだが…………俺はこの後何年も各地を転々としハクトの行方を探すはめになるとは、この時は予想もしていなかった。

宿舎から近い町を全て回ってハクトらしき人物が来ていないかくまなく探したのだが、どこにも手がかりは見つけられなかった。上官からもらった紹介状があったから、町の自警団にも聞き込みができたので、見つけられないはずがないと思っていたのに全て空振りだった。

今にして思うと、この時すでにハクトは匿ってくれる協力者を作っていた。そうでなければ、目立つよそ者が全くどこの町でも見かけられていないなどあり得ない。

協力者は多分女だ。

ハクトは天才的に女を口説くのが上手かった。恐らくすぐに女をひっかけて嘘で丸め込んで身を隠した。そうでなければ身分札も持たないアイツが町で隠れられるわけがない。

手がかりがつかめなかったあと、ようやくそのことに思い至り、それからは娼館や立ちんぼうの娼婦に目星をつけて捜索を続けていると、その予想が当たりだった。

以前、立ちんぼうの娼婦が男を匿っていたという情報が得られた。

そこから短い期間で女を乗り換えて、しばらくは娼婦の情夫を続けていたが、しばらくすると堂々と偽名を使い出し、投資家を名乗り金持ちの女をひっかけて各地を転々としていた。

ようやく居場所をつかんだ時、ハクトは結局女のヒモとなって与えられた屋敷で悠々自適に暮らしていた。

何年もかけてようやくハクトに追いついた。ずっとすんでのところで居場所を変えられてまた探すを繰り返していたので、この好機を逃すまいと俺はハクトが住む屋敷の周囲に張り込んで機会を待った。

そして張り込むこと数日。馬車でなく徒歩で門の外にブラブラと出てきたハクトを見つけ、すかさず奴の前に立ちはだかった。

「よう、久しぶり」

最初、ハクトは俺を見て信じられないとばかりに口を開けて棒立ちになっていた。まさか俺がこんなにもしつこく自分を探して現れるとは思っていなかったようで、言葉も出ないようである。

「約束通り、同じ目に遭わせてやるよ」

一番言いたかった言葉をかけると、ハクトは弾かれたように飛び上がり一目散に走りだす。ようやくアイツの裏をかいてやれたと気分が高揚して、俺は追いかけながらゲラゲラと笑っていたような気がする。

奴は自堕落な生活を送っていたせいか、あっという間に追いついて簡単に地面に引き倒すことができた。こんなもんかと拍子抜けして、ひとまず二、三発殴っておとなしくさせてから、俺はハクトの上に乗り、小刀を取り出して見せつけるように鞘から刀身を引き抜いた。

「俺とおんなじ、女ァ抱けない体にしてやっからさァ。だーいじょうぶ、殺しゃあしねえよ」

女を渡り歩くハクトを見て、こういう奴は殺すより生き地獄を味わわせるほうがいいと判断した。

ハクトは言われた意味を理解して、ヒイィと情けない叫び声を上げながら死に物狂いで抵抗しそれを押さえ込みながら刀を振り下ろす。

「ぎゃああ！」

股間に突き刺してやるつもりがハクトが身をよじって暴れたので、刃は太ももに突き刺さってしまった。

「チッ」

刃を引き抜いてもう一度刺そうと刃を振り上げた瞬間、横から強烈な蹴りを食らい俺の体は吹っ飛んで地面に転がった。

しまった、と舌打ちしつつ体勢を立て直すと、屈強な男がハクトを助け起こす姿が目に入る。恐らく屋敷にいる護衛の人間だ。悲鳴を聞いて駆けつけたのだろう。時間をかけすぎてしまったと後悔するがもう遅い。相手は警笛を鳴らして得物を手にしたので、一旦引くことにした。

邪魔が入って目的は達成できなかったが、ひとまずはこれでいい。

今回、俺が接触してきたことで警戒をさらに強めただろうから再び近づくのは難しくなりそうだが、あれだけ俺に怯えているのが分かっただけでもかなり溜飲が下がった。

ニヤニヤ笑いながら騙していたことを暴露した時の余裕は全く感じられず、恐怖で怯えみっともなく逃げ出した時の表情は俺の熱を冷ますのに十分だった。

アイツのことだから俺にした仕打ちなどすっかり忘れて人生を謳歌(おうか)しているのだろうと思っていたからずっと鮮烈な怒りを抱いていられたが、もしかして追われていることに気付いてずっと俺の影に怯えて逃げ回っていたのかと考えると、ちょっと哀れにすら思う。

「だとしたら……無駄な時間と金を費やした俺も、まあまあアホだな」

アイツに復讐できるなら、罪人になっても構わないとすら思っていたのに、あんな奴のために投獄されてこの先の人生を更に棒に振るのもそれこそ無駄だ。だからといって、されたことに対してこれで許す気にはなれない。落としどころはどこかと追手を撒きながら頭の片隅で考える。

まあ、しばらく嫌な思いをさせてやって、最後言いたいこと全部アイツにぶつけてそれで終わりにするか……。

刃で刺してやったが、この程度の怪我では、身分も詐称しているハクトはどこにも訴え出ないだろう。しばらく逃げ回ったが、この隙にまた雲隠れされると面倒なので、警戒しながら数日後ハクトの屋敷に再び近づいたのだが……そこで俺は予想外のものを目にすることになる。

❀ ❀ ❀

「……葬式？」

屋敷の門には、その家から死者が出たことを表す黒いリボンが巻かれていて、その横にハクトがこの町で偽名として使っていた名が書かれていた。

「ハクトが死んだ？　嘘だろ？」

あの程度の怪我で死ぬはずがない。太ももを刺したが、すぐに止血処置しただろうしあれが致命傷になるはずがないと冷や汗が流れる。

門の前で棒立ちになっていると、訪れた弔問客の話し声が耳に入って来る。

『突然暴漢に襲われたようで……』

『医者を呼んだが間に合わず……』

『犯人はいきなり刺して逃げたみたいで……』

聞こえてきた言葉が意味を紡いでいく。

嘘だと思いたかった。

あんな程度で死ぬなんて……。

でも、もしあの時、腿の太い血管を刺していたなら……。

血の気が引いて立ち尽くす俺の横を、屋敷から運ばれてきた棺が通り過ぎて行く。護衛らしき男が葬列の中にいるのが見えて、慌てて物陰に隠れた。俺の風体は変えているが、ひょっとして人相を覚えられているかもしれない。

葬列の中心には、棺に縋り付いて泣く女がいた。

ハクトの偽名を叫んでいる。墓地へと向かう一行を茫然と見送った。

「……本当に、俺が殺したのか」

殺してやると言ったのは俺だ。殺すことも厭わないほど憎んでいた。だが、実際にハクトが死んだ事実を日の当たりにすると、喜びどころか猛烈な後悔が襲ってくる。

憎しみしかなかったはずなのに、アイツと過ごした日々の楽しかったことばかりが浮かんできてしまう。あんなのは嘘なのに。ずっと騙されていたのに、アイツと笑い合った時の思い出が押し寄せてきて吐き気がする。

ハアハアと浅い呼吸を繰り返して胸を押さえていると、訝しげにこちらを見ている通行人と目が合った。そしてハッと今自分が置かれている状況に気が付く。

……俺はハクトを殺した犯人として追われることになる。

昨日の護衛には顔を見られている。ただの怪我ならハクトも訴え出ないと考えていたが、死んだとなると訴えがなくとも自警団が動き出すかもしれない。

だから俺は逃げ出した。

捕まったって構わないと決意を持ってハクトを刺したはずなのに、いざとなると逃げ出すのかと自分が情けなくなった。

町を出てしまえば自警団は追ってこない。軍警察に訴え出るかもしれないが、偽名で暮らしていたハクトは身元不詳だから訴えが受理されることはない。だから俺が捕まる可能性はほとんどないが、それでも自分が罪人になったという事実は消えない。

誰にも言わなければ誰にも責められることもない罪だとしても、業を背負ってしまった。

自分はもう、まともな人生は送れない――。

それからは生きる目的も見失って放浪者のような生活をしていた。

追われている可能性はほぼないと分かっても、どうしても一つのところに留まることができず各地を放浪してフラフラしながら気付けば数年が過ぎていた。

故郷に残したままになっている母親のことはずっと気に掛かっていたが、母のことも故郷と一緒に捨ててやるつもりでいたので、手紙のひとつも出したことはない。

夫も子どもも出て行ってしまったあの家で、いまだに一人で暮らしているのだろうか。

俺の生死すら分からないで、母親はどんな気持ちでいるだろうかと考えるようになって、せめて生きていることだけでも知らせに顔を出すかなと帰郷する決心がついた。

久方ぶりの故郷の村に着くと、どうも様子がおかしい気がした。

村が管理する橋や道の補修が行き届いていないし、村に入るまで誰ともすれ違わない。以前はもっと人や物が頻繁に行き来していた道なだけに、違和感を覚えた。

村の端にある我が家に向かうと、一目でおかしいことに気付く。

家の周囲は雑草が茂り廃墟のように荒れ果てている。

母はいつも、いつか父が帰ってきた時に気持ちよく迎えてあげたいからと言って家の周囲を綺麗に保つことを心掛けていた。

こんな状態は見たことがないので、母になにかあったのかと急いで鍵を開けて家の中に入るが、部屋の中はうっすらほこりが積もり、人の出入りがここ最近なかったことを示している。

……母はどこに行ったんだ？

しばらく家の中で逡巡していたが、ここにいても埒が明かないので、腹をくくって俺は村役場へ向かう。だが村役場だった建屋は半壊状態で誰もそこには居なかった。

いよいよおかしいと村長の自宅を訪ねてみると、そこにはちゃんと村長が住んでいた。ほっとしたのもつかの間、村長は俺の顔を見るなり拳で殴り飛ばしてきた。

「この親不孝者が。お前の母親は去年亡くなったぞ」

俺に一発くれた後、村長は衝撃的な言葉を俺に告げた。

母は亡くなる少し前から寝込みがちになっていて、その年の作付けもできない状態だったらしい。面倒を見てくれる人もいない母を心配して時々村長が様子を見に行っていたのだが、ある日訪ねて行ったら畑で倒れて亡くなっているのを発見した。唯一の身内である俺は行方が知れないので、代わりに村長が弔いから埋葬までしてくれたと聞かされ、俺はもう言葉も出なかった。

「戦地でなにかあったらしいことは聞いている。お前が村で虐げられていたのも知っているから、帰ってこないのも仕方がないとは思うが、でも母親に手紙くらいは送ったってよかっただろう」

村は今、若い奴らがほとんど出て行ってしまって復興する見込みもないからこのままだと廃村になることなどを村長は俺に話していたが、ほとんど耳に入らず、母を弔ってくれた礼を言い葬儀代としていくばくかの金を無理やり押し付けて村長の家を出た。

母の墓の場所を教えてもらったので、そこへ向かう。

村人の多くが埋葬される墓地ではなく、村の外れに母の墓はあった。村長は何も言わなかったが、多分村の年寄りどもが余所者だった母を村の墓地に埋葬するなと言ったのではないかと予想がつく。死んでまでも差別されるようなこの村に、どうして母は残り続けたのかと思うと、もうなにもかも虚しくて涙も出ない。

母の墓を前にしても言うべき言葉が見つからず、いたたまれなくなってすぐにその場を離れた。

空き家になった家のことや墓の管理など考えるべきことはあったのだが、ここにいるのが辛くて、すぐにでもこの村から離れたかった。けれどひとつだけ最後に見ておきたい場所が脳裏に蘇って、どうしてもその光景をもう一度見たくなり、そちらへ足を向けた。

この村で、唯一好きだった場所。

俺が昔いじめられていた頃、逃げ場になってくれたあの湖だ。

光る不思議な湖をぼんやり眺めていると心が癒された。優しく凪いでいる水面は荒んだ俺の気持ちを慰めてくれた。

この時、俺は何かに慰められたかった。どうしようもない悲しさを、やるせなさをあの湖がまた癒してくれるのを期待していたのだ。

けれど久しぶりに訪れた湖は、記憶にあるような光景ではなかった。

目の前にある湖は、どこにでもあるような普通の湖で、時折木々の隙間から光が差し込むだけで、別段変わったところのない何の面白みもない場所だった。

思っていたのと違ったことに、何故だか分からないが泣きたいほど悲しくなる。

何度見ても、記憶にあるような光り輝く水面はどこにもなく、暗い色をしたつまらない湖がそこにあるだけだった。石を投げても水しぶきがあがるだけで、当然光が跳ねるなんて不思議な現象が起こるはずもない。

「ガキの頃はこんなしみったれたところでも、神々しく見えていたってだけか……」

過去の記憶が、妄想とごっちゃになっていたんだ。

持て余したひとりぼっちの時間をつぶすために、本当に精霊がいるかもしれないなどと妄想して、神様とかが本当にいるなら、俺をここから助けてくれないかなあと祈ってみたりしていた。

友達なんて一人もいない孤独で弱いあの頃の俺は、現実逃避をして自分を慰めていたんだ。

そう思った瞬間、涙が止まらなくなった。

俺にとって唯一いい思い出だった記憶すら、ただの幻想だった。

親友との友情も、全て嘘で作られた幻だった。

村の奴らと上手くやれて、すっかり受け入れられたと思っていたのも俺の幻想で。どれだけ共に笑い合おうと、一緒に酒を酌み交わそうと、結局村の奴らにとって俺は切り捨てていい厄介者でしかなかったのだ。俺が努力して得たと信じていたもの全てが、本当は存在しないものだった。

家族もいない。友人もいない。もう俺には大切なものなんてなにひとつ残っていなかった。

でもこれは全て自業自得だ。

俺がもっと頭が良くて、物事を正しく見極めていればこんなことにはならなかった。

己の境遇を呪って、嘘に踊らされ、恨んで憎んで、結局自分で全部ぶち壊した結果だ。

なんて馬鹿で愚か者なんだと自分で自分に呆れる。

でもきっと、人生をやり直せたとしても、俺はまた同じことをするに違いない。

こんなことになってもまだ、俺は母親のことが許せていないし、ハクトに対してもされたことの恨みを忘れるなんてできない。そういう馬鹿な人間なんだ。

涙が止まらなくて、誰もいない湖のほとりでひたすら声をあげて泣いた。

もうこの先、家族を持つことも大切な友人を作ることもないだろう。家族を見捨て元親友を殺した俺が、人並みの幸せを得るなんてことはきっと許されない。

家族も友人も作らず、大切な人などもう作らないと決めてフラフラと流れ者として生きてこの先は野垂れ死ぬだけだと思っていた。

――ディアさんに会うまでは。

❀ ❀ ❀

成り行きと打算で始まった、ディアさんとの共同生活。

最初はどうなることかと思ったが、正直言って彼女と過ごす日々は驚くほど楽しかった。

俺はダラダラと家の修繕をしてのんびり過ごして、ディアさんが作ってくれた美味い飯を食って、可愛い顔を肴に酒を飲んで一日が終了する。

「なんだこれ……天国かよ……」

他人との生活がこんなに楽しいのかと俺はしばらく浮かれていた。

けれど、楽しんでいたのは俺だけだったと馬鹿な己を殴ってやりたくなる出来事が起きた。

ディアさんは町にいた頃と違い、笑顔が増えて楽しそうに見えたせいで気付くのが遅れてしまった。生活が整って落ち着くのと比例するように、彼女の様子がおかしくなっていった。

朝起きると疲れた顔をしているし、クマが酷いから夜眠れていないのがまるわかりだ。食ったものも時々戻しているようで、一時期ふっくらしてきた頬がまたやつれてしまっている。

ああ、これは……とディアさんが陥っている状況になんとなく思い当たることがあった。

これまで毎日が目まぐるしく思い出す暇もなかったんだろうが、ようやく落ち着いて暮らせるようになったせいで、過去の嫌な記憶を思い出すようになってしまったんだろう。

無理に忙しくしようと働いているのは多分そういうことだ。

きっと全て忘れるつもりでディアさんは町を出たんだろうが、復讐も何もせずに出てきてしまったせいで、あの時の怒りや悲しみの感情は昇華されず無理やり蓋をしていた状態になっていた。それが今になって溢れ出てきて、彼女を苦しめている。

……だから歯の一、二本くらい折ってやりゃあ良かったのに。

まあ今更それを言ったところで俺がどうにかできる問題でもない。とはいえ、ふっくらしてきていたディアさんの頬がまたやつれていくのをただ見ているのは忍びなかった。

余計なことをしていると分かっていたが、俺は勝手にディアさんに休暇を取らせることにした。

行き先に湖を選んだのは、やっぱり俺にとってあの場所は特別で大切な思い出だったからだ。

何の変哲もないところでも、俺が励まされたようにディアさんも元気になってくれたらいいと期待を込めて、俺は半ば無理やり彼女を連れて行った。


湖のほとりに座って、少し話をするとディアさんは張り詰めていた糸が切れたみたいに、震える声で己の気持ちを吐露し始めた。

ずっと誰かに必要とされたかったと、罪を告白するような切実さで語る。必要とされたいから頑張ってきたけれどそれはただ自己満足を押し付けていただけで、相手のためじゃなかった。だから嫌われて当然だと己をあざ笑う。

こんな自分がずっと嫌いだったと、こんな自分が愛されるわけがないと、そう言って彼女は自分を責めた。

あんな目に遭わされて、今でもこんなに苦しんでいる彼女が行き着いた結論が、『自分が悪い』だなんて、そんなのってあるか。そんな悲しい答えしか出てこない彼女が悲しくて、見ているだけで苦しくなる。

恨め、憎め、復讐しろと口をついて出そうになる。けれど己の行いを振り返ってその言葉を飲み込む。そんなことでディアさんが救われるなら、そもそも彼女は町を出なかったし、こんなに苦しんでいない。

復讐を果たした成れの果てが今の俺だ。

やり返してやって得られたものなんて何もなかった。それを身をもって知っているから、傷つけたくないから町を出ると言ったディアさんに惹かれた。

だが今こうして苦しんでいる彼女を見ていると、何が正解だったのか分からなくなる。

優しい子なんだ。あんな目に遭ってもなお、性根が歪まずに真っ直ぐなままなんだ。憎しみに身を任せて、自分自身で人生をぶち壊した俺とは違う。

俺と同じ轍を踏ませるわけにはいかない。ディアさんみたいな優しい人が、どうして不幸にならなくてはいけないのだろう。神様とやらがいるのなら、まず誰よりも彼女に幸運を授けるべきだ。

でもそんな神様みたいに都合のいい存在はいないからこそ、ディアさんはこんなに苦しんでいるんだよな。世の中ってのは、本当に不平等にできている。

誰にぶつけたらいいか分からない怒りで、俺はぎゅっと拳を握りしめた。

ふと、黙ってしまったディアさんのほうを向くと、小さな光の粒が彼女を囲むようにふわふわと揺れていた。膝に顔をうずめるディアさんはそれに気づいていないが、まるで励ますかのように、小さな光が彼女の肩にひとつふたつと落ちる。

「なんだ……？」

驚いて瞬きすると、一瞬にしてそれは消えた。

目の錯覚か？　ああ、木々の隙間から光が差していたのか……？

疑問に思いながら目を逸らすと、また視界の端に光が動くのが見える。だが振り向くと瞬きする間に消えている。

なるべく直視しないように目の端で見ていると、光の粒がふわりふわりといくつもディアさんの上に落ちては消える不思議な光景がそこにはあった。

……木漏れ日なんかじゃない。なにかが、彼女のそばにいる。

その光景を見て、自分でも忘れていた昔の記憶が蘇った。

俺が昔……ここに来て泣いていた時の記憶だ。

膝を抱えて一人ぼっちで泣いていた。

そんな時、瞼の裏に光を感じて顔をあげると、小さな光の粒がふわふわと俺の周りを飛びまわっている不思議な光景が視界に飛び込んできた。

蛍（ほたる）という虫の存在は知っていたから、その光は蛍かと思って捕まえようと手を伸ばす。だが光は手を伸ばしてもすり抜けてしまう。肩や頭に留まったりするそれを、捕まえようと躍起になった。

そうすると光は俺にくっついたり離れたりして、まるで追いかけっこをしているみたいでそれが面白くて、いつのまにか涙が引っ込んで嫌なことも忘れてしまった。

この光が、泣いている自分を励ますために出てきてくれたような気がして、なんだかとても嬉しかったから俺はこの湖が好きになったんだ。

なんでこんな大切なこと、忘れていたのか。

ずっと、神様も精霊も信じちゃいなかった。

そんなものがいるなら、なんで俺だけこんな理不尽な目に遭うんだと憎んですらいた。

でも違った。精霊かなにか俺には分からないが、泣いている俺を慰めてくれる何かが、ここには確かに存在していたんだ。

まだ泣き続ける彼女は、あの頃の俺の姿と重なって見える。

あの頃の不思議な光が俺を慰めてくれたように、今度は俺が彼女の涙を乾かしてやりたい。

どうにか笑って欲しくて、エロ君の絵を描いた石を手渡してみると、ようやく彼女の泣き顔が笑顔に変わった。

嫌な記憶も感情も全部、石と一緒に投げ捨ててやればいい。

尻の絵を書いたアホみたいな石をディアさんが投げ込むと、水しぶきとともに光が弾けて湖が光る。跳ねた水と共に光の粒がくるくると飛び回った。

ずっと見たかった、あの光景だ。

もう二度と見られないと思っていた光景を見られて、いろんな思いが湧き上がってきて涙がにじみそうになる。

でも、俺が独りでここを訪れた時は少しも光らなかったのに、と思ったところで真実に気が付いてしまった。

……湖が光らないのは、俺が罪を犯して穢れた人間になってしまったからだ。

きっと精霊とか神様みたいなものは、心が綺麗な人間のところにしか来てくれないのだろう。あの頃の俺は、まだ穢れを知らない純粋な子どもだった。だが、親友だった男を手にかけて母親の最期すら看取らなかったようなクズの許にはもう現れない。

境遇を言い訳にして、俺は悪感情に塗れて手を汚した。俺がこんな風になったのも、親のせい、環境のせいだから仕方がないと自分を許していた。

だがそうじゃなかった。俺がクズになったのは、元から性根が腐っていたからだ。

ディアさんはそんな汚い俺とは違う。

酷い境遇で踏みつけられて生きてきたのに、彼女の心は綺麗なままだ。ディアさんを見ていると自分が恥ずかしくなる。俺はもうどこで野垂れ死んだって当然な人間だが、この子はちゃんと幸せにならなきゃいけない。

そうじゃなきゃ、いくら何でも不公平だ。あんなに頑張って、努力して生きてきたのに、報われないどころか自分を責めて苦しみ続けているなんて、理不尽過ぎるだろ。

神様とか精霊様とかが本当にいるのなら、どうか彼女を幸せにしてやってくれ。

今まで信じてもいなかったものに祈る俺は本当にクズだなと思いながらも、そう願わずにはいられなかった。


彼女を振り返ると、光のことより、投げた石が思ったよりも遠くに飛んだことに驚いている。いたずらが見つかってしまった子どもみたいな顔をして俺を見るので、あまりにも可愛くて笑ってしまった。

そっから俺もディアさんもなんだか変に気分が上がってしまって、馬鹿みたいに石を投げてガキみたいにはしゃいで遊んだ。

疲れたディアさんが少しでも癒されればいいなと何の気なしに連れて来ただけだったのに、二度と見られないと思っていた景色が見られて、ディアさんが声をあげて笑ってくれて、思いがけずこの日は俺にとって最高の日になった。

ひとしきり遊んだあと、俺がディアさんに買ってあったカップを差し出すと、彼女は大げさと思えるくらい涙ぐんで喜んでいた。こんな安物の贈り物ひとつでそんなに喜ぶなんて、逆にどうかしている。

嬉しそうに何度もカップを撫でて眺めていたディアさん。

喜びの言葉を紡ぐ唇も、涙で潤む瞳も、まろやかな頬も全てが美しくて目がくらむ。それに比べ俺はなんて汚いのか。

この美しい光景を、いつまでもずっと見ていたいけれど、罪を犯した俺にはきっとそれは許されないことだと分かっている。

❀ ❀ ❀

ハッと目を覚ますとそこは寂れた井戸のそばで、長椅子に寝転がっているところだった。

地面には工具が散らばったままになっていて、そういえば井戸を直している最中に昼寝してしまったんだと思い出して渋々起き上がる。

さっきまで目の前にいたディアさんはもちろんいない。夢にまで見るほど未練がましい己に苦笑が漏れる。

「あー、井戸の修理、今日はもうできねえなァ」

うっかり昼寝をしたせいで井戸の修理は全く進んでいない。傾いた太陽が頬に当たるから、日暮れが近いし今日はもう修理は諦めよう。ガチャガチャと乱暴に工具を箱に放り込んで片づける。

「……過去を思い出して感傷に浸(ひた)るとか、いい歳したおっさんが気持ち悪いよな」

ぼんやりしていると頭に浮かんでくるのはディアさんのことばかりだ。

とはいえ、もう一度会いたいなどとは思っていない。

心を入れ替えて、人生をやり直して彼女に結婚を申し込むとか、そんな青臭いことを考えられるほど若くない。人生はいつだってやり直せるとかそんなことが言えるのは、やっぱり若い時だけだ。やり直せる時を過ぎた今では、昔の楽しかった思い出を飴玉みたいにしゃぶってダラダラと余生を送るくらいがちょうどいい。

あの湖には一人になってからも何度も足を運んでいるが、ディアさんと行った時のような光景は見られていない。いつ行っても、普通の湖の姿だ。光の粒が肩に降って来ることも無いし、水面で光が弾む光景もあれから一度も見ない。

俺じゃあ精霊様とやらはもう出てきてくれないんだろう。

見ている人はちゃんと見てんだよ、とディアさんに言った自分の言葉を思い出す。あれはある意味自分に向けて言った言葉だ。

ハクトのことで、軍警察から追手がかかることもなかったし、数年後にあの町をもう一度訪れたが、手配人に俺の名も見つからなかった。だから誰にも俺のやったことはバレていないが、神様みたいなものはきっと俺の悪行を見ている。

誰に責められなくても俺の罪が消えてなくなったわけじゃない。そのことは自分が一番よく分かっている。

俺は罪人だ。そのことを一生忘れるつもりはない。

次の日、井戸の修理を早々に終わらせると、町に出かけるという村長にまた雑用を言いつけられたが、どれも急いでやらなければいけないものでもなさそうだ。俺が帰ってくるまでに終わらせとけ！　と怒鳴る村長に生返事をして、今日は一日ダラダラして過ごそうと決めた。

昨日あんな夢を見てしまったせいで、久しぶりにあの湖へ行きたくなった。

あの頃のように、パンと茶を荷物に詰めて出かける。出かける前にちゃんとシャツも洗ったものに着替えた。ディアさんが事あるごとに『ちゃんと着替えて！』と言っていたから、あれからもきちんと洗濯をして着替えている。

ディアさんが仕立ててくれたシャツは、もったいなくてずっと飾ったまま袖を通せずにいるけれど、ちゃんと彼女の言いつけ通り洗濯をして着替えを怠らないのは、もしいつか会えた時に小汚いままでいたくないから……かもしれない。

本当に未練がましいけれど、妄想するくらいいいだろう。もう俺には思い出を辿って心を慰めるくらいしかできないのだから。

湖は相変わらず静かで何の変哲もない姿を見せている。

水辺に腰かけて、手近にあった石をポイと投げてみるが、小さな水しぶきをあげただけで水の中に消えて行った。

「ディアさんは案外強肩だったなァ……」

投げた石が綺麗な放物線を描いて、水しぶきがはじけるのと一緒に光が跳ねていた。水切りを見て、すごい！　面白い！　と笑っていたディアさんは子どもみたいだった。あの子は普通の子どもらしい幼少期を過ごしていないからか、時々小さな子のような反応をしていたが、きっと本人は気付いていなかっただろう。

「今、どうしてんのかねえ」

もう一回、顔だけでも見たいという欲が湧くが、頭を振ってその考えを振り払う。

ディアさんが出て行って、もう二年だ。

あの子はもう誰か大切な人がいるはずだ。子どもだってできたかもしれない。自分だけの家族を得て、ようやくあの子は本当の幸福を実感している頃だろう。俺との出来事なんて忘れたい過去になっているかもな。

深く傷ついた時にそばにたまたま俺がいたから自分には俺しかいないと思い込んでしまった。そうさせたのは俺自身だ。孤独を埋める道具に彼女を利用しようとした俺に、もう一度あの子に会う資格はない。

「元気にしてるといいけどな～……」

独り言をつぶやきながら、もう一度無造作に石を投げ込む。

ぽちゃんと音を立てて水に落ちた瞬間、パッと光の粒が跳ねた。

「へっ？」

あれ？　今光った気が……。いやいや、多分見間違い……。

「わあ、懐かしいですね、この湖」

聞こえるはずのない声が後ろから聞こえてきて、俺はついに妄想を具現化できるほどこじらせてしまったのかとゾッと寒気が走る。まさかと思いながら恐る恐る後ろを振り返ると、そこには会いたくて仕方なかったディアさんが立っていた。

……あり得ない。ディアさんがこんなとこにいるはずがない。てことは、これは俺の妄想が作り上げた幻か。目をこすってもう一度見るが、幻は霞むことなくはっきりとディアさんがそこにいるように見える。

「……こんなにはっきり幻が見えるようになっちまったんじゃ、俺ァもう終わりだ……。貧民街でよく見かけた訳の分からないことをずっと呟いている奴みたいに俺もなるんだ……あー、もうお終いだァ……」

俺が頭を抱えていると、ディアさんの幻はサクサクと草を小さく踏み鳴らし、ゆっくりとこちらに近づいてきて、記憶にあるより大人びた顔でニコリと笑いかけた。

「私、今日村に着いたんですけど、ジローさん家にも役場にも居ないからひょっとしてと思ってここに来たら当たりでした。お久しぶりです。お元気にしていましたか？　ちょっと痩せました？」

幻が話しかけてきた。

イヤ、これ幻じゃねえわ。本物だ。本物のディアさんが俺の目の前にいる。故郷に帰ったはずの彼女がなぜここに……？

まさか俺に会いに？　と一瞬期待するが、すぐに違う可能性に行きつく。女性ひとりでこの村まで来られるはずがない。絶対に信頼できる男の同行者がいる。クラトか、もしくは町で出会って親密になった奴か……。

結婚の報告に来た……とかだったりしたらどうしよ……。

わざわざここまで来るのだから、俺に結婚報告をしに来たのかもしれない。

ディアさんは律儀だからな。俺が黙ったままでいるとディアさんはちょっと困ったようにまゆを下げたが、構わず言葉を続けた。

「ずっと帰りたいって思っていたんですけど、色々あって時間がかかってしまいました。ジローさんがどうしているかすごく心配だったんですけど、ちゃんと綺麗なシャツを着ている姿を見てなんか感動しちゃいました」

「着替えろっていつもディアさんに言われていたからよ。古いの捨てたし……って、まじで本物のディアさんなのか……なんでこんなとこにいるんだよ」

シャツのことを言われ、気まずい思いで返事をする。二年振りの会話が、洗ったシャツを着ているなんてしまらない話だ。

「なんでって……あなたに会いに来たんです。それ以外にないですよ」

「いや、だってさァ、ディアさんこんなとこに来てる場合じゃないだろ？　あのな、以前にも言ったが、ディアさんのためにも俺との繋がりは絶つべきなんだ。結婚報告かなにか知らんが、何があってももう俺に知らせてこなくていいんだよ」

動揺していたせいで随分と冷たい物言いになってしまったと内心後悔する。また傷つけたと申し訳なく思いながらディアさんの顔を見るが、さっきと変わらず少し困った顔をしているだけで、怒っても悲しんでもいない様子だった。

「……私があなたを好きだと言ったのを、まだ覚えてくれていますか？　あの時、あなたに拒絶されて、あの時の私は錯覚だという言葉に反論できるだけのものを持ち合わせていなかった。だから、故郷の町で自分を見つめ直したんです。それでようやくジローさんが私にそう言った意味を理解できました。あの時の私は、振られても仕方がなかった」

「だったら……」

「最後まで聞いてください。私、故郷に戻ってからいろんな人と出会って、今まで見えていなかったこととか、知らなかった気持ちとか、たくさん知りました。それでね、私生まれて初めて求婚されたんですよ」

「きゅっ……あっ、そう。へ、へえ〜おめでと……」

やっぱり結婚報告じゃねえか！　と涙をこらえてなんとか言葉を絞り出す。けれどディアさんは微笑みながら首を横に振る。

「その方とは、ちゃんと自分の気持ちに向き合ってお断りしました。そのうえで私はジローさんのことをどう思っているのかもう一度よく考えたんです。やっぱり、何度考えても私はジローさんが好きだという答えしか出てきませんでした。それを伝えにここまで来たんです」

真っ直ぐ俺を見つめるディアさんは、以前の不安げな様子は微塵もなく、力強く自信に満ち溢れていた。あの頃より少し大人びた顔に、時間の流れを感じる。同じ二年でも、俺とこの子では意味が全然違う。

でもこの二年の間、変わらず俺を想ってくれていたのかと思うと涙が出そうになった。一瞬揺れそうになるが、最低な生き方をしてきた俺にもうこれは過分な幸せだ。今でも忘れずにいてくれたことだけで俺は満足だ。

「……ありがとうなァ。おいちゃんこんな可愛い子に好きって言われたんだぜぇって、その自慢だけで残りの人生幸せに生きていけるわ。でもな、ディアさんはもう今日で俺のことは忘れたほうがいい。俺じゃあディアさんを幸せにしてやれないんだよ。君を不幸にしたくない。今からでもその……求婚してきたっていう奴との未来を考えたほうがいい」

勇気を出して、こんなところまで来てくれた彼女に再び拒否の言葉を突き付けるのは心苦しいなんてものじゃなかったが、それが彼女のためだと自分を鼓舞する。

けれどディアさんは以前のように動揺することなく、そう言われると分かっていたかのような顔をしていた。

「ねえ、ジローさん。その求婚してくれた方が言うには、私って、強くて心の優しい素敵な人なんですって。ビックリですよね。私がどんな人間だったか、あなたはよく知っていると思いますけど、嫉妬深くて承認欲求が強くて、いきなり家に火をつけようとするような、メチャクチャ最低で面倒くさい人間なんです。でもそう言っても、信じてくれないんですよ」

「あー、いや、でもそれはなァ……」

出会いがアレだったんで俺はディアさんの酷い状態の時を知っているから、言わんとすることは分かるけれど、今の彼女を見て『家族を焼き殺そうとしましたァ！』と言われてもまず信じないだろう。とはいえ、ディアさんだってもう二度とあんな状態にならないだろうから、信じなくてもどうでもいい気がするのだが……。

「どんなに言っても、あなたはそんな人じゃないって言うんです。嘘じゃなく、本気でその方には私はそういう風に見えていたんですよ。なんでだか分かりますか？」

「それが事実だからだろ。ディアさんは綺麗で優しくて、男から見たら高嶺(たかね)の花で手を伸ばすのもためらうくらい素敵な人だよ。君が自身の価値を分かっていないだけで、その男の評価は正しいってだけの話だ」

「違います。私は、元々は最低な人間だったんですよ。でも変わった。どん底だった私を、ジローさんが拾い上げてくれて、辛い気持ちを癒してくれて、楽しい時間をたくさんくれた。だから私は変われた。だから、今の私が魅力的だっていうのなら、それはジローさんがそういう人にしてくれたんですよ。だから、その方が見ている『私』は、ジローさんがもたらしてくれたものなんです。それが分かってから、自分の気持ちもはっきりしました。私は……あなたが好きです。多分それはずっと変わらない気持ちです」

　彼女の言葉にぐっと喉が詰まって泣きそうになる。こんな俺と過ごした時間に意味を見出(みいだ)してくれたことが嬉しくて、受け入れたくなってしまう。

　こんなに真剣に俺のことを考えてくれた彼女に、これ以上適当な言葉で誤魔化すわけにはいかない。そう実感した俺は、これまでずっとひた隠しにしていた事実を告げる決心をした。

「ありがとう……。でもな、それでもやっぱり俺は君のそばにはいられない」

　彼女はその言葉にも動じず、黙って話の続きを待っている。

「……ずっと黙っていたことがあるんだ。俺は過去に人を殺してしまったことがあって……。その相手は元は俺の親友で、クラトの兄貴なんだ。捕まっていないから罪人となった記録はないが、人殺しの事実は変わらない。軽蔑されたくなくて、ずっとひた隠しにして君を騙してきた。俺ァそういう卑怯で汚い人間なんだよ。俺と一緒にいたら君まで汚れちまう。だからディァさんの気持ちを受け入れることは未来永劫あり得ないんだよ」

真っ直ぐ立とうとしているディアさんを見ていたら、自分の汚さが許せなくなった。

彼女に嫌悪のまなざしを向けられたらと思うと怖くて、だから事実を隠したまま彼女のほうから離れていくようにしたかった。せめていい人として、彼女の記憶に残りたかった。

ついに告白してしまった俺の罪を聞いて、ディァさんがどんな表情を浮かべるかと恐る恐る顔をあげると、そこには軽蔑でも恐怖でも蔑みでもなく、不思議そうにきょとんとしている姿が目に入ってきた。

……なんだこの反応？

何度も首をひねっているので、とうとうたまらず声をかけてしまった。

「あの……ディアさん？　俺、今結構衝撃的な過去を告白したんですけど？」

「そうなんですけど……ええと、クラトさんのお兄さんを殺したって聞こえたんで……でもクラトさんのお兄さんって生きてますすけど……」

「は？　生きてる？」

「はい、生きてますね」

「いや、いやいやいや……ンなわけないし、そもそもディアさんの知らねえ奴のことだろ」

「本当ですってば。だってその人逮捕されて、今もう収監されてますもん」

「は？　はあ？　はあああああ――!?」

俺の間抜けな大絶叫が、湖の水面を揺らす勢いで轟（とどろ）いた。

第七話『めまいがしそうなほどの幸福』

クラトさんとラウが町に戻ってきた時、すでに季節が一回りしてしまっていた。

私はまだ双子のお世話係として仕事をもらい、施設に残っていた。子どもの人数も減ったし他所で働くことを考えていると伍長さんに話したところ、仕事ならいくらでもコッチで融通するから、頼むから残ってくれと懇願され、なんだかんだありながらも軍警察でずっとお世話になっていた。

そんな時、ラウが軍警察を訪れ私に面会を求めてきたのである。

ラウから私に会いたいと申し入れがあったとリンドウさんから伝えられた時、なんでラウが？とかクラトさんは一緒じゃないのかとか疑問でいっぱいだった。

連れられるまま軍警察の会議室に向かうと、随分と日焼けして見た目の変わったラウがいた。

最後に会った時は、泣いてぐしゃぐしゃでげっそりした顔をしていたから、今の精悍（せいかん）な姿はまるで別人みたいに見える。

色々気になることが多すぎて、挨拶もそこそこに訊ねてみる。

「いつ町に帰ってきたの？　クラトさんは一緒じゃないの？」

「いや、もちろん一緒だよ。でもここには連れて来れなくてさ。色々あって……今クラトさんまともに会話できる状態じゃなくて、ほっとくと飯も食わないような有様なんだよ」

こんなこと頼める義理じゃないが、助けてほしいと頭を下げられた。何もかも唐突過ぎて理解できなかったので、リンドウさんも一緒に詳しい話を聞きだすと、私の知らないところでとんでもない事態に陥っていた。

「親父がいる港町に着く前にクラトさんには追い付かれて捕まったんだけど、俺が親父と話をつけたいって言ったら一緒に来てくれることになったんだ。俺が暴走しないように見張るつもりと言ってたけどさ、心配してここまで来てくれたんだって分かって俺は嬉しかったんだよ」

ラウとしては、無責任に離縁状を送り付けてあとは知らんぷりの父親に、母親が自死したことを伝えて、墓の前で謝罪しろと無理やりにでも連れ帰るつもりだった。

抵抗するなら手足を折るくらいの勢いだったから、それをクラトさんがなだめて腹を割って話し合えと仲介役となるはずだったのだが……。

「それがさ……親父のところに行って顔を合わせたとたん、クラトさんを見た親父が幽霊にでも会ったみたいに叫んで逃げ出そうとして……それをクラトさんがとっ捕まえてボコボコに殴り始めて、俺がなだめるっていうわけ分からん状態になったんだよ」

「どういうこと？　二人は知り合いだったの？」

「知り合いってか、俺の親父、クラトさんの兄貴だった」

「「は？」」

ラウのお父さんの顔はもちろん知っているが、クラトさんの姿を思い返しても血縁を感じなかかったので、にわかには信じられない。

そもそもそれが事実ならラウもクラトさんの甥（おい）ということになってしまう。

「えっ？　あ、兄？　嘘、だってクラトさんとは全然似てない……」

「あー、親父禿（は）げてガリガリだからな……でもよく見ると目元とか似てんだよ。つうか、あとで説明するけど俺は母さんの連れ子で親父と血縁が無かったんだ。だから実の父親じゃねえな」

「ええ～……？」

とんでもない話だが、どうやら事実らしい。

どんどん出てくるとんでもない情報をなんとか整理すると、ラウのお父さんは行方不明になっていたクラトさんの兄、ハクトさんという人で間違いなかった。けれどラウの父として別の名を名乗り、出身も何もかも違う経歴の人間として生活している。

いったいどういうことだとラウとクラトさんの二人で問いただすと、嘘と矛盾だらけの言い訳を述べ始めたので、クラトさんがキレて更にハクトさんをボコボコに殴って最終的に自警団を呼ばれる騒ぎになってしまったそうだ。

「偽名を名乗っていたの？　でも……身元不確かな人が、どうやって事業を興（おこ）して身分札を手に入れたのかしら」

「だからそれが問題で、大変なことになったんだよ……」

自警団に捕まったのは最初は手を出したクラトさんだった。その取り調べの中で、兄が偽名を名乗っていて、全く違う経歴を騙（かた）っていることを話すと、今度は軍警察が動きハクトさんのついていた嘘と犯した罪が次々と露呈するという事態になったという。

「結論から言うと、親父は他人の身分を丸ごと乗っ取っていたんだ」

「……背乗(はいの)りですか」

リンドウさんが補足するように口を挟む。

背乗りとは、他人の人生をそのまま乗っ取ることを言う。時々お金のために身分札を他人に売ってしまう者もいるにはいるが、発覚すれば売った者も買った者も重罪となり、犯罪として割に合わないため実行する者は少ない。

だがハクトさんの場合、身分札どころか事業や財産までも全て乗っ取っていたと軍警察の調べで判明した。

「身分札を所持する者は、信用がおけると認められているため、どこへ行っても優遇されるんです。だがそれは、出身地や経歴、果ては血縁までもたどれるよう記録が残されているから信頼があるんです。だからこそ身分札の売買は重罪なんですよ。軍警察に疑いをかけられて、本腰を入れて調べられたら嘘がバレるまであっという間だったでしょうね」

図らずも、クラトさんと再会してしまったことでラウの父としての仮面が剥がれ過去の罪が次々と掘り返されてしまい、それらを突き付けられながらの軍警察の苛烈な尋問に耐え切れず、殺人を犯したと自ら白状した。

「殺した相手は俺の実の父親だった……。母さんはアイツと共謀して夫を殺して、成り代わりに手を貸したんだ。妻である立場を利用して、財産を全て金に換えて別の土地に逃げたんだ。身分札を使い今の事業を興して、のうのうと別人として暮らしていたんだよ」

「なんてこと……。お義母さんが……」

身分札の記録にある最初の町で調査を行ったところ、夫と二人で営んでいた店を、夫の病気を理由に突然廃業してしまい移住してしまったと判明した。

その町には夫の親族も住んでいるのだが、移住後は連絡のひとつもないと証言がとれたため、そこで入れ替わりが行われたと考えて間違いないようだ。

お義母さんの協力なしには成立しない計画であるから、共犯なのは間違いない。

どうしてお義母さんはそんな恐ろしい犯罪に加担したのか、本人が亡くなった今確かめようがないけれど、きっと……お義母さんはその人が好きで、恋に目がくらんで道を踏み外したのではないだろうか。

脱税に及んでしまった理由と一緒だ。とても頭のいい人だったから、犯罪を犯したことで被る不利益を考えないわけがない。

善悪の天秤を無視してでも、その人と過ごす未来を選んだ。……許されることではないけれど、ほんの少しだけお義母さんの気持ちが理解できた気がした。

「ラウの本当のお父さんは、殺されていたのね……。それは辛かったね……」

「ああ、うん。まあそうなんだけどさ。俺よりもクラトさんが、自分の兄貴が俺の実父を殺したって知っておかしくなっちまって。俺に申し訳ない、死んで詫びるとか言い出して、それをなだめるのに必死で正直辛いとか考える暇なかったよ」

帰ってくるまでもすげえ大変だった、と笑うラウは随分と大人びた表情をしている。

見た目が変わったように感じたのは、日焼けしたからじゃなく一本芯が通った雰囲気になったからだろう。支えてもらう立場から、クラトさんを支えて助けなければいけない立場になって精神的に強くなったのかもしれない。

ずっと自分が主役で、人より優遇される立場で育ってきた人だから、他人のために尽くすなんて昔のラウならとても考えられなかった。

それが今では、自分のことを二の次にして、クラトさんを助けることを優先していると知って、人はいつでも成長できるんだなあ……と実感する。

クラトさんのことで自分の身に起きた悲劇を嘆く暇がなかったというのは、本来辛いことなのかもしれないがラウに限って言えばむしろ良かったのだろう。

「クラトさんはどうしているの？」

「今は家にいるけど、ほっとくと飯も水も摂らないで死にかけるから目が離せないんだよ。俺は親父……じゃねえやアイツの件であっちこっち行かなきゃならないし、家を空ける時が多いから、申し訳ないんだけど、時々でいいからディアに来てもらえないかと思って頼みに来たんだ」

「そういうことなのね。分かった、私も心配だしできるだけ協力させてもらう」

間違ったことが嫌いで、他人にも自分にも厳しいクラトさんはお兄さんのしたことが許せなくて、ラウに対して申し訳なくて、それを知らずにいた自分のことを許せず苦しんでいるのだろう。

兄がしたことで自分には関係ないと切り替えられればいいが、真面目で責任感のあるクラトさんには無理な話だ。

「良かった〜助かるよ。つうかさ、俺たち町に帰ってきたばっかかで、家の中が埃まみれでメチャクチャ汚いんだよ。掃除もしてもらえると……」

「それは自分で頑張りなさいよ」

❀　❀　❀

「それで、クラトさんに会ったら本当に酷い状態で……食事もまともに摂ってないからすごく痩せちゃって。そういえば激痩せしたクラトさんは確かにお兄さんに似ている気がしたから、やっぱり兄弟だったんだなって……あ、でも毛は薄くなってないですよ？」

クラトさんのお兄さんは生きていると言っても全く信じようとしないジローさんに、その事実を私が知ることになった経緯を丁寧に説明した。

納得してくれたかな？　とジローさんの様子を窺うが、なんだか魂が抜けたような顔をして訊いているんだか訊いてないんだか分からない感じでちょっと心配になる。

もっと詳しく話したほうがいいのかしらと口を開きかけたが、手を振ってそれを遮られた。

「ええとな、とりあえず……クラトが禿げたかどうかは今どうでもいいんだわ。ちょっと一旦整理させて欲しいんだけどよ、ハクトが生きてたってのはマジなのか？　俺としてはそこが一番信じられないし、重要な話なんだが」

「だからそうですってば。クラトさんのお兄さんで、ジローさんの幼馴染で、ジローさんがさっき殺しちゃったかもって言っていた、そのハクトさんて人は生きています。ちなみに裁判も終わってもう強制労働所に送られています」

「はぁあ……嘘だろ？　じゃあアイツの葬式は一体何だったんだよ。生きているとか言われてもすぐには受け入れられねえわ」

ジローさんは頭を抱えてしゃがみ込んでしまう。

話の流れで全部話してしまったが、もうちょっと考えて伝えるべきだったかもしれない。まさかジローさんの言う『言いたくない過去』が友人を殺したという重いもので、しかも告白したそばからそれは勘違いだったと言われれば混乱もするだろう。

「お、お葬式の件は推測でしか言えませんが、殺人までして別人に成り代わるほど思い切った行動をする人なら、自分の死を偽装するくらいはためらいなくやるんじゃないでしょうか」

「ああ……クソ、そうか、そうだわ。ハクトはそういう奴だったわ。まんまと騙された俺が馬鹿だってことか……」

落ち込む彼にもうかける言葉も見つからない。

「それで、クラトはどうしているんだ？　もうディアさんがついていなくても大丈夫なくらい立ち直ったのか？」

「えっと、クラトさんは今、まあまあ立ち直ってラウのお店を手伝っています。お店は元々廃業予定で手続きを進めていたんですけど、お兄さんが裁判で別人であると証明されたおかげで、本当の父親が所持していた財産は正しい相続者であるラウへ渡ったので、そのお金で店を立て直すことができたんです」

「ああ、母親が脱税していた店か。金があっても評判は地に落ちた店じゃ商売をするのは難しいんじゃないか？　やっていけんのか」

「そうですね、だからラウは近隣の店や取引先まで全部、商売を続けさせて欲しいと頭を下げて回ったんです。もちろん支払いが滞っていた税金や借金の返済も全部済ませて、一からやり直すってすごく真面目に商売に取り組んだから、今はちゃんとお客が来るようになっていますよ」

粗野で傲慢な頃の面影はまるでなくなり、一生懸命仕事するラウは本当に別人のようで、周囲の人たちも驚いていた。

はっきり言って別の土地でやり直すほうがよっぽど楽だろうに、どうしてここで頑張るのかと訊いたことがあるが、それに対しラウは、クラトさんのためだと言い切った。

「クラトさんを療養させるために家が必要だし、暮らしていくには仕事しなくてはならないから、店を再開するのが一番手っ取り早く確実だったらしいです」

そのためならいくらでも頭を下げるし、今度は俺がクラトさんを支えて恩返しをする番だと言って、必死に働くラウに悲壮感は微塵もなかった。

有言実行で、どんなに罵倒されようとも頭を下げ続けるラウは、次第に周囲の信頼を取り戻し、店を立て直して黒字を出すようになるまでさほど時間はかからなかった。

「マジかァ。あの尻を出していた馬鹿息子が……人間ってそんなに変われンだなァ。俺はこの二年何をやってたんだ……何もしてねえし無駄に歳食っただけじゃねえか」

何故か落ち込みだしたジローさんに、もうひとつ大切なことを伝える。

「クラトさんなんですけど、過去のことをジローさんに謝りたいって言っているんです。お兄さんの話だけを信用して、ジローさんのことを信じなかったことを悔いているって。それで、改めてジローさんに話を聞かせてもらいたいそうです」

「クラトが……」

ふ、と目線を落としたジローさんは、ポツリポツリと言葉をこぼし始める。それは私に向けて話しているわけではないと感じたので、問い返すことはせず黙って彼の言葉に耳を傾ける。

「あの戦争で何が起きたか、俺は一度も人に話していない。赤の他人に言っても意味のないことだし、誇張だとか作り話だとか言われたくなかったんだ。クラトと再会した時、明らかにハクトの言葉を鵜呑みにしているなと分かったから、アイツも所詮は村の人間なんだって密かに失望したよ」

「あの時暴言を吐いたことは、クラトさんも後悔してるってずいぶん前に言ってましたよ」

後悔していると聞いたジローさんはくしゃりと顔を歪ませた。

「クラトなぁ……アイツ、曲がったことが嫌いで、理不尽なことには他人事でも黙っていられない性格だから……やっぱり心のどこかで真実を知ってもらいたいって、アイツなら分かってくれるかもって期待してもいたんだ」

そう言ったきり、沈黙が続いたのでそっと肩に手を添えてみる。

「きっと全てを分かってもらえますよ。何が起きたのか、ジローさんがどんな気持ちでいたかも、伝えればお互い辛い思いをするかもしれないけど、それから始められることがあるはずです。クラトさんもあなたを待っています。どうか会ってあげてください」

実は皆で一緒に来ているんです、と告げた。

私がジローさんに会いに行くと決めた時、クラトさんは決意を秘めた顔で俺も行くと言い出した。その頃にはクラトさんは普通に仕事もできるようになって回復していたけれど、行くと言い出した時の表情が死地に向かう兵士みたいな顔をしていたので、ラウと二人で必死に止めた。

ジローさんと会ったらまた、死んで詫びるとか言い出しかねないからダメだと説得したけれど、絶対一緒に行くと言ってきかなかったので、ラウがじゃあ俺もついて行くと言い出して、結局、店を休業にして今回全員で村に来たのだった。

「クラトはともかく、お坊ちゃんもいるのか。なんか嫌だな。クラトと会う時はどっか行っててほしいわ。しかしその三人組また別の意味で目立っただろうな」

「あ、いえ、子どもたちも一緒に来ているんで、商家の荷馬車だし大きめの行商だと思われて、町の移動は逆に楽だったんですよ。優先的に町に入れますし。行く先々で子どもたちはお菓子をもらったりして、楽しい旅行みたいになっていました」

「待て待て、子ども？　え？　嘘だろ、ディアさん産んだの……？」

誰との子……？　と蒼白になるジローさんに、私は慌てて否定する。というかこの人私がここに来た理由をもう完全に忘れたのだろうか。さすがに酷い。

「違います！　ラウの店で住み込みの従業員見習いとして雇ってもらった子どもたちです！　えーと、話すと長くなるんですが、軍警察の施設で保護児のお世話をする仕事をしてまして……」

子どもたちというのは、双子のことだ。

何故彼らがラウの店で働くことになったかと言うと、二人が町に残ることを切望したため、どうにかその希望を叶えられないかと動いた結果、そうなった。

軍警察が町役場と連動して双子を引き取ってくれそうな家を探していたけれど、やはり喋れないことが問題となり、養子はもちろん無理で商家などでも従業員として使えないと軒並み断られ、もう別の土地にある保護施設に送ると決まりかけていた。

その頃には双子は、ウンとかありがとうとか、単語なら少しずつ声に出せるようになっていたのだ。だから失声症が治れば引き取りたいという家があるかもしれないからもう少し待ってほしいと軍警察の人に何度も頼み込んだ。

しかし保護施設での受け入れが了承され、行き先が決まった以上もうここにはいられないと言われてしまい、もはや私には止めることができなかった。

「でもね、二人が泣くんですよ。あまり出てこない言葉を必死にかき集めて、ここにいたい、遠くにやらないでって何度も言うんです。だから私、この時はジローさんのことを諦めて二人の保護者になろうと考えたんです」

ごめんなさい、と言うと彼は泣き出しそうな困った顔で、いや……とだけ呟く。

「それで役場へ養子の申請に行ったんですけど、独り身の女性で財産もない私では許可できないと一蹴されてしまって……途方に暮れている時、事情を知ったラウが引き取り手に名乗りを上げてくれたんです」

従業員見習いとして、ウチで引き取ればいいとラウが提案してくれた時、本当に驚いた。

衣食住全ての面倒を見る住み込み見習いは、収支的には店側の持ち出し分のほうが多い。

職人の店では子どものうちから仕事を仕込んで育成するので、小さい子を引き取るのはよくあることだが、ラウの店のような小売店では見習いを受け入れる利点がほとんどない。

ましてや、店を立て直している最中で時間もお金も余裕がない状態で、労働力にならなそうな小さい子を受け入れるなんて無謀だと思った。

けれどラウは、クラトさんもいるし金はまだあるからどうとでもなる、ウチが受け入れないともう町にいられないんだろと軽く言い放ち、さっさと役場に申請に行ってしまった。

申請は何も問題もなく通り、晴れて双子はラウの店に引き取られていった。正直、私が役場でどれだけごねても検討すらしてもらえなかったのに……とちょっと恨めしく思ったのは内緒だ。

「どうなることかと思ったんですけど、結果的には子どもたちにすごく良い環境だったみたいで、今では店頭に立てるくらい、お仕事ができるようになったんですよ」

「しょーじき、お坊ちゃんとクラトにガキの世話ができるとは思えねえんだけど、上手くいってんのか。すげえ意外だわ」

「今では双子のほうが、掃除とか料理とかしっかりしているくらいなんですけどね」

住み込みなので、最初は私が店に通って子どもたちの生活の面倒を見ていたが、掃除や洗濯、料理など教えるとすぐに覚えて何でも自分でできるようになっていった。軍警察の施設にいる時から思っていたが、彼らは自分にやるべきことがあるほうがいいらしい。

ラウの店で暮らすようになってからは、出てくる言葉も増えてきて、今ではちょっと無口な子くらいになっていて学校にも通えるようになっている。

環境が変わることでまた言葉が出なくなったらどうしようと思っていたけれど、要らぬ心配だったようだ。

仕事があるということは、自分は必要な存在でここにいてもいいのだと安心する気持ちは痛いほどよく分かる。その安心感が彼らの病を癒す一因になっているのかもしれない。

「本当に、ラウには感謝の気持ちしかないですね。ラウに心から感謝する日が来るなんて思いもしませんでしたけど、クラトさんも双子が来てから目に見えて元気になっていったんですよ。こんな小さいのに頑張っている子たちがいるのに、自分だけウジウジしていられないって」

「……お坊ちゃんのこと、見直したのか？　まあ元々頭は悪くねえわけだしな。性格が悪かっただけで。まあ、全部上手くいったみたいで良かったじゃねえの。子どももいて、幸せ家族みたいでいいんじゃねえ？」

ジローさんの物言いがちょっと拗ねているみたいに聞こえたので、もしかして何か誤解しているのかもしれない。

「見直しましたけど、ラウとは何もないですよ。というか、クラトさんが元気になって子どもたちがしっかりしてくるとラウがだんだんだらしなくなってきて、上がった評価が急降下ですよ。ちなみに、求婚してくれた人はジローさんも一度会ったことがある軍警察の憲兵さんです。そちらはちゃんとお断りしました」

「いや俺は何も……つうかそんな優良株に求婚されたのかよ！　なんで断っちまったんだよ～勿体ねえなあ。憲兵の妻なんて一生安泰だろうに」

勿体ない勿体ないと連呼されて、この人は本当は全部分かった上で私を怒らせて愛想を尽かすよう仕向けているのではないかと思うほど無神経な発言をしてくるのでいい加減腹が立つ。

「ジローさん……私がどうしてここに来たのか、もう忘れちゃったんですか？　話が逸れちゃいましたけど、ついさっき私言いましたよね？　あなたが好きだって。それに対する答えをまだもらっていませんよ」

うぐぅと彼から変な声が聞こえ、下を向いて頭を抱えている。

まさか蒸し返されるとは思っていなかったのだろうか。しばらく目線を彷徨わせて言葉を探しているようだったが、ようやく出てきたのはやっぱり否定の言葉だった。

「俺は、ディアさんにはふさわしくねえからよ……」

「それは人を殺した罪人と思っていたからですよね。それに関しては勘違いだったと今分かったじゃないですか。あなたは友人を殺していない。だったらもう悩みは解消されましたよね？」

「あ、あー……いや、ハクトのことは……そうだが………いや、あのな、それだけが理由じゃあねえんだよ。生きるために汚れ仕事もしてきたし、人を殺した穢れた手なんだからと、ろくでもないことばかりしてこの歳まで生きてきたんだよ。金もねえ、地位も名誉もねえオッサンだ。人生やり直すとかいう歳でもねえ。もう無理なんだよ。こんな俺じゃあ、ディアさんを幸せにしてやれないんだよ……」

将来性の欠片もない男と付き合ったって、なんの足しにもならない。むしろ人生を食いつぶされるだけで不幸になる未来しかないと必死に断りの言葉を並べ立てている。

「それで……？　言いたいことはそれだけですか？」

「そ、それだけ？　いや、ええとな、人生は長いんだ。もっとまともな相手と結婚して、まともな家庭を築くほうが君のためだ。愛だの恋だので飯は食えないし、後悔先に立たずっていうだろ？　俺じゃあディアさんを幸せになんてしてやれないんだよ……」

俺のことなんかもう忘れたほうがいいと言い、これで終わりと言わんばかりに手を振るジローさんの目をじっと見つめる。すると思っていた反応じゃなかったのか、ジローさんは次第に『あれ？』といった表情になり冷や汗をかいている。

以前の私はあなたに取りすがって嫌だ嫌だと駄々をこねることしかできなかった。みっともない姿をさらしてあなたを困らせるだけだった。

でも今は違う。

ただすがりつくためにここに来たわけじゃない。

戸惑うジローさんの手を取ると、あからさまにビクッと跳ねる感覚が伝わってくる。それに構わず、ぎゅっと握りしめる。

「いつ私があなたに、私を幸せにしてほしいと言いましたか?」

「いや……そうは言ってないけどよ。じゃあディアさんは、幸せになりたくないのかよ」

「なりたいですよ。でも私は誰かに自分の幸せを託そうとは思わないんです。幸せって、誰かに決められて与えられるものじゃないですよね。ハイこれが幸せです、幸せと思いなさいと押しつけられても私はきっと幸せにはなれない」

言い返されてジローさんはうぐ、と言葉に詰まる。

「私ね、あなたと過ごした時間が人生で一番幸せでした。一緒に食べる食事が一番美味しいと感じました。二年前の冬、あなたと色々なことをして一緒に笑い合っている時、楽しくて楽しくて、ああ、幸せだなあって心の底から思ったんですよ。私の幸せは、あなたの隣にあるんです。ねえジローさん……きっと大切にしますから、あなたの人生を私にくれませんか?」

そこまで言うと、ジローさんの顔がぶわっと赤くなり、ハクハクと口を開け閉めしている。

くれ? くれって何を? と呟いているので、もっとはっきりと言葉にして彼に伝える。

「私が必ずあなたを幸せにすると誓いますから……お願いです。私と一緒になってください」

ゴツゴツとして傷の多いジローさんの手をそっと引き寄せる。

何度もこの手に支えられ救われてきた。武骨な手で作ってくれたホットワインの味は、生涯忘れることはない。

今自分の手の中に彼の手があるかと思うと嬉しさが溢れてきて、感謝を込めてそっと頬を寄せた。

「……やめろ。ディアさんの綺麗な頬が汚れちまう」

沈んだ声が聞こえてきて、目線をあげると、ジローさんは怯えたような顔をしていた。

手を引こうとするのを引き留め、もう一度傷だらけの手に頬を寄せると、彼は駄々っ子のように何度も首を振ってやめろと言う。

「たくさん汚いものを掴んできた手なんだ。そんな大切そうにしてもらえる資格、俺には無いんだ……いつか後悔させちまう。解放してやるのが正しい選択なんだ。だから俺は断るべきなんだ……」

私に向けてではなく、自分に言い聞かせるような言葉だった。

だから黙って彼の答えを待つ。

私は自分を見つめ直して出した答えを全部彼にぶつけた。だからジローさんからどんな言葉が返ってきても、それが結果だと受け入れる。

何も喋らない私の顔を見つめていたジローさんが、ついに堪えきれなくなったみたいにくしゃりと顔を歪ませた。

「……っでも、好きな女にここまで言われて断れる男がいるかよ……っ」

無理だ、俺の負け。もう断る言葉が出てこねえと愚痴るジローさんに、私は嬉しさのあまり笑みがこぼれる。

「俺、一生ディアさんには敵わない気がするわ……」

勝負していたつもりはないのに、何故かジローさんが白旗を上げた。

しばらく地面に突っ伏して身もだえるジローさんを眺めつつ、落ち着いてくれるのを待っていると、ようやく顔を上げてくれた。

「なんでディアさんそんな男前なのよ……おいちゃんかっこ悪すぎて恥ずかしいわ……」

ジローさんは耳まで赤くしながら、男として情けねえ～と顔を手で覆っている。赤面するジローさん可愛い……と思ったが口に出すのはやめておいた。

「……本当に後悔しねえ？」

「後悔の無いように、精一杯考えて行動した結果ですよ。でももし断られても後悔はなかったと思います」

「なんか、ディアさんすげえ大人になったって感じするなあ……。俺とディアさんじゃ、二年の長さっつーか重みが違（ちげ）えんだな」

「うーん、確かに濃密な二年間だった気がしますね。いろんなことを知って、考えさせられた日々でした。子どもたちのお世話をさせてもらえたことで、私も成長できた部分が大きいかもしれません。あ、そうだ彼らも来ているので、ジローさんも是非会ってください。えっと、もう私の恋人？として紹介していいですか……？」

勇気を振り絞って『恋人』と言ってみると、ジローさんは一瞬動きを止めて私を二度見した。

「こっ……いびとって……。こんなおっさんが紹介されたらその双子が泣くんじゃねえか？　恋人って………イヤ、やっぱこれ夢見てんじゃねえかな？　俺とディアさんが……」

「それは大丈夫です。もうジローさんとのことは全部話してあって、一度振られても諦められずこんなところまで捕まえにきちゃうくらい好きなんだねって、二人に言われているんで、ジローさんを恋人だと紹介したら、想いが通じてよかったねと言ってもらえると思います」

私の言葉を聞いて、ジローさんは何かをこらえるかのように一度ぐっと唇を噛みしめて、それから少し遠い目になる。

「ディアさんが恋人だなんてなァ……人生でこんなことが起こるなんて思いもしなかったわ。俺ァ……ガキの頃からずっと……なんで俺だけこんなろくでもない人生なんだって、自分の不運を呪ったりして生きてきたけど………俺の人生の幸運はここにちゃんと用意されてたんだなァ……」

声を振り絞るように言ったその言葉は、ジローさんがこれまでどれだけ辛い思いをして生きてきたのかを思わせるのに十分な重みがあった。

この人は、自分ではどうしようもない環境で、必死に生きてきたんだ。

ジローさんの手にはたくさんの傷があり、ゴツゴツしていて痛々しい。彼は自分の手を汚いと言うが、私はこの手が好きだった。傷のひとつひとつにジローさんが生きてきた歴史があるから、それを愛おしいと感じる。

もう一度彼の手を取り、愛しさが伝わることを願って頬ずりをする。

それを茫然と眺めていたジローさんだったが、ハッと我に返り慌てて手を振り払おうとする。

「うわわ、ちょ、だからダメだって！　俺の手ガッサガサだから、ディアさんの柔(やわ)いほっぺたに傷がつく！　それに手ェ汚れてっから！」

「傷ついても汚れてもいいです。私、ジローさんの手、好きです」

「……うん、言い方……ディアさん、言い方気を付けような。おいちゃん勘違いしちゃうから」

慌てたり困ったりするジローさんが面白くて、手のひらを揉んだりしていたら変な叫び声をあげて手を振りほどかれてしまった。

「あンなあ、ディアさん。一緒になるって……言うのは結婚とかそういう意味だよな？　でも子どものこととかちゃんと考えたのか？　俺ァもう若くねえし、女性のディアさんには言いにくいんだが、そういうのな……」

言いよどむジローさんの様子から察するに、以前聞いた『一緒に暮らすのに一番安全な男』という理由のことだと思い至り、気を利かせて言葉を引き継いだ。

「あ、あれですよね。もう男性機能がないって前に話してくれたのちゃんと覚えていますよ。でも私は子どもが欲しいと思っていないですし、あなたがいてくれればそれでいいんです」

「あ、違う違う。全部が無いわけじゃねえのよ。拷問で片タマ潰されて、それ以来トラウマなのか知らんがずっと勃たなくなっちまったんで、もう男じゃないんだって周囲には言い触らしていたんだわ。でも悪ィ、ソレ嘘になっちまったんだ」

「……嘘？　ってどういう意味ですか？」

全体的に何を言っているか分からず問い返すと、ジローさんは何か悪戯を思いついたみたいにニヤッと笑って耳元に口を寄せてきた。

「……実を言うとな？　ディアさんと一緒に暮らすようになってから風呂上がりのディアさんとか何度も見てるうちに機能回復しちゃったんだよねえ。いやー最初気付いた時は慌てたわ～。まあ、だから一緒に住んでいる時はバレないように必死だったよ」

「きのうかいふく……?」

いまいちどういう状態なのか理解できなかったが、知らないことを馬鹿にされそうでちょっと悔しかったので曖昧に返事をする。

でもジローさんにはお見通しのようでますますニヤニヤして、この話でからかい倒す気らしい。

「ディアさんがどういう夫婦生活を想像しているか知らんけど、こうなった以上もう俺ァ我慢しないからさァ。まー俺が歳だから子どもができっか分からねえけど、でもこんなおっさんに抱かれる覚悟がディアさんにあんのかなーと思ってさ」

「え? あ、ハイ。だ、大丈夫です」

夫婦生活のことか! と気づき、カッと頬が熱くなる。無いものと思っていたから、結婚しても冬ごもりの時のような生活しか想像していなかった。

でも悪いところが治ったのならいいことだし、結婚するなら何も問題ないと虚勢を張る。するとジローさんが今までに一度も見たことがないような満面の笑みで更に煽ってきた。

「ちなみに不能が治ってからもオカズはずっとディアさんだったからな? 生身のディアさんに触れたら長年の欲求不満が爆発すると思うからよろしく頼むな。おいちゃんそーゆーとこすげえねちっこいからなァ。先に謝っとくわ。ごめんな」

「は、はい……? えっと、お手柔らかに……?」

さっきまでの赤面して半べそをかいていたジローさんはどこへやら、完全に形勢逆転した私は逃げ腰になった。だがすぐに捕まって腰を引き寄せられる。

「いやもう一生離さねえって決めたから逃がさねえよ。何度も逃げる機会を与えたのに、それでも俺んとこに飛び込んできちゃったのはディアさん自身だからなァ。あ、ディアさんが俺を幸せにするって言ってくれたけど、あれナシな？　俺、今度こそ真人間になるからよォ。ちゃんと働いて金稼いで、家買って、誰よりも幸せな家庭をディアさんに作ってやるから。俺が、必ず……っ」

ジローさんが声を詰まらせるので、私もぶわっと涙があふれてくる。

さっきまでからかう雰囲気だったのに、突然真剣な顔になった彼からとても大切な言葉を言われると感じて、胸が痛いくらい高鳴る。

「俺がっ！　ディアさんを幸せにするから……ずっとそばにいてくれ！　好きだ。ずっと好きだった。俺を選んでくれてありがとう。俺に幸せをくれてありがとう……ディアさん大好きだっ」

ああ、この人はどうしていつも私が欲しい言葉が分かるのだろう。涙で歪んだ視界で目の前の愛しい人をしっかりと見つめ返す。

「はい。もう、離さないでくださいね」

この人が好きだ。

人生で大切なものは全部この人から教わった。

きっとこれからも、大切な思い出をこの人とたくさん作っていくのだろう。

私の目の前に広がる未来は、もう明るくて幸せな道しか見えていなかった。

嬉しくて嬉しくて、私は感情の赴くまま目の前にあるジローさんの頬に手をあて、そっと唇を寄せると、その意図に気付いたジローさんが『おわあっ！』と叫んでのけぞった。

「えっ⁉　ちょっとさっきあんなこと言ってたくせに、避けるとかひどくないですか？」

「いやっ違うんだって！　口づけすんなら俺、歯磨いて風呂入ってヒゲ剃ってから！　そうじゃねえとディアさんが汚れちまうから！」

「なんですかそれ……まだそんなこと言って……」

ジローさんは乙女のように恥じらいながら顔を真っ赤にしている。さっきの勢いはどうしてしまったのか。

ジローさんの様子がおかしくて、思わず声を上げて笑うと、ジローさんは恥ずかしそうに頬を掻いている。そんな彼の横顔が光っている気がして、周囲を見回すと、光の粒がたくさん舞い踊るように輝いていた。

「ね、ジローさん。見て」

彼の袖を引いて報せると、驚いて周囲を見回している。

「すげえ……」

きらきら、きらきらと瞬いては跳ねる光の粒。なんて綺麗なんだろう。

あまりにも美しい光景に、まるで精霊様が私たちの新しい門出(かどで)を祝福してくれているみたいで、幸せで胸が痛いくらいだった。

めまいがしそうなほどの幸福に打ちのめされそうになるなんて経験が、私に訪れるなんて昔の自分なら思いもしなかった。

楽な人生ではなかったし、生きることに絶望した夜もあった。

それでも私は、もう一度やり直せるとしてもこの人生を選ぶだろう。

ジローさんの、人生の幸運はちゃんとここに用意されていたと言った言葉が蘇る。

私にもちゃんと用意されていた幸運を、見失うことなく追いかけてこの手に掴めた。

「……幸せですね」

「あァ、そうだな」

私たちは顔を見合わせ、二人で声を上げて笑い合った。

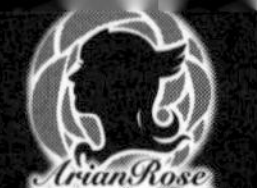

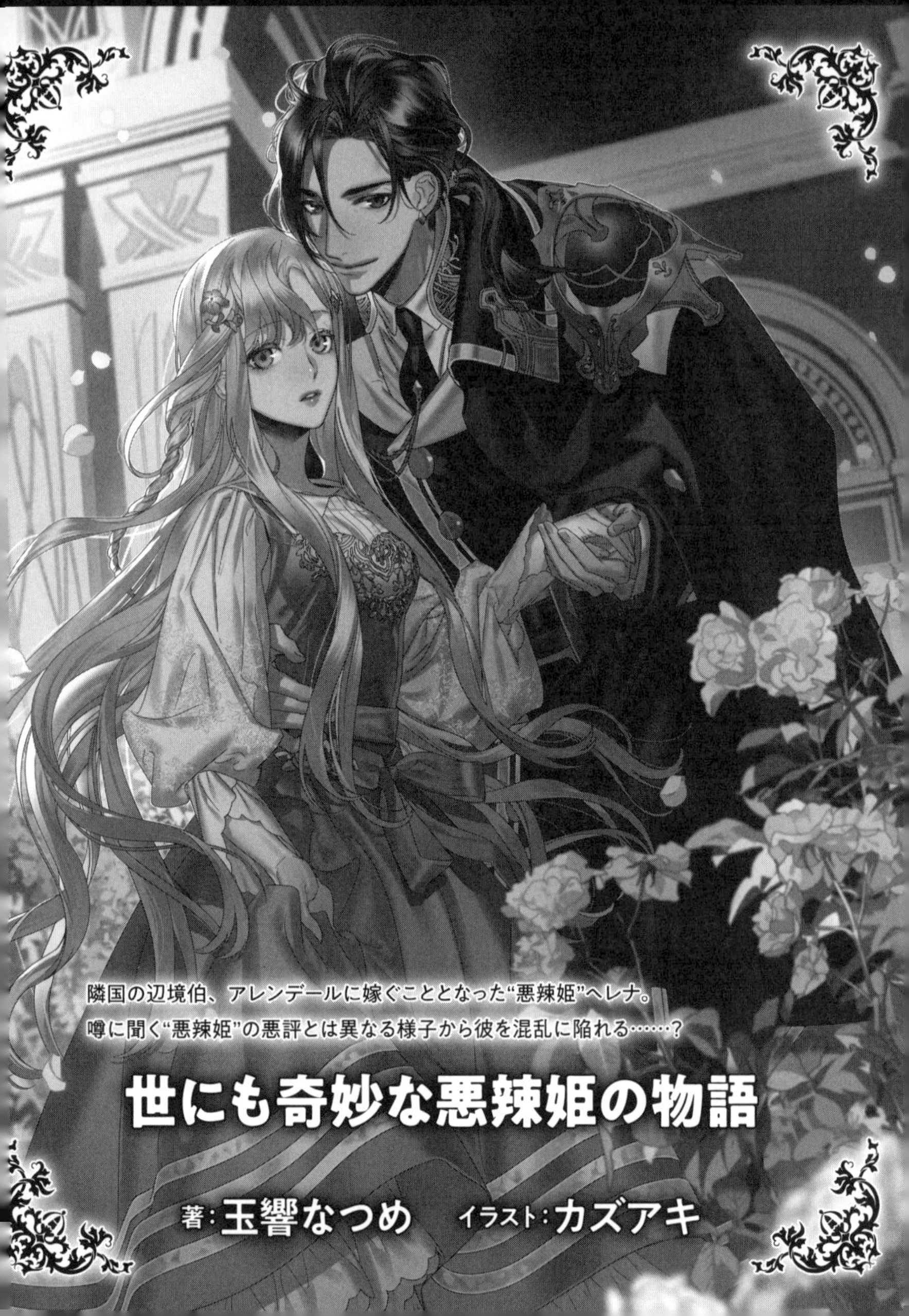
ArianRose
アリアンローズ
隣国の辺境伯、アレンデールに嫁ぐこととなった“悪辣姫”ヘレナ。
噂に聞く“悪辣姫”の悪評とは異なる様子から彼を混乱に陥れる……？
世にも奇妙な悪辣姫の物語
著：玉響なつめ　イラスト：カズアキ

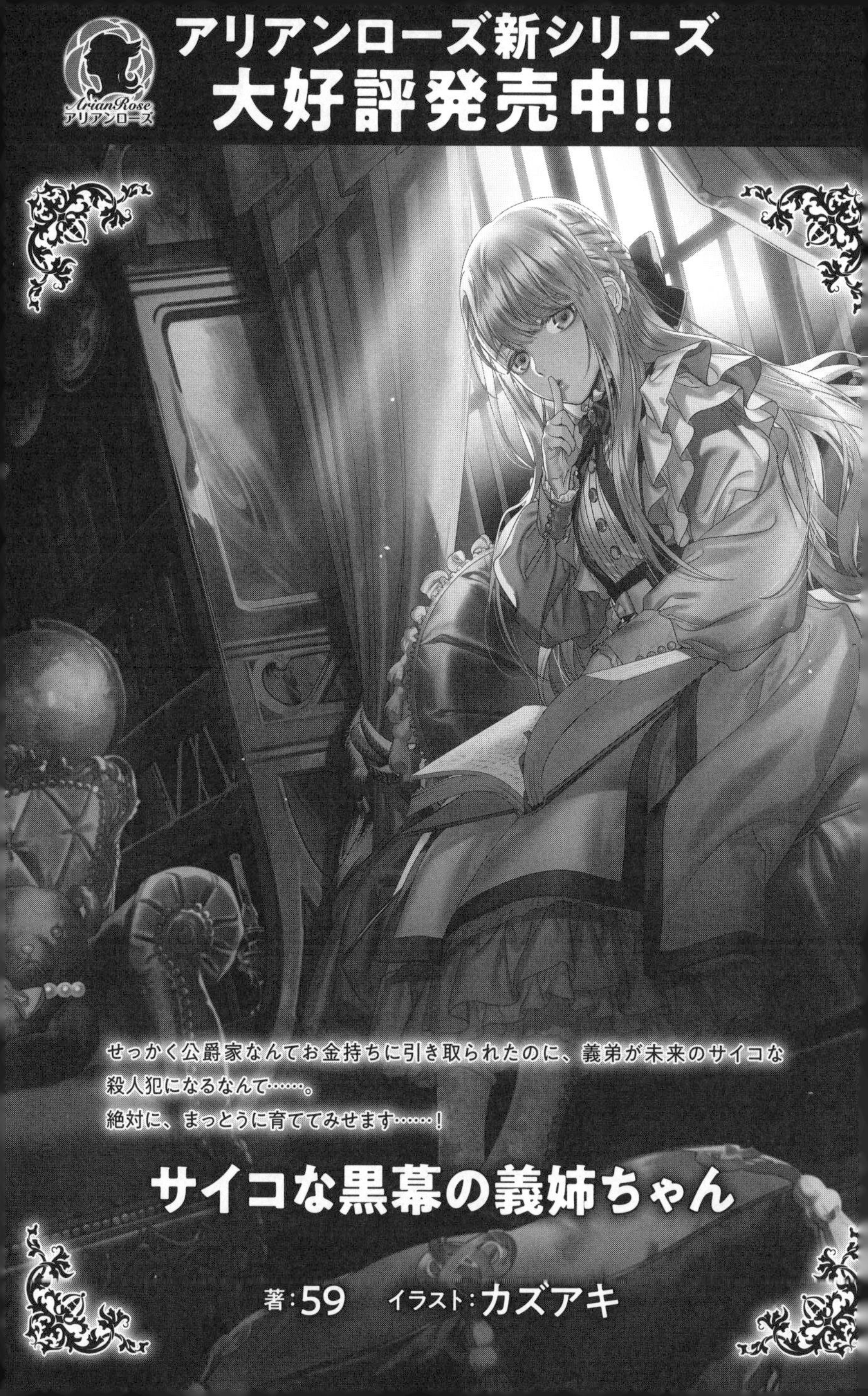
ArianRose
アリアンローズ
アリアンローズ新シリーズ
大好評発売中!!
せっかく公爵家なんてお金持ちに引き取られたのに、義弟が未来のサイコな
殺人犯になるなんて……。
絶対に、まっとうに育ててみせます……！
サイコな黒幕の義姉ちゃん
著：59　イラスト：カズアキ

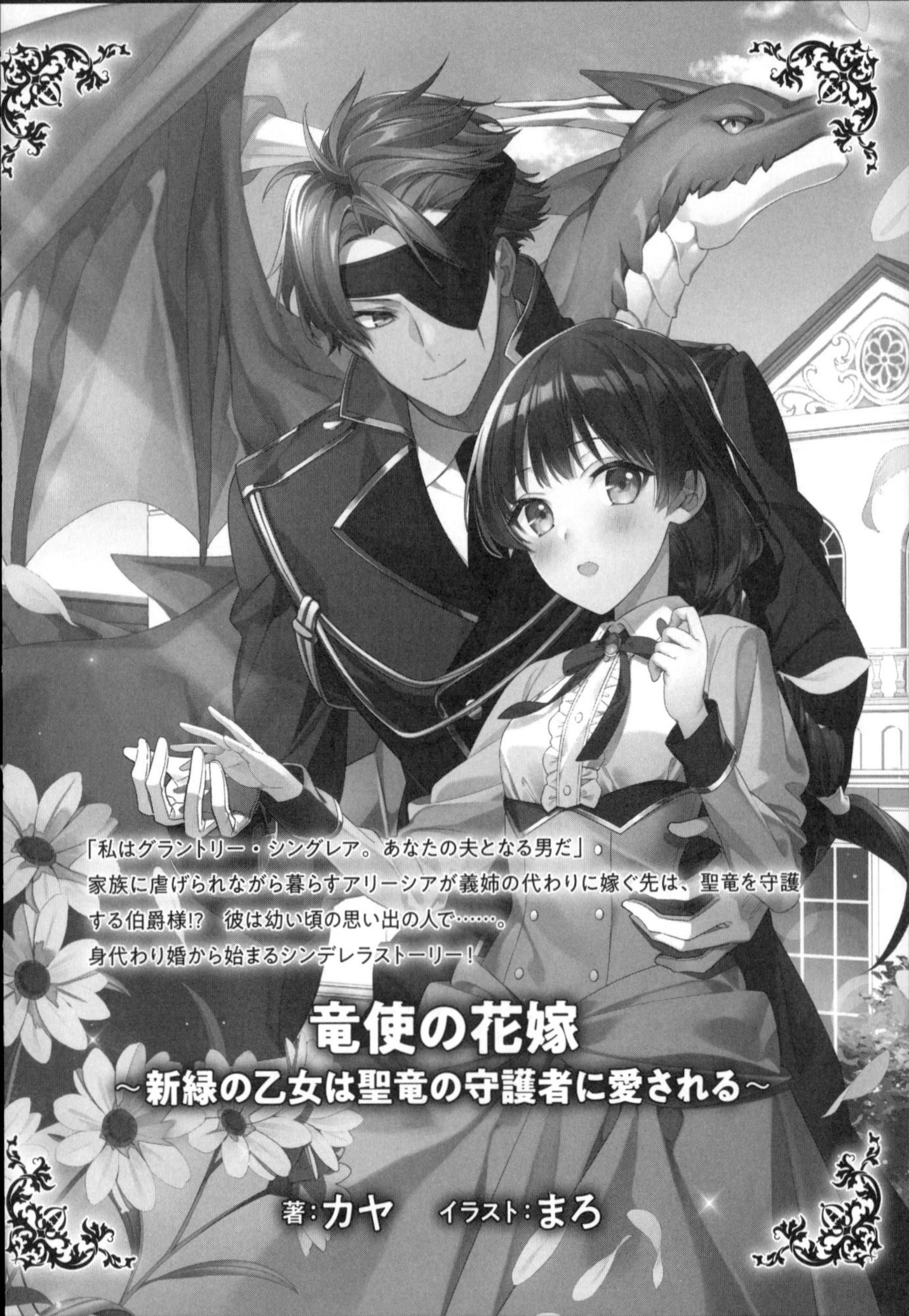

嫉妬とか承認欲求とか、そういうの全部捨てて田舎にひきこもる所存　2

＊本作は「小説家になろう」（https://syosetu.com/）に掲載されていた作品を、大幅に加筆修正したものとなります。
＊この作品はフィクションです。実在の人物・団体・事件・地名・名称等とは一切関係ありません。

2024年7月20日　第一刷発行

著者 …… エイ

イラスト …… 双葉はづき
発行者 …… 辻 政英
発行所 …… 株式会社フロンティアワークス
〒170-0013　東京都豊島区東池袋3-22-17
東池袋セントラルプレイス5F
営業　TEL 03-5957-1030　FAX 03-5957-1533
アリアンローズ公式サイト　https://arianrose.jp/
装丁デザイン …… ウエダデザイン室
印刷所 …… シナノ書籍印刷株式会社